Andrea Schacht

Hexenkatze

atb aufbau taschenbuch

Andrea Schacht lebt als freie Schriftstellerin in der Nähe von Bad Godesberg. Neben erfolgreichen historischen Romanen hat sie etliche Bücher veröffentlicht, in denen Katzen eine Hauptrolle spielen. Bei Rütten & Loening liegen von ihr vor: »Das doppelte Weihnachtskätzchen«,«Weihnachten mit Plüsch und Plunder«, »Weihnachtskatz und Mausespeck« sowie »Weihnachtskatze gesucht«.

Im Aufbau Taschenbuch veröffentlichte sie »Der Tag mit Tiger«, »Auf Tigers Spuren«, »Tigers Wanderung«, »Die Katze mit den goldenen Augen«, »Katzenweihnacht« sowie »Morgen Katzen wird's was geben«.

Deba McMillen hat nach der Trennung von ihrem amerikanischen Mann eigentlich genug von Männern. Auch ihr Nachbar Alexander Harburg macht keinen besonderen Eindruck auf sie – ganz im Gegenteil. Immer öfter muss sie sich über ihn ärgern, was seltsame Kräfte in ihr freisetzt. Auf der Suche nach der Ursache ihrer zerstörerischen Fähigkeiten begreift Deba, dass es irgendwie mit den Katzen Holy und Mystery zu tun hat, die sich bei ihr und ihrer Tochter Micki eingeschlichen haben. Ein wunderbarer Roman über Katzen, Liebe und Dämonen.

Andrea Schacht

Hexenkatze

Roman

atb aufbau taschenbuch

ISBN 978-3-7466-2637-6

Aufbau Taschenbuch ist eine Marke der
Aufbau Verlag GmbH & Co. KG

1. Auflage 2011

Umschlaggestaltung Mediabureau Di Stefano, Berlin
unter Verwendung eines Fotos von Jan Tove/plainpicture
Satz LVD GmbH, Berlin
Druck und Binden CPI Moravia Books, Pohořelice
Printed in Czech Republic

www.aufbau-verlag.de

»Mam, fahr etwas langsamer, da vorne läuft gleich eine Katze über die Straße!«

Wenn Micki das so sagt, dann höre ich auf sie. Mit schlechtem Gewissen kam ich von den siebzig Stundenkilometern runter, die in dem Wohngebiet mit verkehrsberuhigtem Tempo dreißig wirklich zu viel waren. Somit konnte ich noch rechtzeitig auf die Bremse treten, als eine graugetigerte Katze mit weißen Pfoten schwerfällig über die Straße trottete. Ihr Ziel war wohl das unbebaute Grundstück gegenüber. Allerdings sträubten sich mir dennoch die Nackenhaare, und ich warnte meine Tochter: »Gleich knallt's!«

In diesem Moment kam ein dunkler Wagen der gehobenen Klasse um die Ecke geschossen. Gummi quietschte auf dem Pflaster, es krachte ohrenbetäubend, Glas klirrte und splitterte, und wir wurden ein ganzes Stück nach vorne geschoben. Die Tigerkatze wurde von unserer Stoßstange erfasst und flog auf den Bürgersteig.

Micki und ich rissen gleichzeitig unsere Türen auf, um nach dem Tier zu sehen.

Die Graugetigerte war schon recht betagt, aber dennoch sichtlich hochträchtig. Sie sah uns benommen aus wundervollen blauen Augen an, was auf eine orientalische Beimischung schließen ließ. Vertrauensvoll ließ sie sich von Micki, die ein Händchen für kranke Wesen hat, untersuchen. Unser erster Eindruck war, dass sie außer einem Schock keine Verletzung erlitten hatte. Allerdings stand die Niederkunft nahe bevor. Vermutlich war sie auf dem Weg zu ihrem Nest.

»Wir sollten sie mitnehmen«, meinte Micki und sah mich fragend an. »Und außerdem sollten wir das Geräusch da abstellen.«

»Das Geräusch da«, wie Micki es so feinfühlig bezeichnete, nahm ich jetzt auch wahr, da ich mich nicht mehr auf die Katze konzentrierte. Es kam aus dem Mund einer jungen Frau, die dem BMW entstiegen war. Und es war unangenehm.

»Sind Sie eigentlich bescheuert, oder was? Einfach hier zu halten! Ich glaube, Sie ticken nicht ganz richtig. Sehen Sie sich doch mal an, was mit meinem Auto passiert ist. Ist Ihnen das denn völlig egal? Ich könnte durch die Scheibe geflogen sein und verbluten. Aber Sie knien hier einfach neben einer verwilderten Katze …«

Ich sah so kühl wie möglich nach oben.

»Erstens sind wir in einem Wohngebiet, da muss man damit rechnen, dass einem Haustiere, Kinder oder alte Leute über den Weg laufen. Und zweitens waren Sie ein bisschen hurtig unterwegs, meinen Sie nicht auch?«

»Einen Dreck war ich, Sie miese Schnepfe! Sie haben hier einfach mitten auf der Straße angehalten, Sie gefährden hier den Verkehr. Ich werde die Polizei rufen.«

»Nur zu«, munterte ich das zornschnaubende Geschöpf auf und betrachtete sie näher. Natürlich, die war das! Und das Auto kannte ich ebenfalls. Leider mischte sich jetzt Micki auch noch ein, die schnurrende Katze auf dem Arm.

»Sie sollten wirklich langsamer fahren, unsere erste Katze ist auch von so einem Raser überfahren worden.«

»Halt dich da raus, du blödes Negergör. Du hast hier überhaupt nichts zu melden. Verp …«

Nun ist Micki ein klein wenig empfindlich, was ihre Hautfarbe anbelangt. Ich sah, wie sie sich steif machte und Xenia, unsere wildgewordene Unfallgegnerin, mit einem brennenden Blick musterte. Diese machte einen Schritt auf uns zu, stolperte über die Bordsteinkante, verlor das Gleichgewicht und setzte sich mit ihrem orangeroten Seidenhintern in eine schlammige Pfütze. Damit war »das Geräusch da« kurzzeitig abgestellt.

Ich stellte mich zwischen die beiden, und Micki senkte verschämt die Augen.

»Was ist denn hier passiert?«, hörte ich eine Reibeisenstimme fragen – auch diese war mir bestens bekannt. Ich wappnete mich gegen den nächsten Ausbruch wütender

Anschuldigungen, denn das Auto, das sich in das Heck meines Kleinwagens gebohrt hatte, gehörte meinem Nachbarn Alexander Harburg, zu dem mein Verhältnis höflich als »leicht gespannt« umschrieben werden konnte. Also schickte ich zuerst einmal Micki weg. Das konnte ich relativ einfach, da sich das ganze Drama unweit unseres Hauses abgespielt hatte. Ich warf ihr also den Schlüssel zu und forderte sie auf: »Bring die Katze rein und mach ihr Tigers alten Korb zurecht. Vielleicht müssen wir noch zum Tierarzt.«

»Unsere geschätzte Nachbarin hat ihrem Tierschützer-Trieb nachgegeben und sich mir in den Weg gestellt«, fauchte Xenia und betastete stinkwütend ihr nasses Hinterteil.

»Eine leicht übertriebene Darstellung.«

»Es ist Ihnen sicherlich klar, dass das Parken hier verkehrsbehindernd ist, Frau McMillen. Oder sehen Sie das anders?« Dieser Mann konnte Eissplitter in seine Stimme legen.

»Ich parke hier nicht, Herr Harburg.« Ich konnte auch Frost erzeugen.

»Ich hoffe, Sie sind versichert.«

»Und ich hoffe, dass Sie oder diese reizende junge Dame das ebenfalls sind. Nach den hiesigen Bestimmungen der Straßenverkehrsordnung ist nämlich derjenige, der auffährt, zunächst einmal schuld.«

Schon keifte Xenia wieder los. Und ich hatte alle Mühe, meine Gefühle für sie unter Kontrolle zu halten. Immerhin ging sie mit dem Gegeifere offensichtlich meinem Nachbarn auch auf die Nerven, und er wies sie an, sich still zu verhalten. Schmollend drehte sie sich von ihm weg. Dann ließ er sich herab, sich meine Version des Unfallhergangs anzuhören, und willigte schließlich, nach oberflächlicher Prüfung des Schadens, ein, ohne die Gesetzeshüter einzuschalten, die Angelegenheit über seine Versicherung abzuwickeln.

Nur den Ärger hatte ich mal wieder. Traurig sah ich die barocken Formen des hinteren Teils meines Kleinwagens an. Das andere Fahrzeug hatte lange nicht so viel Schnörkel im Blech. Aber ein größeres Auto konnte ich mir im Moment nicht leisten, jetzt, wo ich das Haus gekauft hatte. Ich zuckte mit den Schultern, parkte am Straßenrand und machte mich ans Telefonieren. Zum Glück hatte die Werkstatt wenigstens gleich einen Termin frei und einen Leihwagen für mich.

Micki hatte eine alte Decke und ein Kissen in einen runden Korb gelegt, und die Grautiger-Kätzin war heftig dabei, Kinder zu gebären, als ich zurückkam.

»Ich glaube nicht, dass die hier jemandem gehört. Oder hast du sie schon mal gesehen, Mam?«

»Doch, ja. Drüben in der Wiese. Hat sie irgendwelche Kennzeichen?«

»Nein, nichts. Du, das wär schön, wenn die bei uns bleiben würde.«

Micki sah mich mit sehnsüchtigen braunen Augen an. Die sie nicht von mir hat, denn meine sind nun mal grün. Und schon lange nicht mehr sehnsüchtig.

»Ich vermute, so eine alte Streunerin bleibt nicht im Haus.«

»Aber die Kitten, die Kleinen …?«

»Ein Wurf kann bis zu sieben …«

»Versuchen kann man es, ja, Mam? Bitte! Ich glaube nämlich, diese Katze ist ein Omen!«

»Mmh. Ein gutes oder ein böses?«

»Weiß ich noch nicht. Ein bisschen von allem, denke ich. Wie immer. Aber ist auch wurscht. Ich möchte sie behalten. Und wenigstens zwei von den Kitten.«

»Also gut, zwei kleine Katzen. Aber du kümmerst dich darum. Und darum, dass alle, die über zwei sind, ordentlich untergebracht werden.«

»Okay.« Sie strahlte mich an und streichelte die Grautigerin, die ein schwarzes, feuchtes Etwas produziert hatte und jetzt heftig ableckte. »Hat sich der Schorsch von nebenan eigentlich beruhigt?«

»Der wer?«

»Unser Nachbar.«

Ich verkniff mir ein Kichern. Der »Schorsch von nebenan« war gut. Ich weiß nicht, ob ich das Haus genommen hätte, wenn ich vorher gewusst hätte, was wir uns für Probleme mit dem Mann eingehandelt hatten. Aber das war etwas, um das ich mich zum Zeitpunkt der Suche wenig gekümmert hatte. Dumm gelaufen!

»Herr Alexander Harburg hat zwar Frost verbreitet, aber sich zumindest fair verhalten. Was schon ein Wunder an sich ist.«

»Zumindest ist das mehr als das, was die schrille Xenia geboten hat. Guck mal, da ist das nächste Kätzchen.«

Wer bin ich, dass ich meiner Tochter den Wunsch nach den Kätzchen hätte abschlagen können? Vor allem, wo wir jetzt ja wirklich auch die Umgebung dazu hatten.

Vor einer Woche waren wir in die Doppelhaushälfte eingezogen. Schon zu diesem Zeitpunkt war mir klar, dass wir es mit unserem Nachbarn nicht leicht haben würden.

Natürlich hatten wir vor dem Einzug renovieren müssen. Damit fingen die Schwierigkeiten bereits an. Nicht, dass ich Probleme mit dem Renovieren habe. Wände streichen, Lampen anbringen, Gardinenleisten befestigen und kleinere Elektromontagen bekomme ich ganz gut hin. Und auch Micki ist sehr geschickt. Wir klebten also fröhlich die Fenster und Türen ab und hatten dazu eine fetzige CD laufen. Und weil man sich ja nicht einseitig belasten soll, drehten wir bei unserer Lieblingsmusik den Lautstärkeregler etwas höher und tanzten ausgelassen in den leeren Räumen. Es hallt so schön, wenn keine Möbel in der Wohnung stehen.

Plötzlich brach die Musik ab, und ein Mann stand an der offenen Terrassentür, den Stecker in der Hand.

»Es mag ja sein, dass Sie der irrigen Auffassung sind, sich hier benehmen zu können wie im Affenstall, aber ich muss doch um etwas mehr Rücksichtnahme bitten, junge Frau!«

Die Stimme war polterig, der Mann groß und breitschultrig, aber da ich gegen das Licht blicken musste, konnte ich sein Gesicht nicht erkennen. Außerdem schätze ich es nicht, von wildfremden Männern mit »junge Frau« angeredet zu werden! Schon gar nicht in dem Ton.

»Wer sind sie eigentlich?«, pflaumte ich daher etwas ungehalten zurück.

»Zufällig ihr Nachbar. Und ich muss sagen, so wie Sie sich hier einführen, lässt das nicht auf ein gutes Zusammenleben schließen.«

»Das letzte, was ich will, ist mit Ihnen zusammenleben, guter Mann«, giftete ich zurück. »Wir renovieren unser Haus, wie es uns passt. Wie Sie vielleicht wissen, kann es dabei durchaus mal etwas laut werden.«

»Sie sollten mit Fachleuten arbeiten. Profis stellen sich geschickter und leiser an. Und beschallen nicht die gesamte Nachbarschaft mit dieser Teufelsmusik!«

Ich war inzwischen auf hundertachtzig. Was bildete sich dieser Mensch denn ein?

»Weder habe ich Sie eingeladen, in mein Haus zu kommen,

noch brauche ich Ihre Ratschläge. Sie können also gerne verschwinden.«

»Sie sind eine aufsässige, unerzogene Zeitgenossin, junge Frau. Merken Sie sich bitte, dass Sie nicht alleine in diesem Haus wohnen. Und mäßigen Sie vor allem die Lautstärke der Musik bei Ihren Tanzeinlagen.«

Damit verschwand er.

»O Mann, das ist unser Nachbar?« Micki klappte die Augen nach oben.

Wir stellten zwar nach diesem Auftritt die Musik etwas leiser, aber ich konnte es nicht lassen, bis abends um zehn noch ein wenig zu bohren und zu hämmern. Schließlich wollten wir nicht in eine Baustelle einziehen.

Aber entweder war der Herr Nachbar nicht zu Hause, oder diese Art Lärm störte ihn nicht so sonderlich, jedenfalls bekamen wir zu dem Thema keinen Anpfiff mehr. Jedoch zu einem anderen.

Wir hatten unsere Müllsäcke mit Tapetenresten und Farbeimern auf der Terrasse gelagert, weil die Müllabfuhr uns noch nicht auf der Entsorgungsliste hatte. Leider war einer der blauen Plastiksäcke aufgegangen, und der Inhalt hatte sich dummerweise auf das Nachbargrundstück ergossen.

Diesmal sah ich auch sein Gesicht. Der Mann mochte so Mitte vierzig sein, dunkler Schnauzbart, grimmige Augenbrauen und ein verwittertes Gesicht. Er hätte vielleicht sogar in gewisser Weise als attraktiv gelten können, wenn er nicht mit einer derart eisigen Miene seine Beschwerde vorgebracht hätte.

»Sorgen Sie gefälligst dafür, dass Ihr Müll aus meinem Garten verschwindet«, begrüßte er mich, als ich mit einer schweren Bücherkiste die Treppe zur Haustür erklomm.

Ich gönnte ihm nur einen kalten Blick und schob ächzend meine Last in den Flur. Das konnte ja wirklich heiter werden. Drinnen setzte ich mich schnaufend auf die Kiste. Nicht, dass ich seine Hilfe gebraucht hätte. Ich bin gut trainiert und schaffe solche Aktionen auch alleine. Außerdem, viele Möbel hatten wir ja sowieso nicht, die großen, neuen Teile hatte das Möbelhaus bereits angeliefert, und zwei, drei Bekannte hatten mit aufgebaut. Aber im Interesse gut nachbarschaftlichen Verhaltens hätte er ja wenigstens ein Hilfsangebot machen können, statt mich gleich wieder anzuraunzen.

Als ich mit Micki zusammen später den Beutel des Anstoßes wieder einräumte, um den ganzen Kram in die Garage zu bringen, lernte ich ein weiteres Mitglied des Nachbarhaushaltes kennen. Am Fenster im ersten Stock stand eine Frau, die uns äußerst interessiert zusah. Ich nickte förmlich und wandte mich wieder ab. Micki hingegen schüttelte sich und flüsterte: »Na, das ist ja mal eine seltene Nuss!«

»Wieso?«

»Die guckt so komisch.«

»Die ist nur neugierig. Achte nicht drauf.«

Aber mir kam sie auch etwas seltsam vor. Sie war verhältnismäßig jung, vielleicht Anfang zwanzig. Ich schloss daraus, dass sie wahrscheinlich die Tochter des griesgrämigen Nachbarn war. Für seine jüngere Gespielin wollte ich sie eigentlich nicht halten, aber man konnte ja nie wissen.

Jedenfalls hatte sie wohl tagsüber nicht sehr viel zu tun, denn ich bemerkte, dass sie uns oft beobachtete.

Ich lernte sie noch näher kennen, als wir bereits zwei Tage lang in dem Haus wohnten. Weil es noch sommerlich warm war, hatte ich mittags den Gartengrill nach draußen gestellt, um uns Fisch zu grillen.

»Micki, zündest du bitte die Grillkohle an«, rief ich aus der Küche, und Micki sprang die Treppen hinunter in den Garten. Ich kümmerte mich nicht weiter um sie, was vielleicht ein Fehler war. Jedenfalls rief sie mir nach einer Weile zu: »Mam, es klappt nicht.«

Mir schwante Böses, und ich ging zu ihr hinaus. Hier stand dieses Kind, hielt die Hände über den Grill und starrte gebannt auf das Häufchen Kohle.

»Micki, spinnst du? Wir haben Grillanzünder und Streichhölzer im Haus.«

»Aber sonst …«

»Nicht hier!«

»Warum denn nicht? Das ist doch unser Haus.«

Nun ja, es machte keinen Krach, es erzeugte keinen Müll, also, warum nicht? Ich half Micki, das Feuer zu entzünden.

Doch als ich zurück ins Haus ging, spürte ich den konzentrierten Blick der Nachbarstochter in meinem Nacken prickeln. Mist!

An diesem Abend klingelte es an der Haustür, und als ich öffnete, stand eben diese vor mir. Sie hatte kurze, blauschwarze Haare, war auffällig geschminkt, trug hautenge Stretchhosen und ein bauchfreies Top.

»Hallo! Ich bin die Xenia«, rauchhauchte sie.

»Hallo, Xenia. Ich bin Deba McMillen. Wie geht's?«

»Oh, prima. Ich wollte fragen, ob Sie nicht Lust haben, heute mit mir wegzugehen. Kleine Party unter Freunden.« Sie zwinkerte mit einem Auge, dessen Wimpern stachelig getuscht waren.

Nanu, womit hatte ich denn die Aufmerksamkeit verdient?

»O sorry. Tut mir leid, aber das geht heute nicht. Ich muss noch arbeiten.«

»Dann vielleicht ein anderes Mal?«

Weder bin ich ein passionierter Partygänger noch ein Nachtmensch. Und das Letzte, was ich mir als Vergnügen vorstellen konnte, war mit dieser ausgeflippten Maid bei irgendwelchen kruden Veranstaltungen herumzuhängen.

»Vielen Dank für die Einladung. Aber sehen Sie, ich habe eine Tochter, um die ich mich abends kümmern muss. Deshalb gehe ich nicht viel aus.«

»So, nicht?« Sie wirkte eingeschnappt. »Na, dann lassen Sie es.«

Das Benehmen musste wohl in der Familie liegen. Kopfschüttelnd schloss ich die Tür hinter ihr.

Ich arbeitete noch zwei Stunden, dann ging ich rechtschaffen müde zu Bett und fiel auch gleich in einen abgrundtiefen Schlaf.

In der mondlosen Nacht schimmerte die weiße Rose wie ein milchiger Opal. Ihre seidigen Blütenblätter hatten sich geschlossen, und der honigschwellende Kelch lag geschützt in ihrem duftenden Dunkel.

Mit einem zärtlichen Summen umkreiste das schwarze Insekt die stolz aufgerichtete Blüte. Es sang und sirrte sein verführerisches Lied.

Zögernd, doch auch willig, von dem Schwirren der Flügel gelockt, breitete die Rose Blatt für Blatt aus. Werbend umkreiste und umtanzte das Insekt die schimmernde Rose. Und so öffnete sie sich dem lieblichen Gesang. Sie bot ihm den Kelch voll goldenem Honig dar. Und gierig trank das schwarze Flügelwesen von dem süßen Nektar, bis es satt und taumelnd weiterflog.

Und die seidigen Blütenblätter hingen schlaff von dem geschändeten Kelch, zu kraftlos, die schützende Hülle wieder zu schließen.

Erst als von dem dunklen Mond der schwarze Tau herniedersank und die welken Blätter netzte, fand die Rose die Kraft, ihre Blüte zu schließen.

Und als die ersten Sonnenstrahlen sie rosig überhauchten, war es, als sei nichts geschehen.

Ich wachte auf und fühlte mich alles andere als ausgeschlafen. Obwohl ich eigentlich solche Probleme sonst nie hatte. Träge reckte ich mich in meinem Bett und versuchte, mit ein paar erfreulichen Gedanken das Unbehagen zu vertreiben. Es gelang mir auch, sowie ich mich in meinem hellen Schlafzimmer umsah. Meinem eigenen Schlafzimmer, das ich ganz alleine für mich hatte.

Das Haus war wirklich eine Verbesserung unserer Lebensumstände, wie sie drastischer nicht sein konnte. Vier, fast fünf Jahre lang hatten wir in einer Zweizimmerwohnung mitten in der Stadt gewohnt, ohne Balkon, ohne Katze, ohne Mann und Vater und ohne Grün vor der Tür. Damals, nachdem Jerry endgültig fortgegangen war, war das die erstbeste Lösung. Ich war schon froh, dass wenigsten Micki bei mir bleiben konnte, denn auch darum, wie um viele andere Dinge ebenfalls, hatte es hässlichen Streit gegeben. Heute zweifelte ich manchmal, ob Micki ihren Vater vermisste oder ob sie ihm grollte. Auf jeden Fall reagierte sie im Augenblick empfindlich auf das allzu deutliche Erbe, das er ihr vermacht hat. Sie ließ sich von mir auch nicht überzeugen, dass sie vermutlich einmal zu einer der umwerfendsten Schönheiten im Geviert würde. Jerry ist nämlich elternmäßig zur Hälfte Schotte, was uns unseren hübschen Hochland-Namen bescherte, und zur anderen Hälfte rabenschwarz. Außerdem war er der faszinierendste G. I., der mir mit achtzehn über den Weg gelaufen war.

Mit zwanzig zeigte sich dann, dass das Kind einer glatthaarigen, blonden Weißen mit grünen Augen und eines faszinierend dunkelhäutigen G. I.s blonde Löckchen, braune Augen und eine milchkaffeefarbene Haut hatte.

Jetzt, dreizehn Jahre später, wuchs sich dieses Kind zu einer unbeschreiblichen Jugendlichen heraus mit einer noch zu schlaksigen Figur, aber unbestreitbaren Anmut. Meine Tochter Michaela eben.

Vater Jerry hatte aber nach sechs Jahren Army und einigen Jahren Ehe mit mir so seine eigenen Probleme bekommen, die schließlich dazu führten, dass er zurück zu den Magnolienblüten des Südens wanderte. Wohin es mich nicht unbedingt zog. Ich wollte in Deutschland bleiben. Punktum. Und da setzte dann eben der größte Streit an.

Na, jedenfalls hatte ich in den letzten Jahren hart gearbeitet und inzwischen ein regelmäßiges Einkommen als freiberufliche Übersetzerin, so dass die Vergleichsrechnung zwischen Miete und Hypothekenabtrag endlich aufging. Außerdem hatte ich meinen Stolz hinuntergeschluckt und eine Unterstützung von meinem Vater angenommen. So hatten wir dieses kleine Doppelhaus gefunden, dessen rechte Hälfte zum Verkauf stand. Groß war es nicht, Küche, Wohn- und Essbereich unten, zwei Zimmer im ersten Stock und ein Atelier ganz oben, das zu meinem Arbeitszimmer deklariert wurde. Gegen Mickis Wünsche. Aber nicht alle bekommt sie erfüllt.

Bei den zwei Kätzchen war es geblieben, was uns der Verantwortung enthob, in die Tierkindervermittlung einzusteigen. Beide Kleinen waren per Definition Mädchen und schwarz, zumindest am Anfang. Und die graugetigerte Mutter der beiden hatte offensichtlich beschlossen, ihr Streunerleben aufzugeben, um unter unserer Adresse sesshaft zu werden. Vielleicht wusste sie, dass sie zu alt geworden war, um die Jungen in der Wildnis aufzuziehen. Wir tauften sie Freia, weil ich den Namen Omen für sie strikt ablehnte. Der Katze schien es recht zu sein, und insbesondere in Verbindung mit wohlgefüllten Futterschalen akzeptierte sie Freia als ihren Namen. Bei den beiden Kätzchen bestand Micki auf Holy und Mystery, was ich etwas überzogen fand. Aber manche Wünsche bekommt meine Tochter eben doch erfüllt.

Nun hatte ich zwar schon oft mit Katzen zu tun, allerdings noch nie mit derartigen Winzlingen. Vermutlich gab es da gewisse Prozeduren, die man zu beachten hatte, auch wenn Micki mit der ganzen mütterlichen Weisheit ihrer dreizehn – pardon, fast vierzehn – Jahre behauptete, das könne man alles der Mutterkatze überlassen. Ich neigte dazu, mir professionellen Rat einzuholen. Aber es ergab sich erst gut zwei Wochen später, dass ich genau die Frau traf, die mir Auskunft geben konnte.

Ich bin eine Schreibtisch-Arbeiterin. Seitenweise produziere ich für ein paar Unternehmen technische Übersetzungen in den mir geläufigen Fremdsprachen, vornehmlich Amerikanisch und Spanisch. Da ich das zu Hause mache, kann ich mir die Zeit ganz gut einteilen, sonst hätte ich wahrscheinlich Micki doch an ihren Vater abgeben müssen. Außerdem erlaubt mir diese Tätigkeit, dass ich an meinen Vormittagen, wenn Micki sich in der Schule aufhält und hässliche Ausdrücke lernt, meinem Hobby nachzugehen. Ich bin nämlich Trainerin in einem Fitness-Studio, was mir nicht nur ungeheuren Spaß macht, sondern meine Figur auch mal die etwas üppiger belegte Pizza verzeihen lässt.

Diese Figur kleidete ich in einen weißen Trainingsanzug mit pink und roten Sternen und der Aufschrift »Move Your Body«. Das war Studio-Design und ein Geschenk vom Besitzer desselben.

Dieses Studio »Move Your Body« lag günstig für mich. Es waren nur wenige Minuten mit dem Auto zu fahren. Mit dem Fahrrad schaffte ich es in einer Viertelstunde und mit den Skates etwas darunter.

Die Sonne schien strahlend, aber nicht zu heiß an diesem

Septembermorgen, die Straße war trocken und der Berufsverkehr vorbei. Ich wuchtete mir den Rucksack auf den Rücken und zog mir auf den Stufen vor der Haustür sitzend die Inline-Skates an. Dabei konnte ich feststellen, dass auch der Wagen des Herrn Nachbar inzwischen wieder glattgebügelt war. In dem schnittigen Coupé lag sein gelber Helm mit dem Logo einer großen Baugesellschaft und seinem Namen. Ich hatte mir nicht die Mühe gemacht, herauszufinden, was der werte Herr von Beruf war. Vermutlich war er über den Status des gemeinen Maurers hinausgekommen, sonst hätte er sich die Nobelkiste nicht leisten können. Aber für mehr als Polier reichten seine Manieren nicht, denn als ich mich gerade aufrichtete, um loszulaufen, hörte ich seine raue Stimme: »Na, für diese Art der Fortbewegung sollten Sie doch langsam zu alt sein!«

Leider, und das muss ich zugeben, verlor ich prompt den Halt und fiel rückwärts auf mein Hinterteil. Das tat zwar nicht besonders weh, war aber in vielerlei Hinsicht demütigend. Ich rappelte mich auf und konnte sehen, wie Alexander Harburg in seinen Wagen stieg. Ich sandte ihm einen zornentbrannten Blick zu. Er startete, fuhr an, und mit einem leichten Scheppern fiel das Auspuffrohr auf die Straße. Ein sattes Dröhnen erklang.

Die ersten hundert Meter waren lästig, Verbundsteinpflaster ist für die Skates nicht der optimale Untergrund. Aber dann ging die Straße in glatten Asphalt über, und ich kam auf Geschwindigkeit. Vergessen war mein Zorn. Ich liebe einfach diese gleitende Bewegung, es ist beschwingend, wenn man so durch den Verkehr rauscht.

Auf dem Parkplatz standen schon ein paar Autos, die mir bekannt vorkamen. Prima, dann war der erste Kurs heute Morgen wenigstens gut besucht. Neun Uhr ist für manche der Damen einen Hauch zu früh. Aber um zehn jammern sie auch schon wieder, weil sie die Kinder abholen und Essen kochen müssen.

»Hallo, Jeany!«

»Hi, Deba! Vier bis jetzt.«

»Gut. Stell mir schon mal ein großes Glas Wasser hin.«

»Klar!«

Ich zerrte mir die Skates von den Füßen und stapfte in die Umkleide. Hier traf ich auf Agnes, die sich gerade die Schuhe band.

»Agnes! Genau die Frau, die ich heute brauche.«

»Na, so was? Aber ich war eine Woche wandern, das war mal nötig. Wie kommt es, dass du mich brauchst?«

»Du kennst dich doch mit Katzen aus, nicht?«

Agnes hatte sich einen Mini-Bauernhof auf einem Grundstück mit einem alten Fachwerkhaus geschaffen und nahm alle naselang irgendwelche Tiere zur Betreuung auf. Letzthin waren es zwei Gänse, die mir unsympathisch waren. Ihre Hunde hingegen, ein Riesenschnauzer mit Namen Schnäuzelchen und eine riesige Dogge, unendlich passend Mäuschen gerufen, sind bezaubernd. Beide verstehen sich blendend mit den diversen Katzen, die – bis auf drei oder vier ständige Hoftiger – bei ihr auf Durchgangsstation sind.

»Nach dem Training habe ich ein bisschen Zeit, dann können wir dein Problem lösen.«

»Super!«

Auf Agnes konnte man sich verlassen.

Die zwei Stunden in dem verspiegelten Raum verliefen vergnügt und schweißtreibend, anschließend ließ ich mich mit meinem Glas Wasser zusammen mit Agnes, wir beide in dicke Handtücher gehüllt, in die Sitzecke fallen, die »de Ärisch«, Erich bürgerlich und Maître dieses Etablissements, auf unser Betreiben hin eingerichtet hat.

Die fachliche Beratung war kurz und kompetent, und ich musste Micki mal wieder Abbitte leisten.

»Überlass das Aufziehen der Katzenmutter. Erst wenn die verschwindet, hast du ein Problem. Dann rufst du mich einfach an.«

So ist Agnes.

»Wie kommst du so mit deinem neuen Heim zurecht. Schon alles an seinem Platz?«

»Das war ziemlich schnell gelöst. Wir sind ja mit kleinem Gepäck gereist.«

»Du bist ja auch sehr energisch. Ich habe nicht den Eindruck, dass sich in deinem Keller viele Erinnerungsstücke anhäufen. So wie bei mir. Allmächtige, wenn ich noch einmal umziehen müsste!«

»Na ja, es gab schon ein paar Sachen. Aber ich habe mit der Vergangenheit auch viele Dingen ausgemistet. Bis auf einige Stücke mit gefühlsmäßigem Wert ist nichts geblieben. Und Micki hat es genauso gemacht. Aber trotzdem …«

Ich trank einen großen Schluck Wasser, um den Flüssigkeitsverlust des Trainings wieder auszugleichen.

»Hört sich so an, als ob doch nicht alles so ganz eitel Sonnenschein wäre?«

Ich zögerte einen Moment. Warum sollte ich Agnes mit meinen Schwierigkeiten im Nachbarschaftsverhältnis belästigen?

Andererseits – warum nicht?

»Tja, ich habe wohl etwas meine Sozialisationsfähigkeit überschätzt.«

»Huch, was für ein Wort! Willst du damit sagen, dass du Ärger mit den Nachbarn hast?«

»Singular. Dem Nachbarn.«

»Ah. Guckt er dir ins Schlafzimmerfenster?«

»Was?« Und dann stellte ich mir das bildlich vor und musste laut lachen. »Eher weniger. Unsere Beziehung ist eine deutlich andere. Außerdem ist der Typ zu alt dafür.«

»Dazu sind die nie zu alt«, kicherte Agnes, die es wissen musste, denn sie ist bereits vierundfünfzig und ihr Mann noch ein Stück älter. Na gut, ich akzeptierte den Einwand.

So alt war Harburg auch wieder nicht. Es nivelliert sich alles ein wenig, wenn man selbst Mitte dreißig ist.

»Der Mann hat auf den ersten Blick eine Abneigung zu uns gefasst. Wir können ihm schlicht und ergreifend nichts recht machen. Das fing schon an, als wir renoviert haben.«

Ich schilderte ihr die Vorkommnisse, und sie nickte mitfühlend.

»Aber du lässt dir nichts gefallen, was?«

»O doch, sehr viel. Ich bin ein Ausbund an Höflichkeit.«

War ich wirklich. Von eisiger Höflichkeit. Obwohl, die Sache vorhin …

»Na, Mädchen? Müsst ihr heute gar nicht Mittagessen kochen?«

Rüdiger! Wenn es einen Schmierlappen gibt, den ich verabscheue, dann ihn.

»Du hast ja wohl auch schon Staub gewischt und die Betten bezogen.«

»Ganz frisch bezogen, Süße. Könntest ja mal ausprobieren kommen.«

»Danke, vielleicht in der nächsten Inkarnation, wenn ich wieder Bettwanze bin.«

Agnes gluckste, als sich Rüdiger abwandte.

»Du hast ein Schandmaul, Deborah. Bist du ganz sicher, dass du immer freundlich zu deinem Nachbarn bist?«

»Ganz sicher. Er steht immerhin noch ein ganz kleines Stück über Rüdiger.«

»Ich mag den Jungen auch nicht!«

Rüdiger ist einer der Trainer aus dem Gerätebereich, und eine ganze Reihe der Mädels im Studio findet ihn hinreißend. Er frisiert seine schwarzen Haare zu gelglibberigen Locken, trägt eine Menge Metall um Hals und Handgelenken und hat ein Bilderbuch von Tätowierungen auf Armen, Brust und Rücken. Und wahrscheinlich noch an anderen dekorativen Stellen. Außerdem ist er ein Anhänger der Piercing-Mode, und zeigt uns allzu gerne seine durchstochenen Brustwarzen, in denen Ringe mit Kettchen baumeln. Damit unterscheidet er sich zwar vom Aussehen nicht allzu sehr von anderen, die in diesem und ähnlichen Studios ihre Muskeln stählen, aber er hat so ein – na – verachtendes Gebaren an sich, das mich abstößt.

Als er in der Umkleide verschwunden war, fiel mein Blick auf die Uhr über der Theke, und ich stand auf.

»Agnes, ich muss los. Danke, dass du mir zugehört hast. Vielleicht gewöhne ich mich ja noch an meinen Nachbarn. Aber diese Xenia ist wirklich das Letzte.«

»Wer ist das?«

»Die Frau, die bei ihm wohnt. Ich weiß nicht, ob sie seine Tochter oder Freundin ist, auf jeden Fall ist sie bestimmt zwanzig Jahre jünger als er und eine absolut schräge Ziege.«

»Na, mit solchen hast du ja hier Erfahrung gesammelt.«

»Mit der tun sich allerdings noch ganz neue Horizonte auf.«

Ich schnallte mir wieder die Skates an die Füße, den Rucksack auf den Rücken und eilte nach Hause.

Harburgs Auto war weg. Der Auspuff auch. Eine Spur von schlechtem Gewissen bemerkte ich doch bei mir.

Es war inzwischen halb eins, Micki hatte heute lange Schule. Also machte ich mir nach dem Duschen zwei Vollkornbrote mit Käse und Tomaten. Dann zog ich mich an meinen Schreibtisch zurück und schaltete den PC ein. Eine halbe Stunde arbeitete ich intensiv an einem komplizierten Protokoll, das mit technischen Ausdrücken und Abkürzungen nur so gespickt war, dann begann der Lärm mich zu stören.

Es war Musik, ja. Aber eher unmelodiös und von ziemlich aggressivem Rhythmus. Zu allem Überfluss kam auch noch ein reichlich seltsamer Gesang dazu, offensichtlich live aus Xenias Kehle. Ich versuchte es zu ignorieren und mich weiter auf meinen Text zu konzentrieren, aber es fiel mir schwer.

Was diese Xenia so trieb, war mir noch unklarer als Harburgs Beschäftigung. Die Frau schien keiner geregelten Tätigkeit nachzugehen, oder wenn, dann einer, die sich in den Abendstunden abspielte. Ein paar Mal hatte ich sie schon in herrlich aufgebrezelter Form aus dem Haus gehen sehen. Bei diesem unmenschlichen Geheul, das da von nebenan herüberklang, wollte ich mal zu ihren Gunsten annehmen, dass sie in einer drittklassigen Rockband mitsang.

»Hallo, Mam, bin wieder da!«

»Hallo, Micki. Hast du Hunger?«

»Bärigen. Aber brauchst nicht runterkommen. Ich mache mir ein Omelett!«

Micki kann ganz gut kochen, also ließ ich sie in der Küche herumpantschen und machte noch ein paar Seiten fertig. Die Musik von drüben hatte inzwischen aufgehört.

Dann stand meine Tochter plötzlich an meinem Schreibtisch und grinste mich an.

»Na, Mausebärchen, satt und zufrieden?«

»Hab 'ne Eins in der Mathearbeit.«

»Sauber!«

»Mh.«

»Was ist?«

Das Grinsen wurde breiter, und Mickis Augen funkelten. Das tun sie immer, wenn sie etwas ausheckt.

»In Deutsch hab ich auch eine Eins.«

»Soso.«

»Mh.«

»Sonst noch wo?«

»Vokabeltest!«

»Aha. Und du bist jetzt irgendwie der Meinung, dass du noch mehr Lob und Anerkennung brauchst?«

Micki bittet selten um irgendwelche ausgefallenen Dinge, deswegen war ich jetzt nur neugierig.

»Duhu, ich hab doch übernächste Woche Geburtstag.«

»Das hätte ich jetzt glatt vergessen. Gut, dass du mich daran erinnerst. Wie alt wirst du eigentlich?«

»Mam!«

»Nun lass es raus!«

»Wenn das Wetter schön ist, könnte ich wohl zwei, drei Leute zum Grillen einladen?«

»Wie viele sind ›zwei, drei Leute‹?«

Ich kenne doch meine kontaktfreudige Tochter.

»Ähm, Sylvi, Trixi, Nele, Dani, Yasemin, Sheba ...«

»Wer?«

»Oh, eine Neue. Mit Kopftuch. Aber sie muss auch mal unter Leute kommen.«

»Unter zwei, drei. Ich verstehe. Bislang war das eine reine Damengesellschaft. Ich denke, mit vierzehn bist du alt genug für Herrenbegleitung, nicht? Wen gibt es denn da noch so?«

»Oh, Tobi, Berni, Reza, Schluffi und ... äh, Kevin.«

»Äh Kevin? Kenne ich äh Kevin?«

Mickis milchkaffeefarbene Haut hatte bei dem letzten Namen eine dunklere Färbung angenommen.

»Er ... er ist zwei Klassen über mir. Kevin Knopfloch.«

»Gott, der Ärmste.«

»Ja, nicht? Darf ich die alle einladen?«

»Darf ich dazu die Salate, die Bowle, den Schwenkbraten und die Würstchen machen?«

»Ach, Mam!«

Micki kam zu mir um den Schreibtisch herum und drückte mich. In diesem Moment begann das Dröhnen und Wimmern nebenan wieder, und sie zuckte zusammen.

»Was ist das denn?«

»Oh, das hatte ich schon eine Stunde lang. Das scheint Xenia abzusondern.«

»Kriegt die hin und wieder Schreikrämpfe da drüben?«

»Du hast es wahrscheinlich erfasst. Das hört sich wirklich an, als ob sie gegrillt wird.«

»Jetzt verstehe ich aber gar nicht mehr, warum der Schorsch sich so aufregt, wenn wir mal ein bisschen Techno hören. Das ist ja glattweg barocke Flötenmusik gegen dieses Gedonner da.«

»Ich versteh's auch nicht, Micki. Und wenn das nicht aufhört, werde ich mich leider heute Abend bei ihm beschweren müssen.«

»Ich stopfe mir jetzt Watte in die Ohren und mach Aufgaben.«

»Gute Idee!«

Ich folgte ihrem Beispiel und vertiefte mich wieder in mein Protokoll.

Zwei Stunden später war ich fertig, las das Geschriebene Korrektur und ließ es ausdrucken. Nebenan war Ruhe eingekehrt. Während der Drucker arbeitete, räumte ich meinen Schreibtisch auf. Ein bisschen Ordnung muss sein. Dann streckte ich mich, um meine verkrampften Schultern zu lockern, und erfreute mich an meinem Arbeitszimmer. Bisher hatte ich ein Eckchen im Schlafzimmer für mich reserviert und beständig in einem Wust aufgeschlagener Wörterbücher, Nachschlagewerke und Fachzeitschriften gelebt. Deswegen war ich froh, jetzt alles in weißen Regalen stehen zu haben, hinter den blau gemusterten Gardinen einen luftigen Ausblick über die vier Bäume im Garten zu genießen und meine nackten Zehen in den hellgrauen Teppichboden vergraben zu können. Es war schon schön, ein geräumiges Haus zu haben, selbst wenn es mit dem einen Nachbarn nicht so klappte. Die anderen waren ja sehr verträglich. Keiner drängte sich auf, aber alle grüßten freundlich und nahmen auch schon mal Pakete für uns an.

Ich ging hinunter. Mickis Zimmertür war geschlossen, es drang leise Musik heraus. Also ging ich weiter nach unten. In der Küche stand Freias Korb. Die Grautigerin schlief oder döste, die weißen Pfötchen sorgsam um ihren schwarzen Nachwuchs geschlungen. Als ich an den Kühlschrank ging, blinzelte sie mir träge zu. Ich bückte mich und streichelte sie ein wenig. Für eine Streunerkatze war sie ganz gut gepflegt und nicht zu mager gewesen, als wir sie aufgeklaubt hatten. Aber vermutlich hatte sie so ihre Futterstellen. Es gab viele Haushalte mit Katzen in dieser Straße.

Wir waren Semi-Vegetarier, Micki und ich. Also nicht unbedingt fanatisch. Aber Fleisch gab es selten bei uns. Ich sah die Vorräte durch. Allem Anschein nach sollte es Nudeln mit einer Gemüse-Sauce geben. Ich setzte Spaghetti auf, putzte Zwiebeln, Pilze und Peperoni, die in Tomatenpüree gedünstet wurden. Zur Abrundung wollte ich ein paar frische Kräuter aus dem Garten holen. Unsere Vorbesitzer hatten ja zum Glück ein wohlsortiertes Kräuterbeet hinterlassen, und ich hatte noch ein paar Schalen dazu angelegt. Mit allen meinen Lieblingspflanzen, wie Rosmarin und Thymian, Lavendel und Salbei, Estragon und Dill, Majoran und Liebstöckel. Und natürlich Petersilie und Schnittlauch. Das erleichterte viele Dinge für mich. Und die fehlenden Gewächse würde ich im nächsten Frühjahr aussäen. Jetzt strich ich sacht mit der Hand über den duftenden Majoran und den Rosmarin, dann schnitt ich einige Zweiglein ab, um sie nachher in die köchelnde Sauce zu geben. Als ich mich wieder aufrichtete, sah ich, dass der Herr Nachbar ebenfalls im Garten war. Er kehrte mir den Rücken zu und musterte die hohe Buchsbaumhecke, die das Grundstück zur anderen Seite begrenzte. Eigentlich ein stattlicher Mann, groß, breites Kreuz und von aufrechter Haltung. Kein Sesselheld. Er hatte eine blaue Latzhose an, ein verwaschenes Sweatshirt und ausgetretene Turnschuhe. Richtiger Worker-Look. Wahrscheinlich verbarg aber eben diese Latzhose einen Bierbauch, denn er nahm gerade einen Schluck aus der Flasche. Ansonsten besaß der Mann extrem kurzgeschorene graumelierte Haare. Die Farbe ließ darauf schließen, dass auch sie einmal schwarz gewesen waren. So wie sein Schnauzbart und die buschigen Brauen.

Ich zog mich zurück, bevor er sich umdrehen und mich zur Kenntnis nehmen konnte.

Als ich die Kräuter gezupft hatte, kreischte die Heckenschere los. Und Micki fand sich in der Küche ein.

»Schon wieder Konzert, was?«

»Vielleicht muss das sein. Typische Feierabendbeschäftigung des deutschen Mannes. Rasenmähen und Heckeschneiden.« Ich hob die Schultern. »Du kannst Käse reiben, wenn du magst.«

»Oh, Nudeln! Gut!«

Wir aßen in der Küche. Sie ist zwar nicht sehr groß, aber in hellem Holz eingerichtet mit einer gemütlichen Essecke.

Beim Essen konnten wir aus dem Fenster sehen und die Straße beobachten. So entging uns also nicht, dass Xenia das Haus verließ. Eine düstere Erscheinung in schwarzen Hosen, schwarzem Top und nagelspitzen Absätzen. Die kurzgeschnittenen schwarzen Haare mit einem schnellwirkenden Klebstoff straff nach hinten gestylt, die Augen nachtschwarze Tümpel der Sünde, und die Lippen schimmerten in dunklem, glänzendem Rot.

»Eine viertklassige Rockband!«

»Was?«

»Ich nehme an, sie hat heute Nachmittag ihren Auftritt geprobt, Micki.«

»Ach so, ja, vielleicht macht sie so was. Oder ist DJ in einem letztklassigen Schuppen. Aber vielleicht geht sie auch Anschaffen, damit der Schorsch den Koks bezahlen kann.«

Manchmal frage ich mich, ob ich mein Kind zu frei erziehe.

»Als ich in deinem Alter war, habe ich mir solche Aussagen nicht erlaubt.«

»Du warst wohl ziemlich weltfremd, was?«

»Okay, ich nehme die letzte Behauptung zurück.«

Micki kicherte. Dann pfiff sie ihren derzeitigen Lieblingssong vor sich hin, der den schönen Refrain hatte: »Mutter, der Mann mit dem Koks ist da«. Womit eigentlich klar sein sollte, aus welchen Medien sie ihre Lebenserfahrung bezog.

Ich pfiff beim Abwaschen mit. Als wir fertig waren, sah ich, dass Harburg seine Mülltonne aus der Einfahrt schob, was mich daran erinnerte, dass ich ja auch Hausbesitzerpflichten hatte. Vor allem, weil ich letzte Woche schon mal vergessen hatte, den Müll rauszustellen. In den Mietwohnungen, in denen ich bisher gelebt hatte, war für solche Tätigkeiten der Hausmeister verantwortlich gewesen.

Ich ging nach draußen und rollte die prallvolle graue Tonne von der Hauswand weg. Der Herr Nachbar kehrte Teile seiner Hecke zusammen.

»Guten Abend, Herr Harburg.« Natürlich, ausgesuchte nachbarschaftliche Höflichkeit.

»Guten Abend, Frau McMillen.« Kein Lächeln unter dem schwarzen Bart. »Gut, das Sie wenigstens diesmal daran denken, den Müll an die Straße zu stellen. Es begann schon, eine Geruchsbelästigung zu werden.«

Süß, nicht?

»Gut, dass ich Sie treffe, Herr Harburg. Ich wäre Ihnen sehr verbunden, wenn Sie Ihrer Mitbewohnerin den Tipp geben würden, demnächst ihre Musik eine Idee leiser zu stellen. Wissen Sie, ich arbeite nämlich zu Hause.«

Ich hatte sehr sachlich gesprochen.

»Mich wundert, dass Sie das stört. Sie hören doch die gleiche Richtung in derselben Lautstärke. Ich würde empfehlen, dass Sie demnächst einfach versuchen, meine Schwester zu übertönen. Aber bitte nur, wenn ich nicht im Haus bin.«

»Es mag Ihrem geschulten Ohr ja entgangen sein, aber das, was wir an Musik hören, ist eine etwas andere Stilrichtung. Und vor allem singen wir nicht dazu.«

»In der Tat? Nun, ich kann keinen Unterschied feststellen. Im Übrigen sollten Sie das mit meiner Schwester direkt diskutieren, meinen Sie nicht auch?«

Dieser Feigling! Ich fühlte schon wieder die Wut in mir aufsteigen, als ich die drei Stufen zum Eingang hochging. Und ehe ich es mich versah, kippte seine Mülltonne um, die er eben an den Bordstein schob. Der Inhalt verteilte sich auf der Straße.

»Viel Spaß«, wünschte ich und schlug die Haustür hinter

mir zu. Aber dann packte mich das Unbehagen. Hoffentlich hatte Micki nicht …

Vergebliche Hoffnung. Micki hatte.

»War das Zufall?«

»Es ist immer Zufall«, beschied ich sie kurz und zog mich ins Wohnzimmer zurück.

Dort fiel es mir wieder ein, was mich irritiert hatte. Schwester hatte er gesagt. Schwester? Na, dann war Xenia wohl ein ziemlicher Nachkömmling in der Familie. Kein Wunder, dass das schrille Huhn dermaßen herumzickte. Vermutlich das verwöhnte Nesthäkchen.

Am nächsten Morgen wählte ich lila Radlerhosen und ein schwarz-lila T-Shirt. Heute war Fahrradtag, denn Micki hatte sich die Skates ausgeliehen. Weil es schon morgens sehr warm war, verzichtete ich auf weitere verhüllende Kleidungsstücke, sehr zur Freude der Müllwerker, die gerade vor unserem Haus ihrer Tätigkeit nachgingen, als ich das Rad aus der Garage schob. Mehrere anerkennende Pfiffe und einige schmeichelhafte Bemerkungen schallten zu mir herüber. Und ich gehöre nicht zu den prüden Jungfern, die sich bei so offenkundiger Bewunderung südländischen Temperamentes indigniert abwenden. Ich lachte die drei Männer an und schwang mich aufs Rad.

»Es macht mir ja nichts aus, wenn Sie nicht besonders wählerisch in Ihren Männerbekanntschaften sind, aber so offenkundig brauchen Sie sich hier auch nicht zur Schau zu stellen«, murmelte die Reibeisenstimme neben mir. Ich wäre beinahe umgekippt. Alexander Harburg! Wäre mir die Stimme nicht bekannt gewesen, ich hätte ihn nicht erkannt. Im grauen Anzug, mit Aktentasche. Und einem unverschämten Grinsen auf dem Gesicht.

Der Tag fing nicht gut an.

Ich radelte aus dem Wohngebiet hinaus und bog auf die Hauptstraße, die in das kleine Industriegebiet führte. Unser Haus stand in einem Vorort eines Vororts, einem eingemeindeten Dorf einer Kleinstadt. Zwischen Dorf und Kleinstadt allerdings wurde ein Gewerbegebiet erschlossen. Das war zwar hässlich, hatte aber unbestreitbare Vorteile. Es gab einen Supermarkt, drei Autohäuser, ein Möbellager und ein Lampenstudio. Und eine Reihe von Baustellen, denn inzwischen hatten eine Versicherung, ein Ingenieurunternehmen und eine Wirtschaftsprüfungsgesellschaft die Genehmigung zum Bau ihrer Glaspaläste bekommen. Ein paar ältere baufällige Häuser in schönstem Vorkriegs-Mietskasernen-Stil standen eingezäunt in dem Bereich, wo eines der Bürogebäude entstehen sollte. Sie waren zum Abbruch bestimmt und starrten mit leeren Fenstern in den Spätsommermorgen. Ein deprimierender Anblick.

Ich verließ das Industriegebiet und kam in die bewohnten Randbezirke. Hier, zwischen kleinen Läden, der Post und dem Kindergarten, befand sich das Studio.

Kaum eingetreten fing mich »de Ärisch« ab.

»Hallo, Deba.«

Ich wurde an eine superbreite, supermuskulöse Brust gedrückt und bekam rechts und links einen Schmatz auf die Wange. Das macht Ärisch aber mit allem, was weiblich und zwischen zwölf und neunzig ist. Man gewöhnt sich dran. Jeany hat sich auch daran gewöhnt – und Jeany ist seine Frau.

»Na, Supermann, wie geht's? Wie kommt es, dass du zu so früher Stunde hier bist?«

Erich macht normalerweise abends Theke und Training. Morgens rückt er Möbel in einem Möbelhaus.

»Jeany ist beim Zahnarzt. Hier, der Boss hat gesagt, ich soll dich fragen, ob du wieder den SV-Kurs donnerstags übernehmen willst?«

»Gern. Ab wann?«

»Übernächste Woche. Es haben sich schon sechs Frauen angemeldet.«

»Gut, wieder zwei Monate lang?«

»Glaub schon.«

Mir kam eine Idee.

»Kann ich Micki mitbringen?«

»Klar. Kein Problem.«

»Na, ich frage Alan lieber noch mal. Wann lässt er sich mal blicken?«

Der Besitzer des Studios hatte den Laden so gut im Griff, dass er nur selten mal vorbeischaute.

»Weiß nicht. Ruf ihn mal an. Oder sprich mit Katharina. Die wollte heute gegen Mittag kommen.«

Katharina war die Geschäftsführerin dieses und der zwei anderen Studios, die Alan gehörten. Ich mochte sie.

»Und die Sonja will die Mittwochstunden von dir übernehmen.«

»Die kriegt sie aber nicht.«

Sonja ist ein Geier. Über sie hatte ich mich schon oft geärgert. Sie will, dass alles nach ihren Vorstellungen läuft, immer mit der Begründung: »Aber ich arme Studentin brauche doch das Geld!« Und sie achtet akribisch darauf, dass ja keiner von uns mehr Stunden hat als sie. Klar, dass sie von mir ein Kontingent haben wollte, wenn ich die Frauen-Selbstverteidigung übernahm.

»Sie kann die Donnerstagstunden haben. Dann muss ich nicht zweimal am Tag herkommen.«

»Hab ich ihr auch schon vorgeschlagen. Aber da hat sie Vorlesung.«

»Dann tut's mir leid für sie. So, und jetzt muss ich die Mädels auf Trab bringen.«

Katharina stand an der Theke, als ich mit meinen Stunden fertig war. Ihr hüftlanger Zopf wippte amüsiert, weil sie mit Ärisch schäkerte. Einen schöneren Gegensatz als die beiden kann man sich überhaupt nicht vorstellen. Ärisch ist nämlich spiegelblank kahlgeschoren.

»Hi, Deba. Natürlich kann Micki mitmachen. Da brauchst du nicht zu fragen.«

»Grüß dich, Katharina. Das wird sie freuen. Hat Erich auch über Sonja schon mit dir gesprochen?«

»Mh.«

Nanu, was war das denn für eine Reaktion. So zugeknöpft war Katharina doch sonst nicht.

»Gibt es etwas, das ich noch nicht weiß?«

»Hast du einen Moment Zeit?«

»Ein paar Minuten.«

»Komm mal mit.«

Katharina führte mich in das kleine Büro, wo sie ihre Geschäftsunterlagen aufbewahrt.

»Es ist so ... es hat da Gerüchte gegeben ...«

Schon wieder. Ich mache den Job wirklich gerne. Ich freue mich immer, wenn eine Gruppe mitzieht, wenn ich eine fröhliche Stimmung verbreiten und die Leute an die Grenzen ihrer Leistungsfähigkeit bringen kann. Aber die Klüngelei im Team ist mir verhasst.

»Was denn nun, Katharina?«

»Man sagt, die Frauen fühlen sich von dir überfordert. Du bist zu hart als Trainerin.«

»Ah ja.«

Wir sahen uns an. Okay, so etwas erwähnt man nicht an der Theke, wo die Kundschaft zuhören kann. Viel zu sagen gab es da allerdings nicht.

»Pass ein bisschen auf. Und melde dich, wenn etwas daneben geht, Deba. Ich weiß, dass ich mich auf dich verlassen kann.«

»Schon gut.«

»Und, gibt es sonst etwas Neues?«, fragte Katharina und sah mich durchdringend an.

Ich erzählte ihr es. Anschließend fühle ich mich etwas besser.

Meine Auftraggeber hatten angerufen, es gab ein Handbuch zu übersetzen. Dreihundert Seiten und Anlagen. Schön, das war viel Geld, aber eine selten öde Arbeit. Ich rief zurück und vereinbarte einen Termin, um die Angelegenheit durchzusprechen. Dann setzte ich mit knurrendem Magen eine Vichysoisse auf und legte Brötchen in den Backofen.

Freia präsentierte mir mit einem glücklichen mütterlichen Augenaufschlag ihre Kinder, die heute das erste Mal mit eigenen Augen in die Welt sahen. Sie wurden prompt von einer gewaltigen Neugier gepackt und versuchten, dem Korb zu entkommen.

»Hey, du trittst gleich auf Holy, Mam!«

»Na, Micki, dann fang deine Schützlinge mal wieder ein. Das ist ja schlimmer als in einem Mauseloch hier.«

Wir kümmerten uns um ein Behältnis mit höheren Außenseiten, dann endlich konnte ich einen Happen essen.

»Du, Mam, was hast du heute Nachmittag vor?«

»Arbeiten, Schatz.«

»Meinst du, du hast zwischendurch mal ein paar Sekunden Zeit?«

»Könnte schon sein, wenn es etwas ist, für das es sich lohnt.«

Mein Instinkt hatte mich nicht getrogen.

»Es ist so, dass wir zusammen Aufgaben machen wollen. Und … äh …«

»Ich glaube, Kevin würde die Vorsilbe ›äh‹ nicht so gerne als einen Bestandteil seines Namens sehen. Und ich würde ihn gerne kennenlernen. Dafür unterbreche ich sogar gerne meine geisttötenden Übersetzungen, Micki.«

Warum sollte ich meiner Tochter ihre ersten Liebeleien verbieten? Vor allem, weil sie so freimütig damit nach Hause kam.

Ein strahlendes Lächeln belohnte mich.

»Übrigens habe ich ausgemacht, dass du nächste Woche den Kurs bei mir mitmachen kannst. Hast du noch Lust dazu, oder sind deine vielfältigen Interessen jetzt anders gelagert?«

»Nein, nein, Mam. Weißt du, Kevin hat nämlich gerade seinen Grüngurt in Taekwondo gemacht.«

»Gut! Dann kannst du ja demnächst mitreden.«

»Ich habe auch schon von dir erzählt. Äh … ach so, also, Kevin würde dich auch furchtbar gerne kennenlernen. Wo du doch einen Dan in Ju-Jutsu hast.«

Ach du liebes bisschen, wenn das die Qualifikation war, die mich interessant für ihn machte, dann durfte ich mich ja auf ein fröhliches Fachgesimpel in Fragen der diversen Kampftechniken einstellen. Hoffentlich war Kevin nicht ein ganz so penetranter jugendlicher Enthusiast.

Es zeigte sich, dass Kevin ein sehr höflicher und überraschend intelligenter Junge war. Und mich wunderte es nach einem kurzen Gespräch mit ihm auch nicht mehr, dass Micki für ihn schwärmte. Er hatte trotz seiner sechzehn Jahre einen erstaunlichen Charme, der ihn wegen seiner sichtlich bekämpften Unsicherheit nur noch attraktiver machte. Er war groß, schlaksig, hatte lockige blonde Haare und den himmelblauesten Blick, den ich je an einem lebendigen Menschen gesehen hatte. Und dieser himmelblaue Blick strahlte mich mit so ergebener Bewunderung an, dass ich Angst um Micki bekam. Aber diese Mustertochter zeigte keinen Ansatz von Eifersucht, sondern schien unerklärlicherweise stolz auf mich zu sein.

Also, so ganz schlecht war der Tag nun auch wieder nicht.

Nach zwanzig Minuten zogen die beiden ab, und ich machte mich fertig, um die Unterlagen abzuliefern und mir die Bedingungen für den neuen Auftrag anzuhören. Zu diesem Zwecke verkleidete ich mich als Geschäftsfrau. Sportliche Eleganz, dachte ich, als ich mich in meinem Wandspiegel musterte. Meine schulterlangen Haare, die ich gewöhnlich offen trage, richtete ich zu einem tiefen Nackenknoten her, zartrosa Lippenstift, Wimperntusche, ein Hauch Puder auf die Nase, dann die Aktenmappe, und fertig war Business-Woman McMillen.

Bei Schmitt & Mahler lief alles problemlos, wir arbeiten seit Jahren zusammen. Nach zwei Stunden hatten wir alles soweit durchgesprochen, und ich verließ mit einem umfangreichen Ordner das Bürogebäude. Es war allerdings inzwischen fast sieben Uhr geworden, und ich beschloss spontan, noch einmal im Studio vorbeizuschauen, um mein Problemchen mit Sonja zu lösen. Ich schiebe Unannehmlichkeiten nicht gerne auf die lange Bank.

Abends war im Tempel des Sportes deutlich mehr los. Ich musste zwei Seitenstraßen entfernt parken und ärgerte mich über die eleganten Schuhe an meinen Füßen. Als ich in den Vorraum trat, sah mich Jeany genau so an, wie sie Neuankömmlinge immer mustert. Mit höflich fragendem Blick.

»Na, Jeany?«

»Oh, duuuu bist es. Was liegt an? Willst du das Studio kaufen?«

»Doofnuss!« Die Sprache meiner Tochter färbt manchmal auf mich ab. »Ich suche Sonja, sie müsste doch heute Abend Kurs haben. Ist sie schon da?«

»Hinten, an der Theke im Geräteraum.«

»Danke.«

Ich ging durch den Gang zur Eisenwaren-Abteilung und ignorierte geflissentlich die irritierten Blicke, die mich streiften. Sonja saß in pinkfarbenen kurzen Hosen und passendem Bustier auf einem der hohen Hocker und zeigte der muskulösen Männerwelt ihre mageren Rippen. Sie hat einen Hang zur Nahrungsverweigerung. Neben ihr stand Rüdiger, ebenfalls in kurzen Höschen. Einen hübschen Knackpopo hatte er ja. Nur dass das Trägerhemd, das weniger seine Brust als seine Taille bedeckte, die durchstochenen Brustwarzen frei ließ, fand ich unappetitlich. Aber offensichtlich war das Geschmackssache, denn Sonja spielte mit ihren langen, schwarzlackierten Fingernägeln mit dem Kettchen an dem einen Ring. Rüdiger entdeckte mich vor ihr.

»Ey, geil, Mann«, begrüßte er mich, und mir stellten sich die Nackenhaare auf. Ich nickte ihm zu und sagte dann hallo zu Sonja.

»Hallo.« Tonlos und unwirsch klang ihre Entgegnung.

»Kommst du mal eben mit, Sonja. Wir haben etwas zu klären.«

»Hab gleich einen Kurs.«

»In fünfzehn Minuten. Also komm.«

Unendlich langsam schob sie sich von ihrem Hocker und ging mit mir in die Küche.

»Sonja, ich wollte dich bitten, donnerstags meine Vormittagsstunden zu übernehmen, so lange ich den Selbstverteidigungs-Kurs abends mache. Du bist ja immer auf der Suche nach mehr Stunden, darum dachte ich erst einmal an dich, bevor ich die anderen Trainerinnen frage.«

»Donnerstags habe ich Vorlesung. Ich will deine Mittwochstunden.«

»Die möchte ich aber behalten. Außerdem hast du letztes Jahr gesagt, die Hausfrauentruppe magst du nicht.«

»Mir passt aber Mittwoch besser. Die Leute sind mir egal.«

»Sonja, du möchtest immer, dass alles zu deiner Bequemlichkeit geregelt wird. Aber das funktioniert manchmal eben nicht. Ich biete dir an, alle zwei Wochen tauschen wir Mittwoch und Donnerstag. Ist das okay?«

»Nee. Und ich muss jetzt weg.«

Sie ließ mich grußlos stehen, drehte sich aber dann noch mal um und zischte: »Und lass die Finger von Rüdiger, hörst du!«

Manchmal verblüfft es mich immer noch, was die Einbildung bei den Menschen vermag.

Immerhin hatte ich noch einen Verblüffungseffekt zu verzeichnen, denn als ich vor dem Haus aus dem Auto stieg, stand Familie Harburg vor der Tür. Sie sahen mich einen Augenblick grußlos an, dann nickte Harburg mir zu, und Xenia ließ vernehmen: »Schau, Alex, unsere Nachbarin versucht sich den Anschein von Seriosität zu geben.«

Blöde Kuh!

Micki war ausgeflogen, als ich nach Hause kam, ein Zettel informierte mich, dass sie zu ihrer Freundin Janine gegangen war. Na gut. Ich warf mich in bequemere Kleidung und wollte mir einen ruhigen Abend gönnen. Aber erst waren noch die Katzen zu versorgen und die Blumen zu gießen. Draußen auf der Terrasse hatte ich ein paar Schalen mit Chrysanthemen stehen, die auch einen Schluck Wasser vertragen konnten. Es hatte schon drei Wochen lang nicht mehr geregnet. Als ich sie begoss, zog der Geruch von brennendem Tabak zu mir. Ich bin passionierte Nichtraucherin, und wie nicht anders zu erwarten, war es natürlich der Herr Nachbar, der mit einem Zigarillo in der Hand in seinem Garten stand. Ich grüßte höflich naserümpfend.

»Stört es Sie, dass ich rauche?«

»Sie kriegen den Lungenkrebs.«

»Soll ich es aufgeben?«

»Das ist doch Ihre Angelegenheit«, erwiderte ich schnippisch und ging ins Haus zurück. Nie hatte man seine Ruhe!

Am nächsten Morgen machte ich mich wieder mit den Skates auf den Weg. Es war Mittwoch, und ich erwartete nichts Gutes. Sonja ist ein linkes Stück und gibt nicht auf.

Es kam, wie es kommen musste. Sie war bereits vor mir da und lümmelte sich im Trainingsraum herum. Meinen Gruß erwiderte sie allenfalls unmerklich, dafür hatte sie mir die Stereoanlage verstellt, so dass ich Schwierigkeiten mit der Musik bekam, die ich für meine Aerobic-Stunde brauchte. Meine Frauen waren schon da, als ich es endlich gerichtet hatte. Einige von ihnen begrüßten Sonja fröhlich, sie strahlte zurück. Im personal marketing ist sie gut. In subversivem Verhalten auch. Sie bemühte sich die Hälfte der Zeit, mich aus dem Takt zu bringen, und als ihr das weder mit irritierenden Bewegungen noch mit unsinnigen Einlagen gelang, schaffte sie es, die andere Hälfte der Stunde durch ständiges Rein- und Rauslaufen aus dem Trainingsraum so zu stören, dass ich schließlich hinter ihr die Tür zuschloss. Mein Privileg, dass ich den Schlüssel habe, sie nicht.

Aber sie hatte noch lange nicht aufgegeben. Als ich nach dem Kurs zur Theke kam, saß sie schon mit den Teilnehmerinnen der nächsten Stunde dort und hetzte, was ich für ein mieses Training machen würde. Ich überlegte intensiv, ob ich Katharina anrufen sollte. Und kaum hatte ich den Gedanken zu Ende gedacht, klingelte das Telefon.

»Für dich, Deba.«

Ich nahm den Hörer und ging in das Büro.

»Alles in Ordnung, Deba?«

»Nichts. Katharina. Sonja sitzt hier und stänkert.«

»Ich komme vorbei. Und versuche bitte, nicht wütend zu werden!«

Ich lächelte. Katharina war bisher die Einzige, die von meiner neuen, schlimmen Fähigkeit Kenntnis hatte.

»Nein, ich habe meine Gefühle im Griff. Bis nachher.«

Manchmal klappt die Zusammenarbeit ja doch ganz gut.

Die Stimmung war naturgemäß muffig, denn einige von Sonjas Anhängerinnen hatten sich unter die Gruppe gemischt, mit der ich jetzt versuchte, eine Stunde Problemzonen-Gymnastik zu machen. Aber ich ging nicht auf die Versuche ein, mich zu ärgern. Letztlich schadeten die Mädels sich mit den falsch durchgeführten Übungen nur selbst. Und nach der Stunde überließ ich Katharina das Problem Sonja.

Sie rief mich am späten Nachmittag zu Hause an und erzählte mir, dass Agnes die Stunden am Donnerstag übernehmen würde. Das freute mich, denn Agnes ist eine gute Trainerin, wenn auch mehr im Bereich der Krankengymnastik.

»Sonja habe ich vor die Alternative gestellt, sich mit dem zufriedenzugeben, was sie an Stunden hat, oder den Laden zu verlassen. Das Mädchen hat eine unmögliche Ausstrahlung, und ich überlege ernsthaft, ob wir sie nicht wirklich ganz loswerden sollten.«

»Sie hat auch ihre Anhänger. Vielleicht kündigen auch Mitglieder, wenn sie geht. Oder laufen zu einem anderen Studio über. Du weißt ja, sie gibt jetzt schon bei der Konkurrenz Stunden.«

»Nein, weiß ich nicht. Gut, dass du es sagst. Damit habe ich etwas in der Hand, wenn ich sie raussetzen muss. Wo ist sie?«

Ich nannte ihr den Namen des anderen Studios.

»Sie macht wohl Vertretung für eine schwangere Trainerin.«

»Mh. Mir gefällt so etwas nicht. Und mir gefällt auch nicht, dass sie so hinter dem Rüdiger herzieht.«

»Der wiederum mir nicht gefällt, aber die Geschmäcker der Publikümmer sind ja verschieden.«

»Deba, mein Fall ist er auch nicht, aber Luigi hat ihn empfohlen. Du weißt, wie schwierig es ist, zuverlässige Trainer für die Geräte zu bekommen. Und zuverlässig ist er. Er ist der Einzige, der abends wirklich überall noch mal durchgeht und alles abschließt. Er ist immer der Letzte, der aus dem Laden geht.«

Es war wie ein Nadelstich, der Gedanke.

»Kontrolliert ihr ihn?«

»Stichproben.«

Ich schwieg nachdenklich. Und Katharina meldete sich noch einmal mit besorgter Stimme: »Meinst du, da stimmt etwas nicht?«

»Ungutes Gefühl. Aber bei ihm habe ich ständig ein ungutes Gefühl. Ich kann mich auch irren. Jedenfalls bekomme ich immer Gänsehaut, wenn er mich ansieht.«

»Ich werde darauf achten. Danke, Deba. Bis demnächst!«

Ich dachte noch einen Augenblick über das Gespräch nach, aber dann schlug ich seufzend die nächste Seite des Handbuches auf. Wirklich, der Stoff war so trocken, dass es eigentlich beim Umblättern stauben müsste. Die Beschreibung eines umfangreichen technischen DV-Systems mit Unmengen mir bislang fremder Fachbegriffe.

Nach einiger Zeit reckte ich mich und wollte meine Augen im Grün des Gartens entspannen, als ich verwundert eine

Leine voller grellrosa Kleidungsstücke zwischen den Bäumen aufgespannt sah. Ja, narrte mich denn mein überanstrengtes Hirn?

Tat es nicht, es hingen wirklich ein halbes Dutzend grellrosa T-Shirts dort, und meine irregeleitete Tochter hing weiter Textilien, diesmal offensichtlich Höschen, dazu. Übles ahnend lief ich die Treppe hinunter in die Waschküche. Grellrosa, wohin man sah. Textilfarbe, hübsch. Bis die Rückstände aus der Waschmaschine gespült waren, würde es dauern.

»Micki, was ist denn das für ein Schweinkram?«, rief ich ihr schon im Laufen zu.

»Ach, ich wollte mal was probieren. Sieht doch gut aus.«

»Das sind vermutlich alle weißen Kleidungsstücke, die du hattest?«

»Och nö, ein paar Blusen hab ich gelassen.«

»Ich finde das nicht besonders gut, weißt du das?«

»Warum denn nicht? *Ich* muss die Sachen doch anziehen.«

»Und wer macht die Sauerei in der Waschküche weg?«

»Hey, nun sei nicht so grantig, Mam!«

Ich war aber grantig, denn mir waren die Konsequenzen bekannt. Ich finde Hausarbeit unproduktiv.

»Du gehst jetzt sofort nach unten und machst sauber, Michaela!«

Und diese unmögliche Tochter von mir salutierte und brüllte: »Yes, Sir, Madam, Sir!«

Das hatte ihr Vater auch immer auf der Lippe gehabt, wenn ich etwas zu nachdrücklich eine Bitte geäußert hatte, was mich noch wütender machte.

»Michaela!«

»Oh, bitte, nein, Mam! Nicht, Mam! Nicht in einen Frosch verwandeln. Ich mach ja schon sauber.«

Flehend hob sie mir aus ihrem Kniefall die Hände entgegen, und wider Willen musste ich lächeln.

»Mach dich ab, du Kröte.«

Sie hüpfte auf, und als sie an mir vorbeiging, flüsterte sie: »Da grinst der Schorsch!«

Das hatte mir gerade noch gefehlt. Ich sandte ihm einen zornigen Blick hinüber, und das Zigarillo in seiner Hand glühte auf und verpuffte.

Entsetzt sah er sich den verkohlten Rest an, schüttelte den Kopf und sagte laut: »Ich werde wirklich mit dem Rauchen aufhören. Was ist denn das für eine Qualität?!«

Meine Wut war allerdings auch verpufft. Und ich schämte mich. Nicht, weil es Harburg getroffen hatte, sondern weil mir mal wieder klargeworden war, wie wenig ich mich in der Hand hatte. Ich musste noch viel an mir arbeiten.

Die nächsten Tage und das Wochenende verliefen in ruhigen Bahnen. Ich kam mit meinem Handbuch einigermaßen gut voran, Micki verfolgte ihre vielseitigen Interessen, jeden Tag in ein anderes grellrosa Kleidungsstück gehüllt, und unsere Nachbarn begegneten uns nicht.

Am Montagabend traf ich mich mit einigen Freundinnen. Es dauerte, wie so häufig, bis nach Mitternacht, bis ich mich endlich auf den Weg nach Hause machte. Etwas von meinem Unbehagen war ich bei ihnen losgeworden. Und so fuhr ich entspannt durch die helle Nacht. Ein Teil des Weges führte durch die Felder. Auf den Weiden schlief das Vieh, am Waldrand ästen ein paar Rehe. Über den Wipfeln der Kiefern stand die silberne Mondsichel und warf kalte Schatten über die Straße. Nachträuber waren unterwegs, und zweimal bremste ich, weil Füchse die Straße überquerten. Dann kamen der Ortseingang und die Straßenlaternen, die Verkehrsschilder und Ampeln. Aber keine Fahrzeuge auf der sonst so belebten Straße. Wie man doch an seinen Gewohnheiten hängt – trotzdem blieb ich an der roten Ampel brav stehen, ich brachte es einfach nicht fertig, dieses Symbol zu übertreten.

Ganz anders der schwarze Porsche, der hinter mir auftauchte. Er verlangsamte noch nicht einmal die Fahrt, sondern fuhr mit einem Schlenker links an mir vorbei. Und ich sah im Fenster auf der Beifahrerseite ein weißes Gesicht, das verächtlich zu mir herüberschaute.

Xenia? In der Tat, Xenia! Und den schwarzen Porsche kannte ich auch, oder sagen wir mal, es gab sicher nicht so viele Fahrzeuge dieser Marke und Farbe mit dem hiesigen Kennzeichen und der 666 im Nummernschild. Was immer Rüdiger damit aussagen wollte.

Eine interessante Kombination, schloss ich für mich. Die Ampel schaltete auf Grün, und ich fuhr an. Interessant auch, wo Rüdiger das Geld her hatte, um sich so ein teures Auto zu leisten. Das wunderte ich mich mal wieder. Meines Wissens hatte er außer dem Trainer-Job im Studio keine andere Tätigkeit. Aber wahrscheinlich gehörte er zu den gängigen Großmäulern, die jemand mal so treffend beschrieben hatte: »Keine Wurst im Kühlschrank, aber 'nen großen Schlitten fahren!«

Als ich vor dem Haus einparkte, war alles dunkel. Auch des Herrn Nachbarn BMW war fort. Heute morgen war er mit uns zusammen aus dem Haus gegangen, einen Kleidersack über dem Arm. Vielleicht eine Wanderbaustelle? Wenigstens hatte er keinen Anlass gehabt, irgendeine weitere Kleinigkeit aus unserem Zusammenleben zu kommentieren. Auch nicht meine morgendliche Auseinandersetzung mit Micki, die ziemlich lautstark verlaufen war.

Ich trat leise ein und schlich die Treppen nach oben. Bevor ich in mein Schlafzimmer ging, öffnete ich noch einmal vorsichtig die Tür. Micki lag, wie das so ihre Art war, verknotet mit ihrer Bettdecke und zwei Schmusekissen im Bett und atmete regelmäßig. Ich trat näher und sah auf das ruhige, junge Gesicht, auf das das Licht des vollen Mondes fiel.

Ich liebe meine Tochter.

Und sie blinzelte mich verschlafen an. »Bist du noch böse, Mam?«

»Nein, Mausebärchen. Kein bisschen. Schlaf gut und träum einen schönen Traum.«

»Du auch.«

Lächelnd ging ich aus dem Zimmer. Manchmal überrascht mich, wie sehr es Micki trifft, wenn ich mit ihr schimpfe. Dabei war der Anlass eigentlich ein geringfügiger gewesen. Micki hatte die Inline-Skates heute haben wollen, obwohl es vereinbarungsgemäß mein Tag gewesen wäre. Und sie hatte vor der Haustür etwas rumgezetert: »Nächste Woche soll es regnen, und dann kann ich wieder nicht fahren. Und wir wollten uns heute treffen.«

»Wer ist wir?«

»Ein paar aus meiner Klasse. Wir wollten in den Park fahren.«

»Und Sprünge üben. Micki, du weißt, dass ich das nicht gut finde. Und außerdem hatten wir die Skates nur unter der Voraussetzung gekauft, dass wir uns sie teilen.«

»Ach, Mensch, warum kann ich keinen eigenen haben!«

»Micki, weil ich ein Haus für uns beide gekauft habe. Darum sind eben manche Extras nicht drin.«

»Wenn ich doch bloß selbst Geld verdienen könnte. Dann müsste ich mir dein Gejammer mit dem Sparen nicht immer anhören.«

»Du bist ein kleines bisschen ungerecht, meinst du nicht auch?«

»Und du bist geizig. Du gönnst mir nichts. Und außerdem sind mir die Skates eine Nummer zu groß. Ich brauchte welche in achtunddreißig! Mit den dicken Socken kann man nicht richtig fahren.«

»Es langt, Micki. Heute bekomme ich die Skates, und du fährst Fahrrad!«

Es lag mir gar nicht mal so viel daran, die Skates zu benutzen, es ging mir um das Prinzip. Micki maulte zwar, aber schickte sich drein.

Nachmittags hatte ich sie dann nur ganz kurz zu Gesicht bekommen, und am frühen Abend war ich weggegangen. Dabei hatte ich dann keine Gelegenheit mehr gehabt, die Sache zu bereinigen. Aber wie es schien, hatte meine Tochter von alleine eine höhere Einsicht gehabt. Und ganz selbstverständlich war ich ihr nicht böse. Wenn ich ja nicht schon ein Geburtstagsgeschenk für sie gehabt hätte – eines, das sie sich noch glühender wünschte, als die Skates –, hätte sie die ja auch bekommen. Aber die Gitarre war wirklich teuer, und beides zusammen ging eben nicht.

Obwohl, wenn Micki sich wirklich etwas wünscht …

Es regnete, als ich aufwachte. Endlich. Der Spätsommer war sehr trocken gewesen und der Übergang zum Herbst warm. Allerdings bangte ich ein wenig um Mickis Grillparty, auch wenn Ende September durchaus noch schöne Tage zu erwarten waren. Die kleinen Kätzchen waren inzwischen so weit, dass sie Kinderkatzenfutter schlecken konnten, und Freia war schon häufiger mal außer Haus gewesen. Ich bezweifelte ja, dass sie bei uns bleiben würde, wenn die Kitten entwöhnt waren. Aber Micki bestand darauf, dass zwischen ihr und der alten Katze ein enges Band bestand und sie deshalb zumindest in unserer Nähe bleiben würde. Mir war das recht, solange Micki sich um den Tierpark kümmerte, was sie auch gewissenhaft tat.

Daneben bereitete sie in dieser Woche ihre Party vor. Es war ein glücklicher Umstand, dass sie in diesem Jahr an einem Samstag Geburtstag hatte. Vierzehn Personen würden wir sein, wobei sie mich großmütig mitzählte. Wir entwarfen für den verwöhnten Teeny-Gaumen ein wetterfestes Menü, das in seinen wesentliche Bestandteilen aus gegrillten Hühnerschenkeln bestand, die in unserer selbsterfundenen Spezialmarinade eingelegt werden würden. Die Samstagnacht würde für Vampire ein Alptraum werden. Dazu gab es alle Arten von Salaten, Knoblauchbrot und zur Krönung flambierte Ananas mit Honigsauce. Wenn es aus Kübeln gießen würde, könnte auch alles in der Küche zubereitet werden. Das Wohnzimmer musste sowieso umgeräumt werden.

In diesem ganzen Trubel gab es nur am Donnerstag eine Misshelligkeit. Nach zehn Uhr abends hub wieder einmal nebenan dieses unmögliche Gelärme an. Harburg selbst war wohl immer noch unterwegs und verlegte Leitplanken oder so etwas, jedenfalls schien Xenia allein zu Hause zu sein und nutzte die Ungebundenheit weidlich aus. Es war grauenvoll.

»Mam, können wir nicht irgendetwas tun?«

»Was soll ich machen? Glaubst du, dass die wüste Schwester ans Telefon geht, wenn ich anrufe? Das Klingeln hört sie doch gar nicht.«

»Versuch's wenigstens mal.«

Ich tat es, aber mit dem erwarteten Erfolg.

»Ich könnte auch rübergehen«, schlug ich todesmutig vor.

»Vergiss es. Die Türklingel wird sie genauso wenig hören.« Micki zuckte resigniert mit den Schultern. »Ich werde wieder zur Watte greifen! Wahrscheinlich ist sie sowieso sturzbesoffen und kriegt nichts mehr mit.«

Ich schloss mich dieser Meinung an, und wir beide griffen zum Wattebeutel. Aber ganz ausblenden konnte das Zeug den Lärm nicht.

Indes hatten auch andere Anwohner ihren Spaß an dem Krawall, und irgendeine mitfühlende Seele hatte schließlich die Polizei angerufen. Wie es den Beamten gelungen war, den Lärm abzustellen, weiß ich nicht, aber irgendwann war Ruhe, und das weiß-blaue Auto fuhr vor dem Haus weg.

Aber den Anpfiff für den Polizei-Einsatz sollte ich bekommen.

Wenigstens herrschte für den Rest der Nacht Ruhe, und ich versank in tiefen Schlaf.

Die Mondsichel, ein dünner, zierlicher Bogen zwischen den Goldtupfen der Sterne, ließ den silbernen Becher aufleuchten und spiegelte sich in dem klaren, frischen Wasser, das ihn bis zum Rand füllte.

Auf leisen Schwingen glitt der schwarze Vogel herbei, lautlos mit den Flügeln schlagend. Und als er über dem Becher schwebte, verdunkelte sein Gefieder den Sichelmond. Das Silber wurde stumpf, das Wasser kräuselte sich im Luftzug der Federn.

Mit scharfen Klauen klammerte sich der Vogel am Rand des Bechers fest und beugte seinen struppigen Kopf. Mit ruckartigen Bewegungen schlug der Schnabel in das Nass, die Oberfläche zerbarst in Lichtsplitter, während er gierig trank.

Und so leerte sich der Becher bist fast zur Neige, als sich endlich der Vogel aufschwang und mit einem misstönenden Krächzen in den nächtlichen Himmel flog.

Der Becher aber war schwarz angelaufen, stumpf sog das Silber alles Licht des mageren Mondes auf.

Und erst als der dunkle Nebel das matte Metall befeuchtete, begann es milde zu glänzen, und das Wasser stieg wieder bis an den Rand.

Als sich die Morgensonne in dem Silber glühend spiegelte, war es, als sei nichts geschehen.

Ich hatte so tief geschlafen, dass ich Mühe hatte, mich aus dem Schwarz meiner Träume zu befreien. Es fiel mir schwer, mich in meinem Bett, ja, in meinem Körper zurechtzufinden. Wahrscheinlich bekam mir der Ärger zu später Stunde nicht. Mühsam quälte ich mich aus dem Bett und brauchte einige Zeit und Kraft, mich auf mein normales Maß an Lebensfreude zu bringen. Was bis zum frühen Nachmittag anhielt.

Alexander Harburg, der am Freitagmittag wieder aufgetaucht war, hatte von seiner Schwester einen nicht ganz lückenlosen Bericht der Ereignisse erhalten und wurde anschließend bei mir vorstellig.

»Guten Tag, Frau McMillen«, grüßte er mich, als ich die Haustür öffnete, und sein Gesicht drückte bereits bei diesen harmlosen Worten schärfste Missbilligung aus.

»Guten Tag. Was kann ich denn heute für Sie tun?« Es lag nur ein Hauch von Sarkasmus in meinen Worten.

»Ich möchte Sie bitten, wenn Sie sich das nächste Mal von der Musik meiner Schwester belästigt fühlen, zunächst mit ihr selbst sprechen, bevor Sie die Polizei alarmieren.«

Eissplitter klirrten. Ich kühlte meinen Zorn auf Gefrierbereich ab, um schlimmeres Unheil zu vermeiden, und säuselte so sanft mir irgend möglich war: »Lieber Herr Harburg, ich habe das Telefon etwa eine Viertelstunde bei Ihnen läuten lassen. Es hat aber niemand abgenommen.«

»Dann hätten Sie vielleicht auch mal an der Tür klingeln können.«

»Tut mir leid, dass wir das nicht versucht haben. Wir machten uns keine großen Hoffnungen auf Erfolg. Stattdessen haben wir uns mit Ohrenschützern zu Bett begeben. Bitte, seien Sie doch so freundlich und erkundigen sich bei den Beamten, wer sie gerufen hat.«

Das nahm ihm etwas den Wind aus den Segeln. Mit einem grimmigen: »Das werde ich auch tun!« stolzierte er, ganz gekränkter Stolz, zu seinem Eingang.

Dass diesmal weder eine Mülltonne explodierte, noch das Treppengeländer zersplitterte, lag einfach daran, dass ich einen Hauch, aber wirklich nur einen winzigen Hauch von Mitgefühl verspürte. Leicht hatte er es mit dieser ungeratenen Schwester sicher nicht.

Wobei mir mit Schrecken einfiel, dass wir ja am nächsten Tag ebenfalls eine geräuschvolle Nacht planten.

»Micki!«, rief ich ins Haus. »Micki!«

»Ja, hier! Ich such Musik für morgen raus!«

»Genau das ist der Punkt, über den wir sprechen müssen.«

Ich fand sie in meinen Studio-CDs wühlen. Klar, das war die richtige Dance-Music.

»Hast du daran gedacht, unsere diversen Nachbarn über die Fete zu informieren?«

»Frau Bergmann habe ich Bescheid gesagt, als ich sie gestern beim Einkaufen getroffen habe. Sie hat nichts dagegen. Die Leute sind richtig nett. Und meinst du, dass wir auf der anderen Straßenseite wem was sagen sollen?«

Ich überlegte kurz. Das war sicher nicht notwendig. So wie es aussah, würde sich die Veranstaltung hinter dem Haus abspielen, und dahinter wiederum lag ein leeres Grundstück. Und aller Wahrscheinlichkeit nach würde es sowieso mehr drinnen als draußen stattfinden, denn es war recht feucht geworden. Das allerdings änderte nichts daran, dass wir ja noch einen Nachbarn hatten.

»Du solltest zu Harburgs gehen und sie informieren.«

»Meinst du das ernst, Mam?«

»Bitter ernst.«

»Oh, Mam! Du schickst mich wirklich in die Höhle des Löwen? Ganz alleine?«

»Mmh.«

»Und wenn die Xenia mich nun kratzt? Oder der Schorsch mich beißt?«

»Dann wehrst du dich einfach.«

Aber ich kann es nicht leugnen, ich verstand ihr Missvergnügen an dieser Unternehmen.

»Na gut, ich gehe nachher rüber. Meinst du denn, dass wir wirklich draußen feiern können. Vielleicht müssen wir ja drin bleiben.«

»Das ist genauso laut. Vergiss nicht gestern Nacht.«

»Schon gut.«

Sie wuselte, vermutlich um Zeit zu schinden oder sich Mut zu machen, noch eine halbe Stunde vor sich hin, dann beobachtete ich, wie sie sich mit gestrafften Schultern auf den Weg ins Unvermeidliche machte. Und ich schimpfte mich heimlich eine Rabenmutter.

»Hier, Mam, das gibt's nicht! Der Herr Harburg hat gesagt, es stört ihn kein bisschen, wenn wir laut sind. Und dass er mir viel Spaß wünscht. So nett hab ich den ja noch nie erlebt.«

Nanu, hatte der Löwe sein Gebiss verlegt?

»Interessant, Micki. Was hast du mit ihm angestellt? Deinen unnachahmlichen Augenaufschlag ausprobiert und den ganzen Zauber deiner noch-dreizehn Jahre auf ihn wirken lassen?«

Sie kicherte, und ihre schmutzige Phantasie schlug mich wieder in Längen: »Vielleicht steht der Schorsch ja auf kleine Mädchen.«

»Micki!!!!«

»Jaha?«

»Schon gut.« Das wollten wir lieber nicht vertiefen. Aber Mickis Lektüre würde ich doch mal einer Prüfung unterziehen.

»Übrigens bat er mich, dir auszurichten, dass Bergmanns die Polizei gerufen hätten. Und weißt du was?«

»Nein. Was?«

»Der Typ hat eine unheimlich sexy Stimme, wenn er ein bisschen verlegen ist.«

Wunder geschehen.

»Sag mal, Micki, stehst du jetzt auf alte Männer?«

»So alt ist der doch gar nicht.«

»Na, dann ist mir was entgangen, verrat mir mal die Feinheiten.«

»Bei so einer jungen Schwester? Aber ist auch wurscht. Ich hoffe nur, dass wir auch wirklich schönes Wetter haben. Mam ...«

Es klang mir in den Ohren wie eine Aufforderung. Ich ignorierte sie.

»Mam, ich wünsche mir schönes Wetter.«

»Ja, mein Kind. Wenn sich jeder das Wetter wünschen könnte, was er haben möchte, was meinst du wohl, wie das auf der Welt aussehen würde?«

»Aber ich kann's mir doch wünschen.«

»Wünschen kann man sich viel. Aber gut, Micki. Tu, was du willst.«

Der Samstag weckte mich mit einem Sonnenstrahl, der durch mein Schlafzimmerfenster fiel. Ich sah auf den Wecker – er war kurz vor dem Klingeln. Zufrieden streckte ich mich aus und stellte ihn ab. Dann zog ich die Kisten mit den Geschenken aus dem Schrank hervor und brachte sie leise nach unten. Dort deckte ich den Wohnzimmertisch mit Kerzen – vierzehn Stück, rot – und Blumen – späte Rosen in allen Farben und Herbstastern in allen Blautönen. Es wirkte fröhlich und farbenprächtig. Dann legte ich die verpackten Geschenke auf den Tisch. Mein Vater hatte ein Päckchen geschickt, Jerry ebenfalls und auch meine beiden Tanten.

Die Gitarre war wirklich ein Treffer. Micki hielt sie völlig verzückt in den Händen.

»Dazu gehört noch etwas, Micki.« Ich wies auf den Umschlag auf dem Tisch. Vorsichtig lehnte Micki das Instrument gegen den Sessel und öffnete ihn. Ich hatte mit einem Gitarren-Lehrer zehn Kurse vereinbart.

»Bei Thomas! Whow!«

Das Glänzen in den Augen meiner Tochter rührte mich tief. Anschließend stand ich einige Minuten lang kurz vor dem Erstickungstod. Als sie mich endlich wieder freigab, klapste ich ihr auf den vierzehnjährigen Hintern und schickte sie in die Küche zum Frühstücken.

Der morgendliche Sonnenschein hielt an, und wir bereiteten gemeinsam das Party-Futter zu. Micki hatte von Kevins Eltern eine Lichterkette ausgeliehen, die wir zwischen den Bäumen anbrachten. Mittags brachten andere Eltern Klappbänke und -tische vorbei.

Und dann geschah noch ein kleines Wunder. Wir waren gerade dabei, die Tische zu decken, als Harburg um die Terrassenmauer schaute. Mit dem üblichen grimmigen Gesicht. Ich holte schon mal tief Luft, aber es geschah nichts weiter, als dass er auf Micki zuging und sich höflich verbeugte.

»Herzlichen Glückwunsch zum Geburtstag, Michaela. Oder sollte ich besser ab heute Frau McMillen zu Ihnen sagen?«

Meine Micki wurde rot. Dieser Mann!

»Och nööö. Nein, besser nicht. So erwachsen bin ich doch noch nicht.«

»Nein? Dann ist ja gut. Dann freuen Sie sich vielleicht auch noch über mein Geschenk.«

Ein Geschenk, wahrhaftig. Ich kam aus dem Staunen nicht heraus.

Micki auch nicht, denn Harburg kam mit einer riesigen Kiste an. Ich ahnte plötzlich, was sie enthielt. Und meine redselige Tochter rang einen relativ langen Zeitraum mit den Worten, als sie die Skates ausgepackt hatte.

Was das Erfüllen von Mickis Wünschen anbelangte, war ich mal wieder um eine Erfahrung reicher geworden.

Aber das sagte ich ihr nicht.

»Der Schorsch kann richtig nett sein, Mam«, flüsterte Micki später, wohl um zu vermeiden, dass der besagte Schorsch das durch die Wände hörte.

»Vielleicht hat er auch nur ein schlechtes Gewissen, weil er mich gestern wieder so angepfiffen hat. Es wird sich zeigen, ob es anhält.«

»Du bist misstrauisch. Und du magst ihn nicht.«

»Dich kann man ja mit einfachen Geschenken bestechen.«

»Kann man nicht.«

Unser Geplänkel wurde unterbrochen, weil die ersten Gäste eintrafen. Allen voran Kevin Knopfloch mit einem gewaltigen Blumenstrauß und einem kleinen Päckchen.

Ich hielt mich im Hintergrund und sorgte für das reibungslose Funktionieren der Infrastruktur. Einmal sah ich Tobi, der sich in das Wohnzimmer verzogen hatte und sehnsuchtsvoll über die Saiten der Gitarre strich. Da er aber das Instrument mit offensichtlicher Sachkunde hielt, griff ich nicht ein.

Für Freia war es ebenfalls ein Festtag. Die Grautigerin strich erfolgreich um alle möglichen Beine und erbettelte sich Leckerbissen. Irgendwann fand ich sie mit kugelrundem Bauch in ihrem Körbchen schnarchen, desinteressiert an dem Geschehen in dieser Welt.

Es war eine angenehme Nacht, wenn auch schon etwas kühl, aber das machte Mickis jugendlichen Gästen offensichtlich nichts aus. Sie tanzten auf der Terrasse, aßen Unmengen, diskutierten und lachten.

Ich stand in der Küche und wusch schon mal ein paar Teller ab, als plötzlich Stimmen laut wurden. Und schon kam Micki hereingestürzt.

»Mam, Mam, Berni und Reza streiten sich.«

»Na und? Das kann schon mal vorkommen.«

»Ja, aber … ich will nicht, dass die sich schlagen.«

»Nein.«

Ich war nicht besonders wild darauf, mich in die Auseinandersetzungen der Kids einzumischen. Aber Micki klang recht besorgt.

»Worum geht es denn?«

»Ich weiß nicht. Irgendwas wegen Autos und Bernis Vater.«

Ich trocknete mir die Hände ab und ging nach draußen. Im Schein der Lichterkette hatte sich ein Grüppchen gebildet, in dessen Mitte sich der pummelige Berni mit dem kleineren, aber sehnigen Reza angiftete.

»Dein Vater ist ein dummes Schwein! Was fährt er auch so eine Protzkiste!«

»Ihr seid doch alle gleich! Mein Vater ist kein dummes Schwein. Das bist du!«

»Nenn mich nicht noch einmal Schwein, du …«

Reza nahm diese Beleidigung offensichtlich bitter übel und ging auf den anderen Jungen los. Ich sprintete die letzten paar Meter und schob die Mädchen zur Seite.

»Hört sofort auf, ihr zwei!«

Sinnlos, die Wut schäumte bei beiden. Kevin neben mir flüsterte: »Soll ich …?«

»Das ist kein Einsatz für einen Grüngurt«, stoppte ich ihn unhöflich. Bloß keine Massenkeilerei. Ich drehte mich um und fand die Gießkanne. Berni beugte sich gerade über Rezas Faust, als ich sie mit Schwung über die beiden Kampfhähne leerte.

»Es langt, ihr beiden. So benimmt man sich nicht als Gast in meinem Haus.«

Berni sackte in sich zusammen, ob wegen des Treffers im Magen oder wegen der Scham, konnte ich nicht beurteilen, denn der gleichfalls tropfnasse Reza hatte den Guss als noch größere Beleidigung aufgefasst und ging plötzlich mit den Fäusten auf mich los.

Kevin, ganz Kavalier, warf sich dazwischen und versuchte einen Tritt. Er bekam die Faust aufs Schienbein und jaulte auf.

Der Junge hatte völlig die Kontrolle über sich verloren. In seinen Augen blitzte kalte Wut. Es gelang mir, seinen Schlag abzufangen, aber ich wollte ihm nicht mehr wehtun als notwendig.

»Reza, komm zu dir«, versuchte ich zu ihm durchzukommen, aber er holte zu einem gemeinen Tritt aus. Ich konnte mich gerade noch zur Seite drehen, so dass er mich nur am Oberschenkel traf. Aber es tat widerlich weh. Und meine Hemmschwelle sank etwas. Ich erwischte seinen rechten Arm, als er wieder nach mir schlagen wollte, und drehte ihn in einem schmerzhaften Haltegriff nach hinten. Aber der Bengel war geschmeidig wie eine Schlange, wand sich heraus und stand mir plötzlich gegenüber. Mit einem der Fleischmesser in der Hand. Und Kevin versuchte seinen nächsten Einsatz. Das fehlte gerade noch. Ich machte einen Schritt zwischen ihn und meinen Angreifer, ohne diesen aus den Augen zu lassen. Mit einem Messer ist nicht zu spaßen.

»Reza, du bist auf einer Party. Keiner will etwas von dir. Komm, lass das Messer fallen, Junge!«

Völlig unzugänglich. Wir belauerten uns in lähmender Stille.

Dann, fast schneller, als ich reagieren konnte, machte er einen Ausfall. Gerade noch so konnte ich der Klinge ausweichen. Plötzlich ein überraschter Schrei, das Messer fiel zu Boden, und eine nicht unbekannte Stimme bemerkte: »Hübsche Feier hier. Genau wie ich es von Leuten wie Ihnen erwartet habe.«

Oh no!

Alexander Harburg hielt den inzwischen halb zusammengesunkenen Reza in einem mörderischen Doppelnelson, wodurch der Junge bescheiden zu Boden schauen musste.

Ich holte tief Luft und sah mich um. Die anderen Gäste hatten wohl ebenfalls den Atem angehalten und begannen sich jetzt wieder zu bewegen.

Ich fragte in die Runde: »Wie ist der Junge hergekommen?«

»Mit mir. Meine Eltern haben uns gefahren.«

Schluffi, ein junger Mann, der nicht so aussah, wie er genannt wurde, meldete sich schüchtern.

»Dann solltest du sie jetzt anrufen, damit sie euch abholen.«

»Wo wohnt der Held hier?«, mischte sich Harburg ein. Schluffi antwortete ihm.

»Ich fahre ihn nach Hause. Vielleicht unterhalte ich mich während der Fahrt noch ein wenig mit ihm.«

Das zumindest war ein Vorschlag, den ich nicht ablehnen konnte, wenn ich Micki nicht die ganze Feier verderben wollte.

»Und wir unterhalten uns nachher auch noch mal«, drohte Harburg mir. Na toll!

Micki hatte sich inzwischen um Berni gekümmert, der mit schlechtem Gewissen und einem blauen Fleck auf der Wange auf einem Gartenstuhl kauerte. Er strömte vor Entschuldigungen nur so über. Ich wischte sie mit einer Handbewegung weg und rief die gesamte Mannschaft zu mir.

»Leute, schön ist so etwas nicht. Und es verdirbt ziemlich die Stimmung, nicht wahr?«

Betretenes Nicken.

»Lernt etwas daraus. So, und jetzt die Preisfrage! Micki hat eine Gitarre geschenkt bekommen. Ich kann nicht spielen, sie auch nicht. Aber wir würden furchtbar gerne hören, wie sie klingt. Wer von euch kann mit dem Instrument umgehen?«

Wie erwartet meldete sich keiner. Dann sagte Berni: »Trixi, du hast doch Stunden genommen?«

Und Trixi wand sich, um nicht im Mittelpunkt der Aufmerksamkeit zu stehen. Tobi stand neben mir und hatte wieder einen sehnsüchtigen Ausdruck auf dem Gesicht. Ich nickte ihm aufmunternd zu, und er ging hinein, um die Gitarre zu holen.

Es war nicht unbedingt das, was man bei einer Party von Halbwüchsigen erwartete, in deren Runde ein solches Instrument auftauchte. Tobias spielte klassische spanische Gitarrenmusik – und glättete mit den melancholischen Klängen die Wogen der Gefühle. Er spielte wundervoll, die Kinder saßen ergriffen lauschend an die Baumstämme gelehnt, und ich blieb abseits im Dunkel stehen, um ihm zuzuhören.

Ich weiß nicht wie lange.

»Haben Sie einen Zauberbann über die Kinder gelegt, um die Feier zu retten?«, rumpelte leise eine Stimme neben mir.

»Nein. Einfach angewandte Psychologie.«

»Kommen Sie mit zu mir. Ich möchte mit Ihnen reden.«

Ungern riss ich mich von der träumerischen Stimmung los und folgte humpelnd Harburg über die Terrasse in sein Haus.

»Wir gehen in die Küche, wenn ich Licht im Wohnzimmer mache, zerstören wir vielleicht den Zauber.«

»Das ist ja ungewöhnlich rücksichtsvoll von Ihnen.«

»Ich bin immer ungewöhnlich rücksichtsvoll. Anders als Sie. Hier, bitte.«

Er hielt mir die Tür auf, und ich war schon wieder wütend auf ihn.

»Möchten Sie einen Kaffee?«

»Ja, danke.«

Er hatte die Kaffeemaschine angeschaltet und reichte mir eine Tasse.

»Für meine Bemerkung über den Polizeieinsatz muss ich mich entschuldigen. Für die Belästigung durch meine Schwester auch.«

Ich trank ein paar Schlucke von dem heißen Kaffee und sah ihn über den Rand der Tasse an. Hier in der hellen Küche wirkte er nicht mehr ganz so grimmig und unnahbar. Also gab ich mir einen Schubs.

»Und ich möchte mich für die Entgleisung vorhin entschuldigen. Ich hoffe, Sie haben dem jungen Mann ohne Schwierigkeiten zu Hause abgesetzt?«

»Ja. Und es könnte sein, dass er jetzt etwas nachdenklich ist.«

»Oh, Sie haben ihm eine Ihrer so wirkungsvollen Abreibungen verpasst?«

»Was heißt Abreibungen?«

»Nun, ich bin ja auch schon oft genug in diesen Genuss gekommen.«

»Finden Sie? Dann hätten Sie eventuell vorhin mit im Auto sitzen sollen, damit Sie den Unterschied erkennen.«

»Oh, ich habe keine Probleme, mir vorzustellen, dass Sie noch steigerungsfähig sind. Es wäre vielleicht ganz interessant, diese Form der Belehrung auch bei Ihrer Schwester anzuwenden.«

»Halten Sie sich aus meinen Angelegenheiten heraus, Frau McMillen.« Jetzt war er doch schon wieder grimmig. »Und wenn Sie das nächste Mal eine Feier planen, sehen Sie sich die Gäste vorher mal an. Ein gewisses Maß an Menschenkenntnis sollten Sie in Ihrem Alter ja schon haben. Ansonsten sehe ich für die Erziehung Ihrer Tochter ziemlich schwarz.«

Wer mischte sich denn jetzt ein? Wütend stand ich auf und stellte die Kaffeetasse mit einem Klirren auf den Tisch.

»Haben Sie noch mehr Beiträge zum Thema Erziehung junger Mädchen, oder kann ich jetzt gehen?«

»Können Sie gerne. Aber es zeugt von einer unangemessenen Arroganz, den Rat eines älteren und wahrscheinlich lebenserfahreneren Menschen auszuschlagen.«

Leider zerbarst in diesem Moment die Kaffeekanne, und die braune Brühe verteilte sich auf den weißen Fliesen und Harburgs weißem Hemd.

Ich humpelte eilig hinaus.

Diesmal tat es mir nicht leid!

Die Party war zu Ende. Die Gäste wurden abgeholt, Micki und ich räumten das Gröbste fort und sanken dann in die Betten.

Am Sonntagmorgen ließen wir das Aufräumen langsam

angehen. Auf meinem Oberschenkel hatte sich eine blaurote Beule gebildet, die fast handtellergroß war und ja nicht berührt werden wollte. Ich hatte sie vorsichtig mit Salbe behandelt, aber der Muskel nahm mir Belastung dennoch übel. Seufzend dachte ich daran, dass ich am nächsten Vormittag zwei harte Trainingsstunden zu überstehen hatte. Aber da konnte man wohl erst mal nicht viel machen. Also hinkte ich nach unten und rückte die Möbel im Wohnzimmer wieder an ihren Platz, saugte den Teppichboden, dann gönnte ich mir mit hochgelegten Beinen einen Milchkaffee und die Wochenendzeitung. Micki kramte ein wenig in der Küche herum. Ich hörte sie mit den Katzen plaudern.

Genüsslich nahm ich die diversen lokalpolitischen Fehden zur Kenntnis, die sich um die Wahl des neuen Bürgermeisters unserer kleinen Gemeinde rankten, studierte eingehend den Wetterbericht und die Kino-Nachrichten. Und dann stieß ich auf den Artikel über die Katzen. Es war nur eine kurze Mitteilung, aber ich fand sie entsetzlich. Seit einiger Zeit verschwanden offensichtlich in der Umgebung Katzen, vor allem schwarze. Einige wenige hatte man letzte Woche entdeckt – entsetzlich verstümmelt auf einem Friedhof. Man vermutete jugendliche Tierschänder hinter diesen Grausamkeiten und empfahl allen Katzenbesitzern, ihre Tiere zu kennzeichnen.

Ich überlegte. Holy und Mystery waren jetzt fünf Wochen alt und sollten mal zum Tierarzt. Und dabei könnte ich gleich Freia mitnehmen und sie chippen lassen. Für das heilige Mysterium war das vermutlich noch zu früh, aber sie durften ja sowieso noch nicht aus dem Haus.

»Puh, sind die Kätzchen anstrengend!« Micki ließ sich in den Sessel fallen.

»Du wolltest sie haben.«

»Ja, klar. Aber bald können wir sie nicht mehr in der Küche halten. Meinst du, wir könnten sie mal auf die Terrasse mitnehmen?

»Da musst du aber höllisch aufpassen. Die sind flink wie die Flöhe!«

»Freia passt auch auf.«

»Und wo wir gerade von Flöhen sprechen … Wir werden morgen zum Tierarzt gehen. Wann kommst du nach Hause?«

»Um halb zwei. Aber ich wollte mich eigentlich mit Kevin treffen.«

Ich sah sie nur ein wenig von der Seite an, und sie lenkte sehr schnell ein. »Schon gut, ich komme mit.«

Von dem Artikel erzählte ich ihr nichts.

Später, als wir den Abwasch endlich beendet hatten, klingelte es an der Haustür.

»Erwartest du Freunde heute?«

»Eigentlich nicht.«

Ich stand also auf und öffnete. Verwundert sah ich Reza vor mir stehen, der sich ausgesprochen kleinlaut verhielt.

»Guten Tag, Frau McMillen.«

»Guten Tag, Reza ...?«

»Ich ... ich möchte mich entschuldigen für das, was gestern Abend passiert ist.«

»Das möchte ich auch meinen.«

Besonders viel Gnade fand der Sünder nicht vor meinen Augen. Entschuldigung sagen ist hinterher leicht.

»Eigentlich mag ich solche Schlägereien gar nicht. Ich weiß überhaupt nicht, was in mich gefahren ist.«

»Du hast mich mit einem Messer bedroht. Du kannst froh sein, wenn ich dich nicht anzeige, junger Freund.«

»Ja, ich weiß. Das hat Herr Harburg auch gesagt. Bitte, es tut mir wirklich leid. Ich wollte es nicht. Und ich werde es nie wieder tun. Ehrlich.«

»Nun gut, ich akzeptiere deine Entschuldigung. Aber du wirst verstehen, dass ich dich hier nicht mehr als Gast sehen möchte.«

»Ja, Frau McMillen.«

»Gut. Bei Micki kannst du dich morgen entschuldigen.«

»Ja, Frau McMillen. Und ... Ja, ich gehe dann jetzt. Auf Wiedersehen.«

Ich nickte und hoffte auf kein Wiedersehen.

Micki hatte gelauscht.

»Du warst aber sehr kühl zu Reza.«

»Na, weißt du, eine besondere Herzlichkeit entlockt mir der Knabe nicht. Es wundert mich, dass du ihn eingeladen hast. Das war doch bestimmt nicht das erste Mal, dass er in eine Schlägerei verwickelt war.«

»Ich glaube aber doch. Eigentlich ist er wirklich ganz nett. Und wir mögen ihn, weil er so witzig sein kann. Manchmal ist er ein bisschen aufbrausend, aber nicht so wie gestern.«

Es wanderten ein paar interessante Gedanken durch meinen Kopf, und ich schwieg ein paar Minuten. Micki, ebenfalls in Gedanken versunken, unterbrach die Stille plötzlich.

»Weißt du, dass die ganze Zeit die schrille Xenia am Fenster gestanden und der Sache zugeschaut hat.«

»Das ist mir entgangen. Aber ich war ja auch beschäftigt.« Aber ich notierte mir diese Tatsache im Geiste.

Es zeigte sich am Montag, dass wir entweder Freia oder die Kleinkatzen zum Tierarzt bringen konnten. Alle drei waren ein zu großes Gewimmel. Also waren erst einmal die Kinder dran, am Freitag dann die Mutter. Dazwischen hatten wir keine Zeit für derartige Unternehmen, denn mein Vater hatte seinen Besuch angekündigt.

Er traf am Dienstag ein, energiegeladen und strahlend wie immer. Er ist neunundfünfzig, sieht aus wie achtundvierzig und zeigt der Welt das Gebaren der makellosen Führungskraft. Er ist es auch, und seine Ansprüche an sich und seine Leute sind daher naturgemäß hoch. Ich konnte ein Lied davon singen. Obwohl er auch seine sanften Seiten hat und von äußerst zuverlässiger Fairness ist. Ich nenne ihn Vater.

Micki, deren Großvater er ist, hat sich, seit sie sprechen kann, nie die Freiheit herausgenommen, ihn Opa zu rufen. Er ist wirklich nicht der Typ dazu. Sie gluckste schon mit einem Jahr: »Pa!«, wenn er kam.

»Hallo, Pa! Hey, eine scharfe Kiste fährst du da«, hörte ich sie an der Tür rufen.

»Na, na, Michaela. Herzlichen Glückwunsch nachträglich zu deinem Geburtstag.«

»Danke. Und danke auch für die Bücher.«

»Mh. Ist deine Mutter auch in diesem Haus zu finden?«

»Mam!«

»Bin doch schon da. Hallo, Vater. Komm herein in unsere neue Behausung. Ich hoffe, du bist einverstanden mit dem Teil, den ich mit deinem Zuschuss erstellt habe.«

»Das werde ich sicher gleich sehen!« Er nahm mich in den Arm und gab mir einen kühlen Kuss auf die Wange. »Du siehst gut aus, Deborah.«

»Willst du dein Gepäck nicht aus dem Auto holen?«

»Nein, danke. Ich will euch nicht zur Last fallen, ich habe in diesem Dorfhotel ein Zimmer gemietet. Das ist für uns alle bequemer.«

»Du willst dich nur nicht den Gefahren eines Frauen-Haushaltes aussetzen.«

»Auch ein Grund mit.«

Fair ist er, großzügig, erfolgreich, ein Fels, an den man sich lehnen kann, aber Humor hat er leider wenig. Manchmal frage ich mich, wie meine Mutter es mit ihm ausgehalten hat. Sie hatte nämlich sehr viel davon. Leider starb sie, als ich sechzehn war. Und sogar heute, nach fast zwanzig Jahren, vermisse ich sie noch.

Mein Vater sah sich unter Mickis stolzer Führung das Haus an und kam anschließend zu mir ins Wohnzimmer. Ich stellte ihm eine Tasse Kaffee hin, und er zeigte Zustimmung.

»Hübsches Häuschen für euch zwei. Ich hatte ja erst Bedenken, als du so ganz selbständig die Sache abwickeln wolltest, aber mit dem Objekt hast du Glück gehabt.«

»Vater, deine Bedenken in allen Ehren, aber ich bin inzwischen wirklich erwachsen genug, solche Geschäfte ohne deine Hilfe abzuwickeln.«

»Deborah, du hast eine Art, Rat von älteren Personen abzulehnen, die manchmal etwas brüskierend ist.«

Woran erinnerte mich das? O ja, der lebenserfahrenere Herr Nachbar.

»Genau das, was mir unser Nachbar auch immer predigt.«

»Was denn, dein Nachbar meint, er müsse dir Ratschläge erteilen?«

Natürlich hat ein Vater einen Ausschließlichkeitsanspruch auf die Verteilung guter Ratschläge. Ich musste grinsen.

»O ja, das meint er recht häufig. Und zu vielen Themen, einschließlich Kindererziehung.«

»Soll ich mal ein paar Takte mit ihm reden?«

Olala, ich weiß, was das bedeutet, wenn der Herr Geschäftsführer ein paar Takte zu reden androht. Das könnte eine erheiternde Vorstellung geben.

»Nur zu, Vater. Vielleicht macht es mir das Leben anschließend etwas leichter.«

»Was ist denn das für ein Mensch?«

»Oh, so ein Typ vom Bau. Du kennst die Firma.« Ich nannte ihm die Baugesellschaft, deren Helm in seinem Wagen prangte.

»Und was macht er da?«

»Was weiß ich? Rohre biegen, Zement anrühren, Steine zusammenlöten. Was immer man so am Bau macht.«

Ich sah den Widerwillen in den Augen meines Vaters. Ein ungehobelter Bauarbeiter erdreistet sich, sich in die Angelegenheiten seiner Tochter zu mischen.

»Ich werde ihn heute Abend mal aufsuchen, denke ich.«

Ich musterte meinen Vater. Er trug einen perfekt sitzenden grauen Anzug und eine Seidenkrawatte in einem dezenten Paisley-Muster. Seine vollen grauen Haare waren wie immer exakt geschnitten, sein Gesicht war noch leicht gebräunt. Man sollte ihm die Hauptrolle in einem Wirtschaftsthriller anbieten. Um die Situation besonders pikant zu gestalten, hoffte ich für Harburg, dass er heute wieder im Blaumann im Garten arbeitete.

Er tat es zu meiner und Mickis Freude. Und Vater setzte

seinen Jovialen auf, als er aus der Terrassentür trat. Ich hörte es zwar nicht, aber ich war mir sicher, er sprach ihn mit »guter Mann« an. Und das war meine höchstpersönliche Genugtuung für diverse »junge Frauen«, die mir zuteil geworden waren.

Was mich allerdings stark verwunderte, war, dass ich meinen Vater an diesem Abend nicht mehr wiedersah. Als er um halb elf noch immer nicht aufgetaucht war, löschte ich die Lichter und ging zu Bett. Sein Hotel würde er schon selbst finden.

Irgendwann nach Mitternacht hörte ich das Auto vor dem Haus wegfahren.

»Deborah, das war kein ganz geschmackvoller Scherz, den du dir da mit mir erlaubt hast!«

»Was für ein Scherz?«

Wir saßen in dem kleinen, aber gepflegten italienischen Restaurant, das ich so liebe. Es heißt »La Strega«, und Mamma, eben diese Strega, kocht selbst. Was aus ihrem Hexenkessel kommt, ist teuer, aber allemal eine Delikatesse. Hierhin hatte mein Vater mich auf meinen Wunsch mittags eingeladen. Micki war noch in der Schule, und darum scheute er sich nicht, mir gehörig die Leviten zu lesen.

»Alexander Harburg ist ein sehr weltgewandter, hochintelligenter und fähiger Mann.«

»Was nichts über seine Manieren aussagt. Mag ja sein, dass

er einen besonders exquisiten Zement mischen kann, aber wie kommst du plötzlich dazu, solche Lobgesänge anzustimmen?«

Francesco reichte uns die Karten, und Vater hielt seine Antwort zurück, bis wir wieder unter uns waren.

»Ich frage mich langsam, warum du so eine heftige Verachtung für seinen Job an den Tag legst?«

»Tue ich doch gar nicht. Meinetwegen kann er seinen Gips schaumig rühren, so lange er will. Mich stört sein gesellschaftliches Auftreten.«

»Sag mal, was glaubst du eigentlich, was er ist?«

»Ein Betonkopf!«

»Deborah!«

»Jetzt du auch noch! Ihr müsst euch ja prima über mich unterhalten haben.«

»Du nimmst dich wirklich sehr wichtig, Kind. Zwei erwachsene Männer haben durchaus noch andere Themen, über die sie reden können. Und Harburg ist ein angenehmer Gesprächspartner. Ich bin mir sicher, an euren Differenzen ist größtenteils deine Unhöflichkeit schuld.«

Soviel zu der hochgepriesenen Fairness. Francesco rutschte ein Glas Cola vom Tablett, und der Inhalt nässte Vaters exakten Haarschnitt, bevor es klirrend auf dem Cottoboden zerschellte.

Mamma streckte den Kopf aus der Küche und warf mir einen warnenden Blick zu.

Während Vater im Waschraum das Missgeschick bereinigte, versenkte ich mich peinlich berührt in die Karte und fand einen Tomatensalat, die Saltimbocca mit Spinat und Falfatine. Dabei schluckte ich meinen Ärger hinunter.

»Hör mal, Vater, ich habe mich wirklich bemüht, höflich mit dem Mann umzugehen. Sein Beruf ist mir völlig gleichgültig«, sagte ich, als wir schließlich unsere Bestellungen aufgegeben hatten.

»Du weiß nicht, was er für eine Position in der Firma innehat, nicht, Deborah?«

»Richtig.«

»Ich hätte dich genauer danach fragen sollen. Er ist ein hochkarätiger Manager. Er hat schon einige Millionenprojekte im In- und Ausland geleitet. Derzeit betreut er ein riesiges Sanierungsvorhaben hier in der Gegend, deshalb ist er so viel zu Hause. Sonst würdest du ihn wohl kaum zu Gesicht bekommen.«

Ich gestehe, die Tomate blieb mir im Hals stecken. Soviel zu meiner wunderbaren Menschenkenntnis. Ich fühlte mich ein wenig beschämt.

»Tut mir leid, Vater. Ich habe einen Fehler gemacht.«

Ich sah meinem Vater in die Augen und erhielt ein kleines Lächeln.

»Halb so schlimm. Ich denke, ich berichte dir mal ein paar Fakten über ihn, vielleicht macht es dir die Sache dann leichter.«

Und so erfuhr ich, dass Alexander Harburg erst seit ein paar Jahren in der Baubranche tätig war. Zuvor war er als Kapitän zu See mit Fracht- und Containerschiffen auf großer Fahrt gewesen.

»Das, Vater, erklärt vermutlich den rauen Tonfall, entschuldigt ihn jedoch nicht.«

»Du bist vielleicht auch ein bisschen empfindlich, Deborah. Ich denke, Herr Harburg wollte dir nur helfen, mit der neuen Situation zurechtzukommen. Kann sein, dass er dabei ein wenig direkt geworden ist. Er ist schließlich ein Mann, auf dessen Befehl viele Männer hören. Aber ich persönlich würde es sehr begrüßen, wenn er weiterhin ein Auge auf dich und Micki hält.«

Eine schlechtere Bemerkung hätte er kaum finden können, um mich zu besänftigen. Ich bemühte mich krampfhaft, die aufwallenden Gefühle unter Kontrolle zu halten, um kein unliebsames Aufsehen zu erregen. Es standen wunderschöne Glaskaraffen auf dem Bord über der Theke.

»Weißt du, Vater, man braucht mir nicht ständig zu helfen, mich beschützen oder leiten. Weder du noch der Herr Nachbar. Ich bin ein großes Mädchen, das mit seinen Schwierigkeiten selbst fertig wird. Wenn mir etwas über den Kopf wächst, dann melde ich mich schon.«

»Du bist eigensinnig, meine Liebe.«

»Was meinst du wohl, von wem ich das habe?«

»Gut gekontert, Deba. Und nun lass uns über andere

Dinge sprechen. Ich würde dich und Micki gerne heute Abend zu dem Varieté einladen, das gerade hier gastiert.«

Ich sage ja, er hat auch seine sanfteren Seiten.

Diese Seite demonstrierte mein Vater ein paar Stunden später noch einmal. Ich erlebte es, obwohl die Unterhaltung zwischen ihm und Micki eigentlich nicht für meine Ohren bestimmt war. Aber da ich auf der Kellertreppe saß und Schuhe putzte, hörte ich sie unerlaubterweise mit.

»Sag mal, Michaela, ich würde deiner Mutter gerne etwas zum Einzug hier schenken. Weiß du irgendwas, das sie sich besonders wünscht.«

»Mmmmh. Vielleicht eine neue Gartenliege. Die alte ist nämlich kaputtgegangen.«

»Gartenliege?«

»Ja, so ein Liegestuhl, so gestreift. Ich ... also, ich hab den anderen gewürfelt, als ich mich mit zuviel Schwung hab hineinfallen lassen.«

»Natürlich können wir auch einen Liegestuhl kaufen, aber es darf gerne etwas teurer sein.«

»Oh, da wüsste ich was. Pa, richtig teuer?«

»Ja.«

»Sie ... sie wünscht sich, glaube ich, ein paar richtig schöne Gläser. Und so eine Flasche, die dazu passt.«

»Du meinst eine Karaffe.«

»Ja, genau.«

»Sehr schön. Und du weißt auch, in welcher Art das Kristall sein soll, nehme ich an?«

»Mh. Sie steht öfter mal davor. Es gibt da so einen Laden, weißt du.«

»Dann sollten wir den mal aufsuchen. Und was wünscht du dir so?«

Oje, das war eine kritische Frage. Ich lauschte gebannt.

»Darf's auch etwas teurer sein?«

Ich hörte meinen Vater lachen.

»Ich wünsche mir nämlich einen eigenen MP3-Player. Damit ich mir nicht immer Mams ausleihen muss.«

»Und auch da weißt du schon, wie der sein soll.«

»Jaha.«

Energisch polierte ich meine Schuhe weiter. Es ist doch Verlass auf das Kind. Als ich nach getaner Arbeit nach oben kam, konfrontierten mich Michaela und mein Vater mit der Feststellung, dass wir morgen Nachmittag in die Stadt fahren würden.

»Das passt mir gut, ich muss nämlich den neuen Drucker abholen.«

Als wir am nächsten Nachmittag aus dem Haus gingen, drückte mir mein Vater die Schlüssel zu seiner Limousine in die Hand. Er hatte wohl meinen begehrlichen Blick gesehen. Der Not gehorchend fahre ich einen altersschwachen Kleinwagen. Ein Auto wie dies …

»Du kennst dich hier besser aus, fahr du uns, Deborah.«

»Gern.«

Ich brauchte nicht lange, um mich an die sanften Fahreigenschaften und die starke Maschine zu gewöhnen. So etwas liegt mir. Leider war die Strecke viel zu kurz, und wir näherten uns bereits dem Parkplatz vor dem Einkaufszentrum. Als wir einbogen, konzentrierte ich mich darauf, eine freie Lücke zu finden. Zwei Reihen weiter parkte ein rotes Auto aus.

»Deborah, hast du eigentlich noch mal etwas von deinem Mann gehört?«, fragte mein Vater, und prompt fuhr mir ein anderer in die freie Parktasche. So ein Mist.

»Macht nichts, Mam, in der ersten Reihe, ziemlich in der Mitte, wird gleich was frei.«

»Danke, Schatz.« Dann antwortete ich meinem Vater: »Er ruft mich manchmal an. Zu Mickis Geburtstag erhielt ich einen Brief. Es geht ihm ganz gut.«

Und dann hielt ich, um einem Wagen das Ausfädeln aus der Lücke zu erlauben. In der ersten Reihe, Mitte.

»Deine Mutter hat auch immer so ein unglaubliches Glück gehabt, freiwerdende Parkplätze zu finden. Ich hätte bestimmt dreimal kreisen müssen, so belebt, wie das hier ist. Wie macht ihr das nur?«

»Ach, das ist ein einfacher Zaubertrick.«

Vater lachte und stieg aus. Micki lachte auch.

Dann trennten sich unsere Wege, ich suchte den Computer-Shop auf, und Micki verschwand mit meinem Vater.

Wir trafen uns in der Cafeteria wieder, Micki glücklich mit einem umfangreichen Paket am Arm.

»Es sieht so aus, als ob du deine Enkeltochter wieder einmal maßlos verwöhnt hast.«

»Na ja, es schien ja wohl so zu sein, dass mein Geburtstagsgeschenk nicht das Herzensbedürfnis getroffen hat.«

»Das stimmt nicht, Pa, ich lese gerne. Aber du hast mir Kinderbücher geschenkt.«

»Schon verstanden, Michaela. Und übrigens, Deborah, nächste Woche wird auch für dich eine kleine Überraschung zum Einzug geliefert.«

Ich zeigte ein angemessen erstauntes und erfreutes Gesicht.

»Aber jetzt sollten wir die kleine Runde hier auflösen. Ich muss los, denn heute Abend geht mein Flugzeug nach Prag.«

An diesem Abend sollte die erste Stunde des neuen Selbstverteidigungskurses stattfinden. Weil es sich um interessierte Laien handelte, verzichtete ich auf den formellen Kampfanzug und legt stattdessen dünne schwarze Trainingshosen und ein weißes T-Shirt an. Micki hatte sich ähnlich angezogen. Sie war zwar nicht das erste Mal im Studio, aber bislang immer nur zu den Vormittagsstunden, wenn sie mal schulfrei hatte. Das Abendpublikum schien sie zu faszinieren. Es lief auch eine Menge austrainierten Muskelwerkes herum. Ein wenig irritiert sah Micki mir zu, als Ärisch mich mal wieder mit seiner Bärenumarmung beglückte. Und da Micki über zwölf war, wurde ihr anschließend die gleiche Behandlung zuteil, die sie offensichtlich leicht schwindelig zurückließ.

»Mach dir keine Hoffnungen, Micki, Erich ist glücklich verheiratet.«

»Uch«, war alles, was sie dazu sagte.

Ein paar Minuten später hatte ich dann meine Elevinnen im Trainingsraum um mich versammelt. Acht waren es, die übliche Mischung. Eine modisch zurechtgemachte Sekretärin, eine magere und eine pummelige Hausfrau, zwei giggelnde Junghennen etwas über Mickis Alter, eine untersetzte, bebrillte Studentin mit loderndem Ehrgeiz in den kurzsichtigen Augen, eine ätherisch dreinblickende Ökolilli, eine rustikale Fünfzigjährige und meine Tochter. Ich bat die Damen, sich erst einmal um mich herum auf den Boden zu setzen, um eine kurze Einweisung zu geben.

»Ich dachte, wir sollen Selbstverteidigung lernen und nicht herumdiskutieren!«, murrte natürlich die Rustikale. Genau der Typ, der mich zum Wahnsinn treiben konnte. Klasse, und das, wo sich die Dinge in der letzten Zeit so wenig kontrollieren ließen. Ich lächelte höflich in die Runde.

»Ja, wir wollen einige Techniken zu unserem und dem Schutz anderer lernen. Das schließt aber nicht aus, dass wir uns zunächst mal kennenlernen. Ich bin Deborah, und gewöhnlich duzen wir uns hier. Ich denke, wir stellen uns jetzt erst einmal der Reihe nach vor.«

Gut, das ging problemlos, und selbst die Rustikale gab mürrisch zu, dass sie Sieglind hieß. Wie passend!

»Bevor wir anfangen noch ein paar Worte zum Ziel dieses Kurses. Es ist euch sicher klar, dass ihr hier nach acht Wochen nicht soweit seid, dass ihr unverwundbar durch jede Auseinandersetzung kommt. Ich will mich jedoch bemühen, euch ein paar wenige, aber wirkungsvolle Techniken beizubringen, mit denen ihr in einem Bedrohungsfall zumindest die Möglichkeit habt, den Angreifer zu schockieren. Dann habt ihr die Chance wegzulaufen oder wenigstens um Hilfe zu schreien. Mehr aber noch möchte ich euch allerdings das Gefühl vermitteln, dass ihr nicht wehrlos seid. Denn wer mit diesem Gefühl zum Beispiel durch eine dunkle Straße geht, ist eher davor geschützt, belästigt zu werden, als jemand, der in der typischen Opferhaltung an der Wand entlangschleicht.«

»Fang mir bloß nicht mit Ausstrahlung, mentaler Einstellung und so einem Scheiß an. Zeig uns, was zu machen ist, wenn uns jemand die Handtasche klauen will!«

Sieglind. Wer sonst?

Und dann aufmüpfig, aber in einem herzzerreißenden

Lispeln: »Ja, aber, wir müssen doch sicher auch das Visualisieren beherrschen. Und die Aurakontrolle ist genauso wichtig wie das Zuschlagen.«

Ökolilli, die auch noch Lißbeth hieß, erprobte die Konfliktfähigkeit der Runde mit diesem Beitrag. Und ihre mausgraue Aura erzitterte, als Sieglind dagegendonnerte: »Hört mir bloß auf mit diesem esoterischen Quark. Können wir jetzt langsam mal anfangen?«

Die Gruppe wollte es nicht anders. Und bevor das Licht, das bedenklich zu flackern begonnen hatte, gänzlich ausging, hieß ich die Truppe, sich zu erheben. Na gut, zum Selbstverteidigungs-Kurs gehört auch Ausdauertraining.

Nach den anderthalb Stunden waren wir klatschnass, und die Elite der Shaolin-Schwestern schwankte auf weichen Knien aus dem Raum.

»Hey, Mam, das war stark. Aber meinst du nicht, dass du sie ein bisschen hart rangenommen hast?«

»Micki, bevor die sich gegenseitig an die Gurgel gehen, muss ich sie so beschäftigen, dass sie kleine persönliche Animositäten vergessen.«

»Und du nicht zu wütend wirst, damit die Sicherungen nicht durchbrennen.«

Micki hatte es also auch schon bemerkt. Ich nickte nur, legte mir das Handtuch um die Schultern und ging aus dem Raum. An der Theke fand ich mein Glas mit Wasser, was der fürsorgliche Ärisch bereits hingestellt hatte, und trank durstig. Eine geflügelte Schlange wand sich um meine Hüften und schob das T-Shirt hoch.

»Ich mag Frauen, die total verschwitzt sind«, bemerkte Rüdiger neben mir und drückte mir die metallbehangene Brust an den bloßen Oberarm.

»Lass mich los. Ich mag es nicht, angefasst zu werden, wenn ich aus dem Training komme.«

»Nein, Deba?«

Der tätowierte Arm rückte höher, und Rüdiger wollte wohl an meinen Busen, was ihm misslang. So schmerzlos wie möglich entwand ich mich.

»Und das da ist deine Tochter? Knusprig, die Kleine.«

»Rüdiger, geh mit Sonja spielen. Sonst schmollt die mit dir.«

»Sonja? Oh, Mann, das Brett mit Warzen?«

Der Junge war widerlich, und ich drehte mich weg. Aber seinen Blick spürte ich wie Eisnadeln in meinem Nacken. Und im Kühlschrank klirrten die Flaschen.

»Mam, warum passieren so komische Dinge, wenn du wütend wirst. Das war früher nicht so.«

»Micki, ich weiß nicht. Ich weiß es wirklich nicht. Ich arbeite hart daran, damit mir die Situationen nicht entgleisen. Aber in Momenten großer Wut scheint da eine destruktive Energie freigesetzt zu werden, die völlig unkontrolliert Schaden verursacht.«

»Du hast keine Ahnung, woher das kommt? Hast du … hast du vielleicht mal was Falsches gesagt, oder so?«

»Hab' ich auch schon überlegt. Ich habe mit Katharina darüber gesprochen, aber die wusste auch keine Erklärung.«

»Kann ich dir irgendwie helfen, Mam?«

»Du bist lieb, Micki, doch ich kann mir nicht vorstellen, was mir helfen könnte. Und du musst vorsichtig sein, denn du bist noch im Wachsen.«

»Ich möchte aber auch einmal so werden wie du, Mam.«

»Später, Töchterchen. Meine Mutter hat mir auch nicht allzu viel erlaubt, als ich in deinem Alter war.«

Und dann hat sie mich allein gelassen, gerade, als ich sie so sehr brauchte. Das Warum lag für mich noch immer hinter Schleiern.

Am Freitag wurden Micki und ich in ein absolut grauenhaftes Vorkommnis verwickelt. Und doch, trotz des Entsetzens, das uns beide noch stundenlang hinterher schüttelte, lag ein Teil der Antwort auf mein Problem darin.

Es fing harmlos an. Micki und ich kämpften einen heldenhaften Kampf mit Freia, die ungefähr sechzehn Pfoten mit je zehn Krallen entwickelte, als wir sie in den Transportkorb verpacken wollten. Sie jedoch frei im Auto herumlaufen zu lassen, wäre noch unmöglicher gewesen. Schließlich aber trugen wir den protestierend maunzenden Korb zum Wagen, um den Inhalt zur Tierärztin zu bringen. Sie hatte uns versprochen, ihr einen Chip einzusetzen und sie auch ansonsten gründlich zu untersuchen. Schließlich war Freia eine Streunerin, die gewiss einen Haufen Parasiten an sich trug, die einer gepflegten Hauskatze nicht anstanden.

Im Wartezimmer saßen noch zwei weitere Frauen, eine mit einer dicken Decke auf dem Schoß, aus der eine weiße Perserkatze herzergreifend nieste, die andere mit einem Käfig, der ein unsichtbares Tier barg. Freia hatte aufgehört zu randalieren und sich mit ihrem Schicksal abgefunden. Nur hin und wieder kam ein kläglicher Jammerlaut aus dem Plastikkorb. Dann murmelte Micki besänftigend auf sie ein und steckte ihre Finger durch die Ritzen des Korbes.

Es war ansonsten ein ruhiger Nachmittag, ein Mann mit Dackel verließ grüßend die Praxis, das unsichtbare Tier wurde in den Behandlungsraum gebeten. Micki blätterte in einer Informationsschrift, die die schönsten Auswirkungen von FIP und Leukose beschrieb, ich las die Mitteilungen des Tierheims, die an das schwarze Brett geklippt waren.

Ein anhaltendes Hupen erklang von der Straße, kam näher, und ein Auto hielt mit quietschenden Reifen. Hektische Geräusche schreckten uns auf. Dann wurde die Tür aufgerissen, und ein Mann und eine Frau stürmten an die Anmeldetheke. Sie hatte eine Decke im Arm. Ihr Gesicht war verzerrt, und ein krampfartiges Schluchzen schüttelte sie.

»Ein Notfall. Bitte, wo ist die Ärztin? Wir haben einen

Notfall. Schnell!«, rief der Mann, der erschreckend blass aussah.

Die Ärztin riss die Tür auf und lief auf die beiden zu.

»Ins andere Behandlungszimmer. Ich komme sofort.«

Das Paar mit der Decke durchquerte das Wartezimmer, und ein ekelhafter Geruch von verbranntem Fell und Fleisch wehte zu uns herüber.

»Joschi! Oh, Joschile, mein Joschile!«, wimmerte die Frau.

Micki sah hoch. Fragend. Ich dachte an den Artikel und nickte ihr zu. Sie hat ein Händchen für kranke Geschöpfe. Es gibt Momente, da muss man das Notwendige tun. Auch wenn es eine Einmischung in die Sphäre der Ärztin war.

Wir folgten den beiden, und Micki stellte sich neben den Mann. Ich blieb bei der schluchzenden Frau und der Katze. Half ihr, das Bündel vorsichtig auf den Behandlungstisch abzulegen.

»Diese Schweine, diese Schweine! Mein Joschile!«

Die Ärztin kam hereingeeilt.

»Was ist passiert?«

»Wir wissen es nicht.« Die Stimme des Mannes klang gepresst und heiser. »Unser Kater kam gestern Abend nicht nach Hause. Und dann … Eben haben wir ihn gefunden. Sie haben ihn verbrannt.«

Ganz vorsichtig hob die Ärztin die Decke an. Es war grauenvoll. Der Kater lebte noch. Was das Ganze noch schlimmer machte.

Sanft deckte die Ärztin das leidende Tier wieder zu und sagte mit nicht zu unterdrückender Erschütterung: »Wir werden ihn einschläfern müssen. Es gibt keine Hoffnung.«

»Nein, nein!«, schrie die Frau auf. »Nein, Frau Bending! Er hat doch den Weg zu uns geschafft, damit wir ihm helfen. Nicht damit wir ihn umbringen.«

»Ingrid, beruhige dich! Bitte! Joschi leidet.«

Micki und ich hatten uns so unscheinbar wie möglich gemacht, aber als die Ärztin zum Medikamentenschrank ging, um die Spritzen vorzubereiten, nahm ich die Hand der verstörten Frau. Sie sah mich überrascht an, Tränen liefen über ihre Wangen. Ich versuchte so sanft wie möglich mit ihr zu reden.

»Er ist zu Ihnen zurückgekommen. Und dass er doch noch im Kreise derjenigen sterben kann, die ihn lieben, wird sein größter Antrieb gewesen sein.«

Sie wimmerte unterdrückt auf.

»Legen Sie Ihre Hand auf seinen Kopf«, bat ich sie leise.

Sie legte die zitternden Finger zwischen die Ohren des grauen Kartäusers. Er hob millimeterweit seinen runden Kopf und öffnete seine goldenen Augen. Ich stellte mich ganz nahe neben sie, berührte ihre Schulter leicht, holte tief Luft und sah dann in die Augen des sterbenden Tieres. Mitleid und Liebe überschwemmten mich.

Es herrschte Stille im Raum. Kaum dass man unseren Herzschlag hörte. Vollkommene Ruhe breitete sich aus, und das Schweigen der Unendlichkeit wurde hörbar. Niemand bewegte sich. Niemand atmete. Und doch floss etwas zu uns herüber, spürbar, wie ein zartes Wehen. Die goldenen Augen erkannten die geliebten Menschen, dann etwas anderes, etwas Fernes vielleicht. Ruhe war darin. Und Hoffnung. Dann erlosch der Funke in ihm. Der graue Kopf sank auf die wunden Pfoten.

Die Frau nahm die Hand von dem Kater und umklammerte meine Schultern. Aber sie schluchzte nicht mehr so krampfhaft, sie weinte.

»Den ganzen Weg … Auf den verbrannten Pfoten. Wie muss er uns geliebt haben.«

»Nicht weniger als Sie ihn auch.«

Ich drehte die Frau ein wenig zur Seite, damit sie nicht sehen musste, wie die Ärztin den Kater untersuchte. Die tödliche Spritze hatte sie nicht aufgezogen.

»Glauben Sie wirklich, dass wir uns wiedersehen?«, flüsterte sie.

»Ja, das glaube ich wirklich. Jenseits von Zeit und Raum bleibt die Liebe. Und die verbindet Sie.«

Ich führte sie langsam hinaus ins Wartezimmer. Die beiden Frauen dort behielten ein mitfühlendes Schweigen bei, als sie sich setzte.

»Danke«, sagte sie, als ich mich erhob, um dem Mann Platz zu machen, den Micki hereinführte. Ich ging noch einmal in das Behandlungszimmer zurück und schloss die Tür hinter mir. Ich war mir nicht sicher, ob ich irgendetwas erklären musste.

»Das ist die dritte Katze in diesem Monat«, fauchte Frau Dr. Bending. »Und wer weiß, wie viele ich nicht zu sehen bekomme! Verdammt noch mal, kein Mensch weiß, wer diese entsetzlichen Verbrecher sind. Ich hasse es schon, wenn Tiere leiden müssen, weil sie krank sind. Aber das hier ist der Gipfel der Unmenschlichkeit.«

»Ja. Wahrhaftig. Ich habe schon in der Zeitung davon gelesen, darum wollte ich, dass unsere Katze einen Chip oder wenigstens eine Kennzeichnung bekommt. Aber dieser Kater hier hat auch eine Nummer in den Ohren.«

»Das ist denen völlig gleichgültig. Die sind skrupellose Tierschänder. Sie, ich weiß nicht, welchen Einfluss Sie da eben auf die Frau oder den Kater hatten. Aber wenn das irgendwie auch noch in Ihrer Macht steht, Frau McMillen, finden Sie diese Ungeheuer!«

Ich nickte. Aber sehr zuversichtlich war ich nicht.

»Oh, und vielen Dank für Ihre Hilfe. Es ... es fällt mir immer schwer, ein Tier einzuschläfern. So sehr es auch leidet. Die Entscheidung über Leben und Tod ist nicht leicht zu treffen.«

»Nein, für uns ist sie das nicht.«

»Kommen Sie mit Ihrer Katze bitte nächste Woche noch einmal vorbei. Ich will jetzt hier Schluss machen.«

Auch die Ärztin wirkte mitgenommen.

Als ich zurück in den Warteraum ging, saß nur noch Micki in der Ecke. Ein kaum wiederzuerkennendes, zitterndes Häufchen Mensch. Und mir wurde kalt vor Schreck.

»Was ist, Micki. Micki, hörst du mich?«

»Ja, Mam.« Ganz leise kam die Antwort.

»Was ist mit dir? Wie fühlst du dich?«

»Leer. Ganz leer. Ich habe alles dem Mann gegeben. Alle Kraft.«

Ich seufzte erleichtert auf. Das konnte schnell repariert werden. Viel schneller als das Grauen, das nachher noch einsetzen würde. Ich schleppte Micki und den Katzenkorb zum Auto und fuhr schnellsten zu »La Strega«, das Lokal lag wenigstens gleich auf dem Weg.

Sie hatten gerade aufgemacht, und ich bugsierte die zittrige, blasse Micki sofort in Richtung Küche, wo die Mamma hantierte.

»Spaghetti. Und wenn möglich mit Pesto. Wir haben hier ein kleines Problem.«

»Ich sehe.«

Die Mamma heißt nicht umsonst La Strega. Sie sah.

Die Nudeln und das Basilikum halfen Micki schnell wieder auf die Beine. Und auch mir tat die üppige Portion gut, die Mamma mir auf den Teller gehäuft hatte. Zwischen den einzelnen Happen berichtete ich ihr kurz, was geschehen war.

»So, es gibt böse Menschen! Katzen quälen! Gut, dass du geholfen hast, Deba.«

»Ich weiß nicht, ob ich geholfen habe.« Ich schüttelte den Kopf, noch immer nicht ganz sicher, was eigentlich geschehen war.

»Du hast dem Kater geholfen zu sterben.«

»Meinst du? Das kann ich doch gar nicht.«

»Ich glaube doch. Man kann geben und nehmen. Denk darüber nach.«

Micki beobachtete uns mit großen Augen, aber Mamma hatte sich wieder ihrem Herd zugewandt, denn Francesco kam mit einer Liste Bestellungen in die Küche.

»Freia ist noch im Auto. Wir sollten allmählich gehen,« meinte ich zu unserer Wirtin. Und als ich unser Essen bezahlen wollte, winkte Mamma unwirsch ab. Mit einer großzügigen Handbewegung wedelte sie uns hinaus, ganz mit der Zubereitung der Mahlzeiten beschäftigt.

Freia in ihrem Transportkorb begrüßte uns mit einem zornigen Gejaule, und ein unangenehmer Geruch machte sich im Auto breit.

Schweigend fuhren wir nach Hause, die Fenster weit offen. Erst als wir zusammen in der Küche saßen und zusahen, wie die kleinen Kätzchen sich wieder glücklich in das Mutterfell kuschelten, sprachen wir über das Geschehene.

»Mam, das ist ja grauenvoll. Wer macht so was? Warum passieren solche Sachen? Wie können Menschen so grausam sein?«

»Ja, Micki. Die Fragen stelle ich mir auch. Ich kann dir das nicht beantworten. Es gibt wohl so kranke Geschöpfe, die sich am Leid eines anderen Lebewesens erfreuen. Oder die gerne Herr über Leben und Tod spielen. Es gibt ihnen ein perverses Gefühl der Macht.«

»Ist man damit wirklich mächtig? Ich meine, wenn ich ein Tier quäle, das sich nicht wehren kann, bin ich doch nicht mächtig? Eher, wenn ich ein gefährliches Tier besiege. Einen Tiger, nicht eine Katze.«

»Guter Vergleich, Micki. Aber diejenigen, die nicht den Mut haben, einem Tiger gegenüberzutreten, brauchen wohl diese billige Variante der Macht.«

»Also Feiglinge!«

»Vermutlich.«

»Andererseits hast auch du den Kater sterben lassen.«

»Habe ich wohl. Aber glaub mir, glücklich bin ich deswegen nicht. Lieber wäre es mir, wenn ich die Kraft gehabt hätte, ihn wieder gesund zu machen. Ich habe das nicht willentlich getan, Micki.«

»Machst du ja auch nicht, wenn du dich ärgerst. Ich meine, das mit den Mülleimern und den Sicherungen und so.«

»Du bist viel zu schlau für mich, meine Tochter.«

»Ich bin eben deine Tochter. Und jetzt würde ich gerne ein bisschen alleine sein, Mam.«

»Verstehe ich.«

Ich wollte auch etwas alleine sein und nachdenken. Darum ging ich in unser Wohnzimmer und setzte mich in den Sessel, um eine Weile in das beruhigende Grün des Gartens zu schauen. Seit mir klar geworden war, dass ich die Fähigkeit hatte, die Dinge und Abläufe in meiner Umgebung zu beeinflussen, hatte ich mich bemüht, so wenig wie möglich davon Gebrauch zu machen. Ich war vielleicht so alt wie Micki jetzt, ein bisschen jünger sogar, als ich merkte, dass meine Wünsche sich häufiger als bei anderen anfingen zu erfüllen. Und zu meinem Glück hatte ich eine Mutter, die das nicht nur bemerkte, sondern auch verstand. Sie gab mir ein paar wertvolle Ratschläge dazu, die ich bislang immer beherzigt hatte. Ihr wichtigster Hinweis war, dass ich mir jedes Mal, wenn ich mir etwas wünschte, sehr gut die Folgen für andere überlegen solle.

»Schau, du möchtest in den Sommerferien jeden Tag an den Badesee. Die Sonne scheint also ununterbrochen sechs Wochen, und am Ende ist das Wasser im Badesee schlammig und der Pegel gesunken. Ganz abgesehen von den Fischen, die sterben, und den Pflanzen, die vertrocknen.«

Ich wollte nicht schuld sein am Leid anderer, darum hatte ich so wenig wie möglich Gebrauch von meiner Fähigkeit gemacht. Und wenn, dann immer nur nach reiflicher Überlegung. Später dann hatte mich der Zufall mit ein paar Leuten zusammengeführt, die ähnliche seltsame Begabungen hatten. Katharina war eine von ihnen, Agnes auch und natürlich La Strega. Sie halfen mir und rieten mir, soweit es in ihrer Macht stand.

Das, was mich in den letzten Wochen so schockierte, war, dass sich offensichtlich meine Fertigkeiten selbständig gemacht hatten und zu meinem persönlichen Schrecken in ihrer destruktivsten Art. Und ich wusste einfach nicht, warum. Und wie ich es in den Griff bekommen sollte.

Weil ich mit meinen Überlegungen nicht weiterkam, beschloss ich, mich noch etwas in meine Arbeit zu stürzen.

Das Wochenende brachte uns diesmal definitiv den Herbst. Nicht nur, dass es kalt wurde, es war nebelig und nieselte. Kein Wetter zum Fahrradfahren oder Skaten. Betrübt räumten Micki und ich unsere Sachen in den Keller und bereiteten uns dann zum Trost ein großes Blech Zwiebelkuchen zu. Wenigstens gab es keine weiteren Zusammenstöße mit der näheren Nachbarschaft.

Am Montagvormittag bat mich Jeany, auch die Abendkurse zu übernehmen, da eine der Trainerin sich mit einer Grippe auf die Nase gelegt hatte. Es passte mir zwar nicht besonders, denn mein Handbuch wartete, aber ich sagte trotzdem zu. Als ich mittags nach Hause kam, erwartete mich ein umfangreiches Paket. Vaters Geschenk zur Hauseinweihung. Sorgfältig packte ich die zarten Kristallgläser aus. Hochstielige Kelche, schlicht, ohne Verzierung, aber von eleganter Form schmiegten sich in meine Hände. Ein wirklich großzügiges Geschenk. Ich baute die Pracht auf dem Regal im Wohnzimmer auf, um mich daran zu erfreuen. Ein angemessener Platz musste noch gefunden werden, vielleicht eine Vitrine?

»Nicht schlecht, was? Er hat sich selbst übertroffen!«

»Mit ein wenig Hilfe von meiner Tochter, nehme ich an?«

»Mh!« Micki warf ihre Tasche auf die Treppen und sah sich die gleißende Glassymphonie an.

»Spülen musst du die aber, Mam!«

»Das hatte ich erwartet. Aber dann darf auch nur ich daraus trinken.«

»Ich mag sowieso keinen Wein.«

»Kommt vermutlich noch. Und dann denk an meine Worte. Hast du übrigens Lust, heute Abend mit ins Studio zu kommen. Ich muss Vertretung machen.«

»Au ja, gerne.«

Es war voll. Montags hatten die meisten Figurfanatikerinnen das schlechte Sonntagsgewissen – zuviel Kalorien am Wochenende. Ich hatte eine motivierte Klasse, deren Muskeln ich zum Brennen brachte. Micki in ihrer jugendlichen Unbekümmertheit machte, ohne mit der Wimper zu zucken, alles mit. Und nach der zweiten Stunde war sie fertig mit sich und der Welt.

»Wie hältst du das bloß durch, Mam. Jetzt noch eine Stunde? Ich brech' ab!«

»Alles Übungssache, Süße. Zieh dir was Warmes über und setz dich an die Theke, bis ich fertig bin. Der letzte Kurs dauert nur eine Dreiviertelstunde.«

»Eine Ewigkeit!«

»Kommt auf die Einstellung an. Trink einen Saft oder ein Wasser. Und lass die Männer in Ruhe.«

»Alle?«

»Alle!«

Ich ruffelte ihr die nassen Löckchen und machte mich an meinen nächsten Auftritt.

Als ich um Viertel vor neun aus dem Aerobic-Raum kam, sah ich zu meinem Unwillen, dass sich Micki an der Theke in einem Pool von Männern aalte. Lediglich der breite Rücken und der glänzende Hinterkopf vom Ärisch beruhigten mich etwas. Erich würde nie zulassen, dass sich jemand an Micki vergriff. Leider war aber auch Rüdiger da.

»Tut das denn nicht weh, die Ringe da rein zu stechen?«

»Ach was. Kleiner Piekser.«

»Sieht stark aus.«

»Fühlt sich auch stark an …«

Bevor das eskalieren konnte, griff ich ein.

»Micki, umziehen!«

»Och, Mam …«

»Hey, Deba! Ganz die strenge Mutter heute? Komm, hör schon auf damit. Das macht dich so alt.«

Rüdiger konnte mich ärgern. Und er steigerte das noch, indem er seinen Arm um Mickis Schultern legte.

Der Ventilator über der Theke heulte auf, entwickelte eine orkanartige Umluft und erstarb jaulend.

Micki machte sich los.

»Okay. Ich geh mich umziehen. Komm, Mam. Ist in Ordnung.«

Ich holte tief Luft und schenkte Rüdiger noch einen vernichtenden Blick. Mit geheimer Schadenfreude bemerkte ich darauf, dass er sich mit dem Blick äußerster Verwunderung an das Kettchen an seiner Brustwarze griff. Vermutlich war es heiß geworden.

Aber ich wollte das doch nicht, verdammt!

In der Umkleide empfing mich Micki mit der Frage: »Mam, sag mal, warum darf ich mich denn nicht mit den Leuten da unterhalten? Ich habe den Mann doch nur gefragt, wie das mit den Ringen ist. Und mit dem Erich knutschst du auch immer rum.«

Heilige Unschuld.

»Rüdiger baggert jedes weibliche Wesen an. Und ich persönlich finde ihn höchst geschmacklos. Sowohl in Aussehen als auch in Auftreten.«

»Ja? Ich finde ihn interessant. Aber seine Freundin ist ein bisschen komisch.«

»Freundin?«

»Ja, so ein magerer Stängel mit blonden Flusen auf dem Kopf.«

»Oh, Sonja. Ich bezweifle, dass er sie als seine Freundin betrachtet.«

»Ja, kann sein. Aber sie schleimt hinter ihm her.«

Eine gute Beobachtungsgabe hatte Micki ja.

So gut, dass sie auch das bemerkte, was ich in der Dunkelheit übersehen hätte, als wir über den Parkplatz zum Auto gingen.

»Guck mal, da steht ja Xenia. Trainiert die auch hier?«

»Die? Nicht dass ich wüsste. Muss wohl Zufall sein, dass sie hier herumlungert«, antwortete ich. Und dachte mir, dass es wohl eher etwas mit Rüdiger zu tun hatte. Aber alles aus der Welt der Erwachsenen brauchte Micki nicht zu wissen.

Wir unterhielten uns zu Hause noch ein Weilchen über Klatsch und Tratsch, dann schickte ich Micki schlafen, las noch eine Stunde und ging dann auch zu Bett. Der Schlaf traf mich wie ein Keulenschlag.

Ein halber Mond leuchtete silbern zwischen stürmisch schwarzen Wolken, die wie Fetzen schwarzen Samtes sich über dem Horizont ballten. Sein bleicher Schimmer entlockte dem Kelch aus geschliffenem Kristall Funken von Licht, die den leuchtend roten Wein zum Glühen brachten. Durchsichtig bis an den Grund spiegelten sich Helle und Dunkelheit in dem Gefäß.

Lautlos schlich das schwarze Tier herbei, die Zunge geifernd zwischen den Hauern in den grausamen Kiefern. Leise schnüffelnd nahm es die Witterung auf, umkreiste geduckt den glänzenden Kelch. Und als es sich über den gläsernen Rand beugte, verhüllten die Wolken den Mond. Das Tier beugte sein Haupt und stemmte die krallenbewehrten Tatzen in den Boden.

Mit mächtigen Zungenschlägen stillte es seinen Durst, bis der Kelch beinahe bis zum Grund geleert war. Dann leckte es sich die schwarzen Lefzen. Die gelblich glimmenden Augen halb geschlossen, grollte ein tiefer Ton in seiner Kehle.

Und als es sich schwerfällig zum Gehen wandte, war der Kristallkelch undurchsichtig geworden. Kein Sternenblinzeln, kein Mondlichtstrahl drang mehr durch die milchigtrübe Wandung.

Und erst als der dunkle Regen fiel und den Kelch füllte, kehrte seine gläserne Schönheit wieder.

Als die aufgehende Sonne sich in dem funkelnden Glas mit rotem Blitzen brach, war es, als sei nichts geschehen.

»Uuu … uuua.«

Wer stöhnte da?

War das ich?

Ganz langsam kam ich zu mir. Es war dunkel im Schlafzimmer, der Regen schlug an das Fenster. Ich lag regungslos, frierend und starr unter meinen Decken. Irgendetwas stimmte nicht. Ich versuchte mich zu erinnern. Da war ein Traum, Teile davon musste ich erhaschen, bevor sie sich verflüchtigten. Ich wusste, er war wichtig. Was war es? Etwas Angsterregendes, etwas, dass mich aussaugte. Wein … Mond … eine Schreckgestalt …

Je mehr ich mich zu konzentrieren versuchte, desto mehr entfloh es mir. Aber eines war gewiss – da gab es etwas, das Einfluss über mich gewonnen hatte.

Der Wecker schrillte. Mit einem Ruck war ich wieder in der Alltäglichkeit. So ein Quatsch, da träumte ich mal ein softes Horrorszenario, und schon bildete ich mir ein, das Opfer dunkler Mächte geworden zu sein. Mach halblang, Deborah! mahnte ich mich und stand auf.

Wahrscheinlich hatte das trübselige Wetter mir derart morbide Gedanken eingegeben.

Das Wetter verschlechterte sich sogar noch im Laufe des Tages, und am Nachmittag goss es in Strömen.

»Mam …?«, klang es von unten in mein Arbeitszimmer, wo ich mit einer verzwickten Passage rang.

»Was ist, Micki? Ich habe zu arbeiten.«

Füßetrappeln, Micki stand vor dem Schreibtisch.

»Entschuldigung, aber in mein Zimmer regnet es rein. Am Fenster.«

»Ach du Sch …«

»Sag's nicht. Ist ein schlechtes Beispiel für die gepflegte Konversation am Nachmittag.«

»Schön, dass du es mit Humor nehmen kannst. Ich finde das nicht lustig.«

Missmutig folgte ich ihr in die Etage darunter. Richtig, der Wind drückte einen breiten Wasserschleier gegen die Scheibe; der verzogene Fensterrahmen hatte dem nichts entgegenzusetzen. Micki hatte schon zwei Wischtücher auf die Fensterbank gelegt, aber das half wenig.

»Das war doch früher nicht, Mam. Wo kommt denn das her?«

»Es hat bislang auch nicht dermaßen geregnet. Hast du mal in meinem Zimmer nachgesehen, ob es da auch reinregnet?«

Micki drehte sich um, dann rief sie: »Hier ist alles in Ordnung.«

Ich beugte mich über den Schreibtisch, der am Fenster stand, um nach oben zu sehen. Na klar, die Dachrinne! Über Mickis Fenster endete das Dach, und entweder war die Dachrinne an dieser Stelle undicht oder verstopft, jedenfalls fand das Regenwasser seinen Weg genau über dem Fenster nach unten, und der Wind drückte es dabei gegen die Scheiben.

Das bedeutete einen sehr selbstlosen Einsatz.

»Micki, ich ziehe mich um und versuche, das Problem zu lösen.«

»Soll ich dir helfen?«

»Lass nur, das kriege ich schon irgendwie hin. Du passt inzwischen auf, dass nicht allzu viel Wasser auf den Boden tropft.«

In alten Jeans, einer Regenjacke und meinen Gartenturnschuhen machte ich mich an das feuchte Vergnügen. Aus der Garage schleppte ich die lange Leiter zur Terrasse und lehnte sie an die Hauswand. Sie reichte gerade bis unter das Dach. Es goss weiter wie aus Eimern, und der Aufstieg gestaltete sich ziemlich schwierig, da die Leitersprossen glitschig geworden waren. Ich traute mich nicht bis ganz nach oben, denn mir hingen die Haare klatschnass in die Augen. Als ich sie mit einem Kopfschütteln zurückwerfen wollte, wäre ich fast von der Leiter gekippt. Ich schnappte nach Luft. Das durfte mir jetzt nun wirklich nicht passieren. Vorsichtig hielt ich mich mit klammen, nassen Händen an der Dachrinne fest und untersuchte sie von unten. Ein Loch oder Riss war nicht zu sehen. Also wahrscheinlich eine Schmutzansammlung. Mühsam tastete ich über den Rand und fühlte auch gleich einen Haufen kalten, schmierigen Dreck. Halbverrottete Blätter, Ästchen, wahrscheinlich auch der eine oder andere tote Vogel. Lecker!

Unten hörte ich die Schiebetür vom Wohnzimmer aufgehen. Das traf sich gut, dann musste ich nicht noch einmal nach unten klettern.

»Micki, gib mir mal die kleine Schaufel hoch, die wir zum Blumensetzen verwendet haben. Hier ist eine Menge Schmodder in der Rinne.«

Doch nicht Micki antwortete mir.

»Kommen Sie sofort da runter! Sie sind wohl lebensmüde geworden!«

Das hatte mir jetzt gerade noch gefehlt. Ich war völlig durchgeweicht, ich stand auf einer kippeligen Leiter und rang mit dem Gleichgewicht, und Alexander Harburg wusste mal wieder ganz genau, was ich zu tun und zu lassen hatte.

»Hören Sie, entweder Sie geben mir jetzt die Schaufel hoch, oder Sie verschwinden kommentarlos. Das hier ist kein Vergnügen.«

»Richtig, darum sollten Sie das auch nicht machen.«

»Und mir die Teppichböden versauen. Es regnet rein. Und jetzt geben Sie mir schon die Schippe. Sie liegt direkt neben Ihnen.«

»Kommen Sie da runter und lassen Sie mich das machen.«

»Verdammt, ich bin kein kleines Kind mehr. Muss ich die Dachrinne wirklich mit den Händen freischaufeln?«

Warum unnötige Diskussionen führen? Hände konnte man waschen! Ich kletterte also mühsam und die aufsteigende Angst unterdrückend noch eine Sprosse weiter nach oben, wobei die Leiter gefährlich wackelte. Ich kämpfte um mein Gleichgewicht, dann stand die Leiter still. Vor mir sah ich einen Ballen aus Laub, zerbrochenen Ziegeln und Zweigen. Vorsichtig löste ich eine Hand von der Sprosse, um in den Mist hineinzugreifen.

»Frau McMillen, lassen Sie das bleiben, das ist zu gefährlich!«

Warum antworten? Immerhin hatte sich Harburg unter die Leiter gestellt und hielt sie fest. Er war noch im Anzug, offensichtlich gerade nach Hause gekommen. Der Regen hatte aber seinem Jackett nicht gut getan. Sein Problem. Ich hatte ihn nicht gerufen.

Ich überwand meinen Ekel und langte in die Dachrinne.

Feuchter, schleimiger Schmutz quoll zwischen meinen Finger durch. Bäh! Ich warf eine Handvoll nach unten. Nicht auf Harburg, nein.

»Hören Sie auf, Sie dummes Stück. Das ist keine Arbeit für Sie!«

»Junge Frau« war schon mies, »dummes Stück« allerdings war heftig.

»Hören Sie, es kann ja sein, dass das der normale Umgangston auf der Baustelle ist, aber hier sind wir auf meinem Grund und Boden. Es langt schon, dass Sie mich andauernd belästigen und bevormunden, aber beleidigen geht zu weit«, brüllte ich ihn an. Meine Haare klatschten wieder in meine Augen, und ich verlor fast den Halt, als ich sie zurückstrich.

»Kommen Sie sofort von dieser verdammten Leiter runter«, tobte Harburg in bester Baustellenlautstärke.

Ich widmete mich wieder dem Dreck und warf eine weitere Portion nach unten. Nicht auf Harburg!

»Frau McMillen!«, kam es etwas sanfter. Aha, er hatte meine Möglichkeiten wohl erkannt.

»Frau McMillen, ich habe Ihrem Vater versprochen, ein wenig auf Sie zu achten. Was Sie da tun ist brandgefährlich!«

Da hatten wir den Salat. Mein Vater und er. Der Zorn kochte wie rote Lava in mir hoch. Ich riss mich zusammen, starrte auf die Schmutzbarriere vor mir, und mit einem unangenehmen Schmatzen löste sich der Haufen plötzlich auf.

Mit dem Erfolg, dass sich der ganze Schmuddel mit einem Schwapp über den Rand der Rinne ergoss.

Auf Harburg.

Und der zeigte nach einer Schweigesekunde, was sonst noch in ihm steckte. Vermutlich hatte er ohne Megaphon ein zweihundert Meter langes Frachtschiff befehligt. Aus dem Wortschatz sollte ich mir das eine oder andere merken, der war richtig kernig. Ich hielt mich einfach weiter an der Dachrinne und der Leiter fest und wartete, bis er irgendwann einmal Luft holen musste. Er hatte allerdings eine gute Kondition. Schließlich gingen ihm aber doch die Worte aus, und ich flötete von oben herab: »Und wenn Sie sich ausgeweint haben, könnten Sie mir dann bitte die Leiter festhalten, damit ich nach unten kommen kann?«

Er hatte sein durchweichtes, verdrecktes Jackett ausgezogen und auf den Rasen geworfen, sein weißes Hemd klebte ihm nass an der Haut und ließ eine ausgiebige Brustbehaarung erraten. Nachdem mein Zorn sich entladen hatte, wunderte ich mich, dass ich solchen Details Aufmerksamkeit schenken konnte. Immerhin war er jetzt ruhig und hielt wie gewünscht die Leiter. Es war schwierig, die rutschigen Sprossen mit glatten Turnschuhen und vor Kälte starren Händen hinunterzuklettern. Und ich war sogar dankbar, dass Harburg die letzten Stufen hinter mir stand, um mich mit seinem Körper vor dem Abrutschen zu bewahren. Einen winzigen Moment lang glaubte ich sogar, dass er mich leicht an sich gedrückt hielt. Aber ich konnte mich auch täuschen.

»Sie sind eine eigensinnige, verrückte Nudel. Jetzt gehen Sie sofort rein und ziehen sich etwas Trockenes an«, grummelte er.

»Ich warte noch auf den Vorschlag, mir einen steifen Grog zu machen«, antwortete ich schnippisch.

»Keine ganz schlechte Idee. Und jetzt rein mit Ihnen. Die Leiter bringe ich in Ihre Garage.«

»Hören Sie doch endlich auf, mich zu bemuttern!«

Ich griff nach der Leiter, sie kippte zur Seite und schlug mir schmerzhaft auf die Schulter.

»Tun Sie, was man Ihnen befiehlt«, donnerte Harburg mich an und schob mich grob in das Wohnzimmer. Ich wollte mich umdrehen und eine furchtbare Antwort geben, als Micki ins Zimmer kam.

»Mam, es hat aufgehört. Oh, siehst du aus!«

Mit einiger Mühe schluckte ich meine Wut runter, schleuderte die Schuhe von den Füßen und stapfte ins Badezimmer. Nicht nur klatschnass war ich geworden, nein, auch herrliche Schmierspuren waren auf Stirn und Wangen. Ich sah aus wie der letzte Mohikaner mit verrutschtem Kriegs-Make-up. Eine heiße Dusche war bitter nötig.

Später, mit einem dampfenden Tee und in den wärmsten meiner Trainingsanzüge gehüllt, saß ich noch immer grollend am Esstisch. Männer! Warum wollten eigentlich alle immer die Beschützer spielen. Da war ja sogar Jerry noch besser. Der hatte mich wenigstens durch seine häufige Abwesenheit und absolute Verantwortungslosigkeit dazu gebracht, auf mich selbst aufzupassen. Ich war kein empfindliches Kristallglas, das man in Watte packen musste. Die Wut auf die Männer, die mich immer nur in den unsinnigsten Situationen beschützen wollten und mich immer dann im Stich ließen, wenn ich wirklich einmal Hilfe brauchte, brodelte wieder hoch. Ich hätte Lust gehabt, irgendetwas gegen die Wand zu werfen, nur um es klirren und scheppern zu hören.

Das Klirren und Scheppern erklang. Denn von dem Regalbrett rutschte ein Weinglas nach dem anderen zu Boden und zerbarst auf den Fliesen.

O nein. Es war heute meine Kristallnacht!

Irgendwie gab mir das den Rest. Ich legte meine Arme auf den Tisch, ließ meinen Kopf in die Beuge fallen und weinte bitterlich.

Es dauerte eine Weile, bis der Krampf aufgehört hatte, und dann registrierte ich ein leises Klingeln. Ich hob den Kopf und sah aus verquollenen Augen, dass Micki die Glasscherben zusammenkehrte. Sie sagte nichts, sie fragte nichts, dieses gute Kind. Sie stellte mir nur noch eine weitere Tasse Tee hin und hatte einen Zettel dazugelegt. »Bin bei Janine«. Woher hatte sie nur die Weisheit zu erkennen, dass man manchmal mit seinem Schmerz alleine sein musste?

Zwei Weißweingläser waren heil geblieben. Ich nahm sie

vorsichtig in die Hand und stellte sie dann in ein sicheres Schrankfach.

Schließlich fand ich mein Gleichgewicht dann doch wieder. Das Handbuch konnte heute Handbuch bleiben, ich hatte mir etwas Ablenkung verdient. Nach ein paar Seiten eines äußerst amüsanten Krimis war ich schon fast wieder die Alte, und als ich nach der ungewöhnlichen Lösung des Falls das Buch zuschlug, ließ ich meine Gedanken schweifen.

Sie drehten sich noch immer um Männer, was sie nicht oft taten. Es ist ja nicht so, dass ich mir nichts aus ihnen machte, aber weder die straffhäutigen, haarlosen, nach Zitronenöl und Proteindrinks riechenden schönen Männer im Studio reizten mich, noch die graubeigen, anzugfaltigen Familienväter in den nüchternen Büros. Wenn auch der eine oder andere schon mal versucht hatte, mir etwas näher zu kommen. Selbst wenn ich gewollt hätte, bis vor kurzem hatte ich mit Micki auf engstem Raum gelebt, und vor ihr wollte ich mein Liebesleben nicht ausbreiten. Also gab es keines mehr, seit Jerry weggezogen war.

In manchen einsamen Stunden wie diesen bedauerte ich das. Jerry war so übel nicht. Und, wirklich, ich vermisste seinen dunklen, harten Körper, seine Sinnlichkeit und seine manchmal etwas raue Zärtlichkeit. Bis zu den letzten Tagen hatten wir uns in dieser Hinsicht verstanden. Aber leider findet eine Partnerschaft nicht nur im Bett statt. Und sein Heimweh war größer als seine Liebe zu mir. So groß, dass er mir letztlich sogar Micki gelassen hatte. Vielleicht aber ist ihm die Trennung auch deswegen leichtgefallen, weil wir uns so sehr auseinander entwickelt hatten. Ich wurde wegen seiner Gleichgültigkeit mir und unserem Kind gegenüber immer selbständiger und überlegener, er hingegen schien zu schrumpfen. Diesen Mangel an Selbstachtung betäubte er dann mit Alkohol. Es führte eins zum anderen, nun war er seit vier, bald fünf Jahren fort. In den beiden ersten Jahren hatten wir ihn in Amerika besucht. Es war kein reines Vergnügen, und es flossen reichlich Tränen. Darum hatten wir seit zwei Jahren den Kontakt auf gelegentliche Anrufe beschränkt. Hin und wieder fand ich eine ansehnliche Summe Geld auf meinem Konto, mit dem Standardspruch von ihm: »For general issue«.

Vielleicht gab es irgendwann noch einmal eine Chance für uns, vielleicht auch nicht. Noch hänge ich mit Gedanken wie bittere Schokolade an ihm, an solchen Abenden wie heute. Aber es gibt Tage, Wochen und gar Monate, da war Jerry vollständig aus meinen Erinnerungen gelöscht. Mag sein, dass es nur das »Prinzip Jerry« war, nach dem ich mich sehnte. Die Idealform, die er für mich nicht mehr sein kann. Und ich für ihn auch nicht mehr.

Meine melancholischen Gedanken wurden unterbrochen, als sich der Schlüssel in der Haustür drehte und Micki hereinkam. Sie machte Licht im Flur an, und mir wurde bewusst, dass ich schon seit einer ganzen Weile im Dunkeln gesessen hatte.

»Nanu, Mam, was machst du denn hier?«

Micki kam zu mir und kniete sich neben meinen Sessel. Ich strich ihr durch die blonden Wusellöckchen, und sie sah prüfend zu mir auf.

»Du siehst traurig aus, Mam. Hast du … hast du an Daddy gedacht?«

Ich musste lächeln. »Meine hellsichtige Tochter. Ja, habe ich.«

»Möchtest du … sollen wir wieder mal zu ihm fahren?«

»Würdest du gerne?«

Micki überlegte mit schräg geneigtem Kopf.

»Nein. Ich glaube nicht. Weißt du, anfangs hat es mir wehgetan, dass er nicht mehr da war. Aber jetzt ist es mir egal. Oder besser, es ist irgendwie diese Spannung weg. Und ich möchte nicht, dass das noch mal anfängt.«

»Mir geht das genauso, Mausebärchen. So, und jetzt ab in die Kiste. Ich wusste gar nicht, dass ich dir erlaubt hatte, bis halb zwölf fortzubleiben.«

»Oh, aber Janines Mutter hat mich heimgefahren.«

»Schon gut. Schlaf schön!«

»Du auch, Mam.«

Am Donnerstag machten sich Micki und ich wieder gemeinsam auf den Weg in das Studio, um die zweite Runde mit den Kämpferinnen zu absolvieren.

»Was machst du heute mit uns? Wieder Ausdauerboxen bis zum Abwinken?«

»Nur wenn die Spannung wieder das Maß der Unerträglichkeit erreicht. Viel lieber würde ich die Grundlagen von Befreiungstaktiken in Angriff nehmen.«

»Au ja, Kevin hat mir schon ein paar Sachen gezeigt. Darf ich mit Sieglind üben?«

»Micki, man soll sich nie von niederen Beweggründen leiten lassen.«

»Echt nicht? So ein hübscher Daumenhebel würde bei der Dame aber vielleicht ein bisschen den Schaum bremsen.«

»Micki!«

»Schon gut.«

Jugendlicher Überschwang. Aber verständlich.

Allerdings wurde ein Teil meiner Stundenplanung über den Haufen geworfen, als ich eine halbe Stunde vor Kursbeginn zu Jeany an die Theke trat. Ich grüßte sie fröhlich, und sie winkte mich mit ungewohnt ernstem Gesicht zu sich.

»Hallo, Deba. Hast du schon gehört? Etwas Furchtbares ist passiert.«

»Nanu, was denn? Hat Erich sich eine Schrankwand auf den Fuß gestellt?«

»Kein Quatsch, Deba. Sonja ist überfallen worden. Sie liegt im Krankenhaus.«

»Oh!« Ich war schockiert. Ich mochte zwar die magersüchtige kleine Zicke nicht, aber so etwas wünschte ich natürlich niemandem.

»Weiß man schon Näheres?«

»Wenig. Es passierte wohl gestern auf dem Nachhauseweg von hier. Erich hat sie gefunden. Sie lag bewusstlos am Straßenrand. Du weißt doch, da in dem Bereich, wo die Häuser abgerissen werden sollen. Er hat sie gleich in die Unfallklinik gefahren.«

»Verletzt?«

»Äußerlich wohl nichts Schlimmes, ein paar Prellungen, Abschürfungen. Aber sie redet irre. Nichts Vernünftiges aus ihr herauszubekommen.«

»Drogen?«

»Weiß ich nicht. Könnte aber sein, oder? Jedenfalls will man sie noch ein paar Tage dabehalten.«

»Das heißt, sie hat auch noch nichts gesagt, wer es gewesen ist.«

Jeany zuckte mit den Schultern.

Schlimm genug, dass solche Dinge geschahen. Ich hatte bislang eigentlich immer gedacht, dass wir hier in einer verhältnismäßig ruhigen und sicheren Gegend wohnten. Mit recht gemischten Gefühlen machte ich mich daran, mich umzuziehen.

»Ist was passiert, Mam? Du siehst so ernst aus.«

Ich zögerte einen Moment. Aber dann überlegte ich,

warum ich meine Tochter von diesen Dingen fernhalten sollte. So etwas passiert nun mal wirklich. Genau aus diesem Grund wollte ich sie ja in dem Kurs mit dabeihaben. Also berichtete ich kurz, was Jeany mir über Sonja gesagt hatte. Und Micki zog einen interessanten Schluss: »Wer Katzen umbringt, greift auch bestimmt wehrlose Frauen an.«

»Da ist was dran. Nur wissen wir weder, wer das eine, noch wer das andere macht. Vor allem kennen wir die Hintergründe nicht. Aber immerhin habe ich damit jetzt ein gutes Argument, um Sieglind und die ßüße Lißbeth zu disziplinieren.«

Das gelang mir diesmal auch. Die Betroffenheit machte die Damen zu willigen Schülerinnen. Nach der Stunde stürzten sie mit Tausenden von Fragen auf mich ein. Ich lotste sie also zu unserer Sitzecke und bemühte mich, ihrer Wissbegierde Herr zu werden. Dabei verlor ich Micki aus den Augen.

Als ich die angehenden Kung-fu-Fighterinnen endlich mit so vielen Informationen eingedeckt hatte, dass sie anschließend zumindest theoretisch mit einer Übermacht von zehn Preisringern fertig geworden wären, entdeckte ich meine Tochter mal wieder in einem intensiven Flirt mit Rüdiger vertieft. Und kein Erich, der auf Sitte und Anstand hielt. Eben ringelte Micki mit spitzem Zeigefinger die Formen der tätowierten Schlange nach und sah Rüdiger schmachtend an. Ich entschloss mich zur Offensive.

»Na, Micki? Kevin hat sich sicher noch nicht so schöne Tierchen auf den Pelz brennen lassen, was?«

Das saß, und Micki hatte den Anstand, dunkel anzulaufen.

»Mütterchen Deba wieder in Aufpasserfunktion. Hier, lass mir die Kleine mal für zwei, drei Stunden. Das erspart dir diese peinlichen Aufklärungsgespräche.«

»Rüdiger, siehst du da hinten die Tür?«

»Mann, willst du, dass ich mit ihr …«

Er hatte ihr den Arm um die Hüfte gelegt, was ich nicht gut fand. Genauso wenig wie seine Sprüche.

»Lass sie los, Junge.«

»Warum? Hey, du kannst mitmachen. Ich schaff auch zwei Frauen.«

»Meinst du?«, säuselte ich. Dann langte ich zu seiner Hand und legte sacht meine Finger über den Daumen.

»Lass Micki los, Rüdiger. Und halte dich auch zukünftig von ihr fern.«

Micki sah mich empört an, wollte etwas sagen, aber das ging in Rüdigers Schmerzensschrei unter.

»Verdammt, was soll das?«, brüllte er und schüttelte seine Hand. So ein Daumenhebel ist ganz schön schmerzhaft. Soviel zu den niedrigen Beweggründen.

»Ich wollte nur meine Worte etwas unterstreichen, auf die Gefahr hin, dass du meine verbalen Andeutungen nicht so direkt verstehst.«

Rüdiger sah mich an. Und in seinem Blick lag nichts Gutes. In seiner Macho-Karriere war es ihm sicher noch nicht sehr oft passiert, dass er eine Niederlage hatte einstecken müssen.

»Das wirst du mir büßen, Deba. Das verspreche ich dir!«, zischte er mich an.

Ich schnappte Micki am Arm, die sich leicht sträubte, und zog sie zur Umkleide. Aber Rüdigers Blick blieb an mir haften, und die feuchten Härchen in meinem Nacken schienen sich aufstellen zu wollen.

Himmel, was für ein Ekel!

»Mam, du bist wirklich fies. Was soll das denn? Ich kann mich doch auch mal mit wem unterhalten, den du nicht so magst. Ich mag auch nicht alle, mit denen du redest.«

»Wir haben da einen kleinen Altersunterschied zu bedenken, Micki. Und vielleicht einen zarten Vorsprung in der Lebenserfahrung.«

Mist, ich klang ja schon wie Vater oder Harburg. Meine Umgebung färbte unangenehm auf mich ab. Ich ging in die Dusche und drehte mich noch einmal um.

»Und ich bin mal wieder das kleine Dummchen. Ich bin ja bloß ein Kind, dass nach Mamis Pfeife zu tanzen hat«, fauchte Micki hinter mir her.

»Unter anderem bist du das auch. Micki, ich versuche dir gegenüber so fair wie möglich zu sein. Aber du musst mir schon gestatten, dich vor den etwas gröberen Fehlern zu bewahren. Das ist nun mal meine Aufgabe als deine Erziehungsberechtigte.«

»Yes, Sir, Madam, Sir!«

Sie wusste, wie sehr mich dieser Spruch ärgerte. Und ich konnte gerade noch zur Seite springen, als der Duschschlauch platzte und mich mit eiskaltem Wasser übergoss.

Hörte ich ein leises, schadenfrohes Kichern?

Den Heimweg verbrachten wir dann allerdings schweigend, jeder in seinem Ärger über den anderen versunken. Dabei musste ich mir gestehen, dass Micki im Prinzip recht hatte. Nur weil ich Rüdigers Umtriebe ein bisschen besser beurteilen konnte – konnte ich das überhaupt? –, musste ich ihr eine harmlose Unterhaltung nicht so vehement verbieten. Ich mochte den schleimigen Typen einfach nicht. Aber viele sahen das ganz anders. Er hatte eine recht große Gefolgschaft, und zweifellos eine gewisse, direkte Art, auf die manche Frauen regelrecht abfuhren. Sonja zum Beispiel, aber auch andere. Es mochte gefährlich wirken, sich mit ihm einzulassen. Und war nicht die Gefahr immer ein wenig reizvoller als das Berechenbare? Ich sollte mir mehr Zeit nehmen, Micki das zu erklären. Und trotzdem, selbst wenn sie es verstand, würde es sie im Zweifel nicht daran hindern, weiter die Gefahr zu suchen.

Es war jetzt um neun Uhr schon stockdunkel, und wahrscheinlich war es die Finsternis, die mich die Situation so schwarzmalen ließ. Als wir vor dem Haus einparkten, legte ich Micki die Hand auf das Knie und tätschelte sie leicht.

»Komm, wir schmollen jetzt nicht mehr. Du hast recht, ich kann dich nicht in Watte packen. Ich kann nur versuchen, dich auf spitze Kanten aufmerksam zu machen.«

»Mmh.«

»Steig aus, Micki. Katzenfüttern!«

»Oh, ja, stimmt. Wir waren lange weg.«

Ganz war die Verstimmung noch nicht bereinigt, aber wir hatten einen diplomatischen Status erzielt, der uns die Konversation zu Sachthemen erlaubte. Na, vielleicht wurde es am nächsten Morgen besser.

Freia begrüßte uns, oder besser Micki, mit Schnurren und Köpfchengeben. Die heiligen Mysterien tollten durch die Küche und hatten einen Spülschwamm zerlegt. Micki richtete sorgfältig Futterschüsselchen, rührte noch einmal Katzenmilchbraps an, wechselte das Streu in der Toilette. Sie hatte sich wirklich vorbildlich daran gehalten, für die drei Tiere zu sorgen. Und es schien wider Erwarten gelungen zu sein, aus der Streunerin Freia eine echte Hauskatze zu machen. Sie hing in großer Liebe an Micki und schien ihr auch die Kleinen blind anzuvertrauen.

Während es in der Küche wuselte und wurschtelte und Micki unablässig mit den Katzen plauderte, versuchte ich, Katharina zu erreichen, um etwas mehr zu dem Fall Sonja zu erfahren.

»Hallo, Deba, nein, du störst nicht. Wir haben gerade Buchhaltung gemacht. Da bin ich für jede Ablenkung dankbar.«

»Glaube ich dir. Sag mal, ich hab im Studio von Sonjas Unfall gehört. Weißt du Näheres?«

»Hast du ein schlechtes Gewissen, Deba?« Die Frage klang ausgesprochen ernst.

»Nein, wirklich nicht.«

»Gut. Ich habe auch nicht geglaubt, dass dein Ärger über sie so tief geht. Sie ist eine schnippische kleine Schlampe mit einem zu großen Ehrgeiz. Aber im Prinzip nur zu bedauern. Ich war vorhin bei ihr im Krankenhaus. Sie ist ziemlich daneben.«

»Jeany hat gesagt, sie redet nur wirres Zeug. Ist sie inzwischen etwas klarer?«

»Na ja, wie man's nimmt. Sie … also, sie scheint einen Schlag auf den Kopf bekommen zu haben.«

»Amnesie?«

»Zum Teil, ja. Sie kann sich erinnern, dass sie ein paar Freunde zu einer Party begleiten wollte. Zu Fuß, nicht weit weg. Dann fehlt ihr ein Stück. Seitdem ist alles dunkel um sie.«

»Dunkel?«

»Sie sieht nichts mehr.«

»Ein Schlag auf den Kopf? Kann der Blindheit verursachen?«

»Die Mediziner sagen, er kann. Sehnerv durch die Erschütterung abgerissen oder so was. Aber das ist bei Sonja nicht der Fall. Die Augen sind in Ordnung. Sie sieht nur nichts.«

»Vermutlich durch den Schock, oder?«

»Vielleicht. Es kann eine psychogene Blindheit sein.«

»Was ist das?«

»Hysterische Blindheit, durch einen unbewussten Vorgang ausgelöst.«

Wie gesagt, Katharina gehört auch zu denen, die ein paar nicht alltägliche Fähigkeiten besitzen. Sie ist eine kompetente Heilerin. Wenn sie einem die Hände auflegt, fühlt man sich wie neugeboren. Vor ein paar Monaten hatte sie mir mal einen üblen Migräneanfall auf diese Art und Weise weggewischt. Darüber waren wir dann ins Gespräch gekommen.

»Hast du sie untersucht?«, war daher keine ungewöhnliche Frage.

»Im Krankenhaus? Ich bin doch nicht bescheuert. Wenn sie entlassen wird, kümmere ich mich um sie. Wahrscheinlich ist es im Moment besser, sie sieht nichts und erinnert sich nicht. Sie scheint irgendetwas Furchtbares erlebt zu haben, das sie erst verarbeiten muss.«

»Aber um die Täter zu finden wäre es wohl besser, sie erinnerte sich?«

»Möglich. Aber wahrscheinlich ginge das zu ihren Lasten.«

»Wer waren denn die Freunde, mit denen sie zu der Party wollte?«

»Der übliche Klüngel, mit dem sie auch sonst herumhängt.«

»Rüdiger und Konsorten?«

»Der auch. Und noch ein paar andere, von denen ich noch nie gehört habe.«

»Rüdiger, so, so.«

»Hast du ihn im Verdacht?«

»Ich weiß nicht. Ich habe erst heute wieder eine kleine Differenz mit ihm gehabt.«

»Ich weiß ja, dass du ihn nicht magst. Aber er scheint wirklich in Ordnung zu sein. Worum ging es denn?«

»Er hat Micki angemacht.«

»Huch, auf so junges Fleisch hat der doch sonst keinen Appetit. Das macht er nur, um dich zu reizen, denke ich mal.«

»Ja, aber Micki nimmt es für bare Münze.«

»Red's ihr aus.«

»Ich bemühe mich, Katharina. Aber der Haussegen hat einen ordentlichen Knacks bekommen.«

»Schade, dass ich bei Kindererziehung nicht mitreden kann.«

»Gut, dass du das zugibst. Ich kenne da andere Fälle ...«

»Über die du dich geärgert hast und nun die Versicherung aufkommen muss.«

»Zahlt die Haftpflicht die Reinigung von Anzügen?«

»Was weiß ich? Aber ich kenne einen guten Versicherungsvertreter. Soll ich dir den mal vorbeischicken?«

»Wenn du meinen Stundensatz erhöhst, damit ich die Prämien zahlen kann.«

»Raffgieriges Weib. Viel einfacher ist es, wenn du deinen Zorn in Grenzen hältst.«

»Oh, apropos Zorn und Versicherungen. Wir haben da ein kleines Problem mit der Dusche …«

Nach einer Viertelstunde heiteren Geplänkels legte ich auf und sah nach Micki in der Küche. Sie hatte sich rücklings auf dem Boden ausgestreckt, Freia lag in voller Länge von Bauch bis Kinn auf ihr, die Pfoten um ihren Hals gelegt und gab Töne von sich, die eine Mischung von Schnurren und Schnarchen waren. Holy und Mystery schnurchelten satt rechts und links in Mickis Armbeugen. Ein gelungenes Bild größter Friedfertigkeit.

»Sieht aus, als müsstest du die Nacht auf dem harten Boden verbringen.«

»Aber wenigstens bin ich warm zugedeckt.«

Nun hatte ich aber schon gelernt, dass Katzen neben der menschlichen Wärme noch eine weitaus größere Leidenschaft haben. Und dieses Wissen nutzte ich jetzt schamlos aus. Mit dem leisen Ruf: »Leckerchen!« öffnete ich die quietschende Kühlschranktür.

Ein träges Auge ging auf.

Ich holte die Wurstdose heraus.

Ein zweites träges Auge ging auf.

Ich machte den Deckel auf und raschelte mit dem Papier.

Vier Pfoten schnellten auf. Freia stand auf den Hinterbeinen, die Krallen in die Schranktür gehängt, und formulierte ein wohlverstandenes Maunzen: »Hungerrrrr!«

»Freia, du bist ein verlogenes Geschöpf. Mam, sie hat gerade eine Riesenportion Schleckerkatz weggedrückt.«

»Tja, aber ein Stück gekochter Schinken geht immer noch. Und du kommst doch noch in den Genuss einer weichen Matratze.«

Der Freitag war endlich wieder regenfrei. Es war auch etwas wärmer geworden, und die dicken Wolkenballen gaben ein paar schräg fallende Sonnenstrahlen frei. Mittags hatte ich die ersten Passagen meines Handbuchs abgeliefert, noch ein paar offene Fragen geklärt und einen zufriedenstellenden Scheck erhalten.

Micki war früher als sonst aus der Schule gekommen, die Französischlehrerin war krank. Ich hoffte, dass unsere Missstimmung inzwischen gänzlich verflogen war, und gab ihr einen liebevollen Schmatz, als sie in die Küche polterte.

»Na, was möchtest du essen?«

»Och, nix. Vielleicht einen Apfel.«

»Nanu?«

»Ich … naja, wir haben vorhin einen Hamburger gehabt.«

»Oh, oh!«

»War gar nicht sooo schlecht.«

»Habe ich nie behauptet.«

»Aber verboten!«

»Habe ich auch nie. Ich habe nur darauf aufmerksam gemacht, dass ständig Hamburger und Fritten etwas einseitig sind. Was bist du nur so aufmüpfig, Micki?«

»Bin doch nicht aufmüpfig. Und duhu …«

Aha, jetzt kam etwas!

»Jaha?«

»Kann ich einen Vorschuss haben?«

»Auf was?«

»Auf mein Taschengeld.«

»Warum denn das? Du kommst doch sonst prima damit aus.«

»Ja, aber die Woche nicht.«

»Wohl alles für Junkfood ausgegeben?«, spöttelte ich, was falsch ankam.

»Was du immer denkst.«

»Ich wollte dich necken. Micki. Wieviel brauchst du denn?«

»Kann ich dreißig haben?«

»Waas? Das ist ja der ganze nächste Monat. Willst du eine Großanschaffung tätigen?«

»So in etwa.«

»Meinst du nicht, du könntest das eventuell mit mir abstimmen?«

»Nein, Mam. Bitte, gib mir den Vorschuss einfach. Ich jammere nächsten Monat auch nicht.«

»Micki, dreißig Euro sind auch für mich viel Geld. Da kann man durchaus schon mal drüber reden. Schuldest du jemandem etwas?«

»Nein, Mam, wirklich nicht.«

Micki ist eigentlich immer ehrlich. Sie ist auch immer offen zu mir, darum war ich so verwundert über dieses seltsame Gebaren. Mag sein, dass ich meine mütterliche Ängstlichkeit mal wieder überzog. Ich bohrte nach.

»Micki, wenn du Klamotten brauchst, weil du das rosa Zeug nicht mehr sehen kannst, dann können wir darüber reden. Das musst du nicht von deinem Taschengeld bezahlen.«

»Das ist es nicht. Kannst du mir nicht mein Privatleben lassen?«

Nun wurde ich stutzig.

»Das kann ich dir in bestimmten Grenzen lassen, Liebes. Aber wir beide würden besser zusammenleben, wenn du nicht so geheimnisvoll tätest. Irgendwie drängt sich bei mir dadurch der Verdacht auf, dass du etwas unternehmen möchtest, von dem du weißt, dass ich es nicht besonders gut finde, oder?«

Getroffen. Micki druckste herum.

»Na, los, Mausebärchen. Jetzt machst du mich aber richtig neugierig. Vielleicht habe ich ja gar nichts dagegen?«

»Doch!«, platzte sie heraus und machte ein zänkisches Gesicht.

Mir kam ein interessanter Gedanke.

»Ein Tattoo?«

Schweigen.

»Die gehen allerdings schwer wieder raus. Aber diese Abziehbilder sind auch ganz witzig. Wenn du das unbedingt willst, meinetwegen.«

»Nee. Das nicht. Ich will zum Friseur. Zu Brigitte.«

»Oho, Rasta-Zöpfchen? Super.«

»Nee, Brigitte macht auch Piercing. Ich will einen Ring in den Bauchnabel.«

Ganz ruhig, Deborah, ganz ruhig. Und ganz sorgsam die Worte wählen.

»Den sieht doch da keiner. Wären Ohrringe nicht besser?«

»Das ist spießig. Genau das hatte ich erwartet. Mensch, das ist mein Bauch. Und ich will einen Ring da, ich finde das scharf.«

»Ja, ja, der alte Spruch – mein Bauch gehört mir! Tut mir leid, ich finde das nicht scharf. Dein Bauch ist viel niedlicher so, wie er ist. Undurchlöchert.«

»Siehst du, jetzt kriege ich das Geld nicht. Aber vielleicht macht Brigitte mir das auf Anzahlung. Und ich kann ja Nachhilfe geben oder so.«

Micki wollte die Küche verlassen, und ich sah mich gezwungen, ein Machtwort zu sprechen.

»Micki, bleib noch einen Moment hier!«

»Lass mich in Ruhe, Mam. Mir langt's allmählich, wie du dich immer einmischst. Egal, was ich mache. Ich geh jetzt.«

»Micki!«

»Hör auf, mich zu bevormunden!«, kreischte sie und knallte die Tür hinter sich zu. Ich riss die Tür wieder auf und versuchte sie zu fassen. Aber sie wand sich aus meinem Griff und schoss, gefolgt von Freia, aus der Haustür.

Ich wollte kein Geschrei auf der Straße anfangen, darum ließ ich sie zunächst gehen. Himmel, was hatte sie nur? Die üblen Launen der Pubertät hatten sie zwar hin und wieder gebeutelt, aber diesmal war es ungewöhnlich heftig. Sie wollte rebellieren und suchte dazu die Grenzen, die ich ihr setzte. Vielleicht hätte ich eben diese Grenzen künstlich enger ziehen sollen und nicht an den äußersten Rändern? Dann wäre mehr Spielraum zum Nachgeben gewesen. Andererseits hasste ich es, in einem Gefängnis von unsinnigen Vorschriften gehalten zu werden und mochte das auch keinem anderen antun. Mein Dilemma. Ich konnte nur hoffen, dass Micki sich etwas abkühlte und, wenn sie ihren Groll ausgetobt hatte, wieder nach Hause kam. Bislang hatte sie das noch immer getan. Schließlich war sie ein verständiger, wenn auch junger Mensch. Und verantwortungsbewusst. Wenn auch die beiden Kleinkatzen jetzt von mir versorgt werden mussten, Freia würde sie schon noch daran erinnern, dass es Aufgaben für sie gab.

Das mit dem Ring im Bauchnabel … nun, das würde ein einfacher Anruf bei Brigitte verhindern.

Ich erledigte ihn und widmete mich dann den Anlagen zum Handbuch. Die waren noch eine Stufe langweiliger als die trockenen beschreibenden Teile. Ich hätte Staubzulage verlangen sollen.

Immerhin musste ich mich so stark konzentrieren, dass ich nicht merkte, wie die Zeit verflog. Erstaunt sah ich zur Uhr, als es kurz vor vier an der Tür klingelte. Na, da hatte Micki aber einen langen Ausflug gemacht.

Aber es war nicht Micki. Es war Kevin.

»Oh, guten Tag, Frau McMillen. Ist Micki hier?«

»Nein, Kevin. Sie ist heute gegen Mittag weggegangen. Ich dachte, ihr würdet euch treffen.«

»Wollten wir auch, aber sie ist nicht gekommen.«

»Nanu. Aber ein bisschen unpünktlich ist sie schon mal.«

»Ja, aber über zwei Stunden?«

Das war allerdings interessant.

»Sag mal, Kevin, habt ihr euch irgendwie gekabbelt? Sie hatte heute keine allzu gute Laune.«

»Nein, eigentlich nicht. Sie hat mich nur ein bisschen aufgezogen. Wegen einem Ring im Bauchnabel.«

»Oh, darum ging es bei uns auch. Könnte sein, dass sie doch diese Friseurin zu beschwatzen versucht. Warte mal.«

Ich rief noch einmal bei Brigitte an, aber da war Micki auch nicht aufgetaucht. Ein erster Anflug von Sorgen kam mir.

»Könnte sie bei ihren Freundinnen sein, Janine, Nele …?«

»Ich habe die ganze Herde in der Stadt gesehen, da war Micki nicht mit dabei.«

»Und die Katze ist auch noch nicht zurückgekommen«, murmelte ich.

»Wie bitte?«

»Oh, ich wunderte mich nur, dass auch Freia noch nicht wieder da ist. Die Kitten werden hungrig sein. Hast du draußen die Katze gesehen?«

Kevin schüttelte den Kopf.

Die Sorge wuchs an. Wo war dieses Kind geblieben? Geld hatte sie nicht viel dabei, vielleicht zehn, zwanzig Euro. Kein Fahrrad, der Monats-Fahrschein lag neben dem Handy auf dem Regal im Flur. Also entweder zu Fuß oder per Anhalter unterwegs.

»Machen Sie sich Sorgen um Micki?«

Ich muss wohl ziemlich in Gedanken versunken dagestanden haben, Kevin hatte ich ganz vergessen.

»Ja, ich mache mir Sorgen. Wir hatten uns gestritten, und sie ist im Zorn davongelaufen. Ich hoffe, sie unternimmt nichts Gefährliches.«

»Was meinen Sie?«

»U-Bahn-Surfen dürfte nicht ihr Ding sein, aber es gibt Leute, mit denen ich sie nicht so gerne zusammen sehen würde.«

Was mich auf die Idee brachte, im Studio anzurufen.

Freitags machten sie schon immer sehr früh am Nachmittag auf.

Kevins Blick blieb an meinen Lippen kleben, als ich den Anruf tätigte. Keine Micki im Studio. Ich fühlte, wie ich kribbelig wurde.

Kevin und ich sahen uns wortlos an. Dann stotterte er ein bisschen.

»Ich ... ich habe ein u... unangenehmes Gefühl, Frau McMillen. Ihr wird doch nichts p... passiert sein? Sie hat mir erzählt, hier ist vor zwei Tagen eine F... Frau überfallen worden.«

O ja, Sonja. Verdammt. Die Angst schoss wie eine Stichflamme in mir hoch.

»Kevin, ganz wohl ist mir auch nicht. Vor allem, weil auch die Katze nicht da ist. Und wir hatten letzthin ein sehr unangenehmes Erlebnis mit einer gequälten Katze. Oh, die Tierärztin!«

Der Anruf bestätigte nur, dass Micki nicht in der Praxis gewesen war.

»Können Sie sie nicht finden, Frau McMillen? Ich habe Angst um Micki.«

»Kevin, ich auch. Wie kommst du darauf, dass ich sie finden könnte?«

»Micki hat mal gesagt, Sie könnten so was.«

»Das war nicht in Ordnung!« Diese Kenntnis gehörte nicht in die Öffentlichkeit.

»Sie hat sich verplappert, nicht mit Absicht. Sie hat nur mal erwähnt, dass Sie unheimlich gut im Auffinden von Sachen sind. So ein bisschen geheimnisvoll.«

Immerhin war das eine Idee. Und Kevin schien mir vertrauensvoll und nicht sensationsgierig. Also stimmte ich zu.

»Na gut, ich kann es mal probieren. Aber das bleibt unter uns, verstanden?«

»Natürlich. Werden Sie … werden Sie in eine Glaskugel gucken oder so?«

Wider Willen musste ich lächeln.

»Nein, das funktioniert in einem solchen Fall nicht. Aber ich könnte es mit dem Pendel versuchen.«

»Darf ich dabeibleiben?«

»Wenn du mich nicht störst.«

Ich nahm das Kettchen mit dem kleinen Türkistropfen vom Hals. Dieses kleine Schmuckstück hatte einmal meiner Mutter gehört, und sie hatte mir gezeigt, wie man es einsetzen konnte. Ich ließ mich am Esstisch nieder. Er hatte eine schöne gerade Maserung, um den Ja-Nein-Ausschlag anzuzeigen. Meine Hilfsmittel sind immer eher bescheiden. Ich wickelte das Ende des Silberkettchens um meinen rechten Zeigefinger, so dass die Perle frei schwang, und wartete, bis sie zur Ruhe kam. Dann atmete ich ein paar Mal tief ein und versuchte mich auf die Frage zu konzentrieren. War Micki im Umkreis des Hauses zu finden?

Keine Reaktion. Nanu? Noch nicht einmal ein Ausschlag?

Ich stellte die Kontrollfragen auf ja und nein. Das Pendel reagierte prompt.

Also noch einmal. Hielt Micki sich im Umkreis von einem Kilometer vom Haus auf?

Keine Reaktion.

War Micki noch hier im Ort?

Keine Reaktion. Völlig ruhig hing das Kettchen von meinem Finger. Ich seufzte leise auf. Wahrscheinlich war ich zu angespannt.

»Klappt es nicht?«, flüsterte Kevin.

»Du brauchst nicht zu flüstern. Aber, nein, es klappt nicht. Ich habe es aber auch noch nie gemacht, um Personen zu finden. Nur Sachen. Es war ja nur ein Versuch.«

»Ja.« Kevin sah völlig niedergeschlagen aus. Der Junge machte sich echte Sorgen um mein Mädchen. Und seine junge Liebe gab ihm plötzlich einen erstaunlichen Einfall ein.

»Wenn das mit Micki nicht funktioniert, geht es vielleicht mit der Katze? Die war doch bei ihr, nicht wahr?«

»Mh.«

Ich begann die Prozedur von vorne. Und siehe da, das Pendel bewegte sich. Freia war nicht in der näheren Umgebung. Freia war auch nicht in diesem Ort. Aber Freia war irgendwo im Umkreis von fünf Kilometern. Das war bemerkenswert.

»Die Katze scheint sich ungewöhnlich weit entfernt zu haben.«

»Können Sie genau herausfinden, wo?«

»Ich werde jetzt die Richtung erfragen.«

»Sie haben da im Flur so eine Karte, einen Plan von der Gegend. Soll ich die mal holen?«

»Gute Idee. Das habe ich zwar auch noch nie gemacht, aber ich weiß wenigstens im Prinzip, wie das geht.«

Wir breiteten den Ortsplan auf dem Tisch aus, und ich versuchte, wieder so ruhig wie möglich zu werden. Ich begann mit den Planquadraten oben links und arbeitete mich langsam nach rechts vor. Das Pendel kreiste einige Male, aber schon beim vierten Quadrat hatte ich Glück. Ich bewegte mich die Spalte nach unten und erhielt einen klaren Hinweis in der fünften Reihe.

»Hier, Kevin. Hier müsste es sein. Zu mehr habe ich jetzt die Ruhe nicht.«

»Wo ist denn das?«

»Tja, das ist es eben. Es ist dieses Sanierungsgebiet zwischen uns hier und der Stadt.«

»Ehrlich? Ist das nicht da, wo auch …«

»Ja, das ist es.«

»Was machen wir denn jetzt?«

»Hinfahren, schlage ich vor. Nach ihr suchen. Sie rufen. Was auch immer dir einfällt.«

»Mir ist ganz schlecht vor Angst.«

»Nicht nur dir, Kevin«, erwiderte ich, während ich zur Tür ging. »Ich ziehe mir nur noch etwas anderes an. Das sind Baustellen dort.«

Kevin blieb am Tisch sitzen und starrte auf die Karte.

Er saß noch immer da, als ich in Jeans, Joggingschuhen und Lederjacke zurückkehrte.

»Gehen wir. Ich habe einen Zettel für Micki geschrieben, falls sie inzwischen doch hierher zurückkommt.«

»Mh. Nehmen Sie das besser mit.« Kevin zeigte auf mein Anhängerchen, und dankbar für diesen Hinweis legte ich mir die Kette wieder um den Hals. Das kleine Schmuckstück bedeutete mir viel. In mancherlei Hinsicht.

Ich schloss gerade die Haustür hinter uns zu, als Harburg vor dem Haus einparkte. Hoffentlich jetzt keine Demonstration von Besserwisserei! Ich grüßte höflich. Er nickte mir kühl zu, heute wieder in Anzug, aber den gelben Helm in der Hand.

Kevin hinter mir zupfte an meinem Ärmel.

»Frau McMillen. Der Mann da … Hat der was mit den Baustellen zu tun?«

»Ja, aber ich …«

»Vielleicht kann der uns helfen.«

»Ich möchte Herrn Harburg aber nicht so gerne damit belästigen, Kevin. Also, komm jetzt.«

Harburg hatte natürlich gehört, dass wir über ihn sprachen. Er drehte sich um und fragte mit seiner herrischen Reibeisenstimme: »Wobei könnte ich Ihnen helfen, Frau McMillen.«

»Bei nichts!«

»Seien Sie nicht störrisch, verdammt. Sie sehen aus wie der bleiche Tod. Was ist passiert?«

»Micki ist fort«, kam mir Kevin dazwischen.

»Ihre Tochter ist weggelaufen? Wissen Sie, wo Sie sie finden können?«

»Sie muss bei den Abbruchhäusern sein.«

»Kevin, halt dich da raus. Herr Harburg, halten Sie mich jetzt bitte nicht länger auf. Ich muss sehen, dass ich das Kind finde.«

»Bleiben Sie stehen, Mädchen! Und hören Sie mir zu!« Harburg hatte mich am Arm gefasst, und ich musste vor meinem Auto stehen bleiben. »Wenn sie sich da irgendwo auf der Baustelle herumtreibt, aus welchen verrückten Gründen auch immer, ist das gefährlich. Sind Sie sicher, dass sie dort ist?«

Ich hatte keine Energie mehr, mich ihm zu widersetzen. Vielleicht war es ja wirklich ganz gut, wenn er mitkam. Wenn einer sich dort auskannte, dann gewiss er.

»Wir vermuten es. Fragen Sie nicht, warum.«

»Nein. Frage ich nicht.« Er hatte bereits sein Handy aus der Tasche gezogen und tippte auf eine Taste.

»Peter, seid ihr noch auf dem Gelände? … Okay, kommt mit fünf, sechs Mann zum Tor sieben. … Ja, bin gleich da und erkläre es euch.« Er warf seinen Helm wieder auf den Beifahrersitz und gab die kurze Anweisung: »Fahren Sie hinter mir her.«

Kevin und ich waren sehr schweigsam auf der kurzen Fahrt. Inzwischen war es beinahe sechs Uhr geworden, und die dunklen Wolken machten den Tag bereits dämmerig. Meine Hände waren kalt, ich fühlte mich unglücklich. Machte mir Vorwürfe, weil ich mich mit Micki über eine solche Lappalie gestritten hatte.

Harburg fuhr ein paar Schleichwege, die ich noch nicht kannte, und hielt dann vor einem Bretterzaun, in dem ein provisorisches Tor eingelassen war. Hier warteten fünf Männer in Arbeitskleidung. Harburg kam aus dem Auto und sagte kurz etwas zu ihnen. Wir stiegen ebenfalls aus und sahen zu, wie er das Schloss an dem Tor öffnete.

Dahinter lag das Gelände mit den trostlosen Bauten, aufgelassenen Wohnhäusern, verunkrauteten Wegen, Verbotsschildern. Hier war noch nichts abgerissen worden, die Sanierung hatte an dem anderen Ende des Geländes begonnen. Spraydosen-Künstler hatten die grauen Mauern verziert, Fenster waren eingetreten, Müll lag herum. Der Zaun hatte wohl eher symbolischen Wert.

»Haben Sie eine Ahnung, wo sich das Kind aufhalten könnte?«

»Nein. Aber sie hatte die Katze dabei. Vielleicht ist die in einem der Häuser verschwunden, und Micki ist ihr nachgeklettert.«

»Dann wird sie wohl eher in so einen Keller gekrochen sein. Jungs, wir suchen als Erstes in den unteren Bereichen.«

»Ich will mitkommen.«

»Sie bleiben draußen. Das Zeug ist morsch und kann einstürzen. Peter, sorg für Beleuchtung.«

Es gab Stablampen, Schaufeln und anderes Handwerkszeug. Ich staunte über Harburgs kühle, effiziente Haltung. Die Männer verschwanden zu zweit in den baufälligen Eingängen, und ich stand mit Kevin fröstelnd im kühlen Herbstwind. Im trockenen Unkraut lagen zerbrochene Flaschen, angekohltes Holz, rostige Dosen. Ein paar Büsche kämpften sich aus dem mageren Boden empor, ihr langsam gelb werdendes Laub raschelte leise. Ich kam mir nutzlos vor und versuchte, mich gegen meine Gefühle abzuschließen. Mir war äußerlich und innerlich kalt.

Zwei Männer tauchten wieder auf, schüttelten den Kopf, und Harburg wies sie zum nächste Haus. Ich ging ein paar Schritte hinterher und versuchte, meine Gedanken von den schrecklichen Phantasien abzulenken, die mich an diesem Ort befielen.

Was mochte nur Menschen dazu treiben, an einem solchen trostlosen Platz Picknicks zu veranstalten? fragte ich mich beiläufig und kickte eine leere Thunfischdose weg. Selbst Penner hatten es in den Bushaltestellen gemütlicher. Die Gegend hatte eine unangenehme Ausstrahlung, und ich sinnierte darüber nach, was hier früher wohl für Menschen gewohnt hatten. Glücklich waren sie bestimmt nicht gewesen.

»Harburg!«

»Ja? Fred, habt ihr etwas gefunden?«

»Na ja …«

»Was ist? Habt ihr oder nicht?«

Zwei weitere Männer waren aus einer Haustür gekommen und traten zu Harburg. Ich ging näher heran, um zu hören, was sie zu berichten hatten.

»Da unten im Keller scheint etwas zu sein.«

»Was heißt scheint, verdammt noch mal. Ist das Kind da oder nicht?«

»Wir wissen es nicht. Es ist ungeheuer dunkel da unten.«

»Ihr habt Lampen dabei!«

»Die reichen nicht.«

»Erzähl doch nicht so einen Blödsinn. Gib her, ich geh selbst.«

Harburg setzte sich den Helm auf den Kopf und wollte die Lampe entgegennehmen. Aber diesmal hielt ich seinen Arm fest.

»Ich gehe.«

»Kommt nicht in Frage!«

»O doch!«

»Frau McMillen …!«

»Micki ist meine Tochter. Ich gehe. Geben Sie mir ihren Helm!«

Ich weiß nicht, was in meinen Worten lag, aber seltsamerweise kapitulierte Harburg. Ich nahm Helm und Lampe.

Kevin drängelte sich an meine Seite. Der Mann, der Peter gerufen wurde, drückte ihm seinen Helm auf den Kopf.

Der Hauseingang war zwar dunkel, aber es fiel noch immer Licht durch die blinden Scheiben. Es roch unangenehm. Tierische oder menschliche Exkremente, moderndes Holz, feuchte Erde, alter Schmutz bildeten den Grundstoff. Eine zerbröckelnde Betontreppe führte in den Keller. Ich machte die Stablampe an, und in dem gelben Kreis vor uns sahen wir die Stufen nach unten führen. Ein Geländer gab es nicht, es war wohl schon lange heruntergebrochen. Die Löcher in den Wänden zeugten jedoch noch von seiner ehemaligen Existenz. Vorsichtig stiegen wir hinab. Ein dunkler Gang, ein paar Türöffnungen ohne Türen zeigten sich. Es war still.

»Micki!« Heiser, fast lautlos klang meine Frage. Ich räusperte mich.

»Micki?«

Es war, als ob die Dunkelheit meine Stimme verschluckte. Angestrengt lauschte ich. Kevin neben mir atmete schnell und ängstlich, ich versuchte, so leise wie möglich Luft zu holen, um jedes Rascheln, jedes Raunen zu erlauschen. Nichts … Oder?

»Halt die Luft an, Kevin.«

In der absoluten Stille hörte ich leise Atemzüge. Ich leuchtete mit der Taschenlampe in diese Richtung. Und der gelbe Schein verlor sich in der Dunkelheit.

Das war es, was das Grauen ausmachte.

Kevin holte schluchzend Luft. Auch er hatte es gesehen. Irgendwo dort, im undurchdringlichen Dunkel war etwas. Vielleicht Micki.

Ich fühlte seine Hand an meinem Arm.

»Tun Sie doch was. Bitte«, flüsterte er.

»Du hast ein seltsames Vertrauen zu mir, Kevin.«

Aber er hatte recht. Außer mir war wahrscheinlich keiner der anderen in der Lage, überhaupt etwas zu tun.

»Geh hoch, Kevin. Hol mir einen Ast, einen Stab, etwa einen Meter lang. Und frag nicht.«

Er gehorchte wortlos, und ich blieb allein in der Dunkelheit. Und da, wo die Sehfähigkeit versagte, musste eine andere Form der Wahrnehmung genutzt werden. Ich schloss die Augen und suchte im Raum nach einem Zeichen. Ich fand es. In einem zarten, sanft schimmernden Glanz erkannte ich die Umrisse eines Menschen an der Wand. Je mehr ich mich konzentrierte, desto schärfer wurden die Konturen.

Ja, es war Micki. Sie schien halb sitzend zu schlafen, und auf ihrem Schoß hielt sie die Katze. Für meine Rufe war sie unerreichbar.

Ich hörte Schritte. Kevin war wieder bei mir, drückte mir einen rauen Ast in die Hand.

»Von einem der Sträucher. Ist das okay?«

Ich musterte in dem Lichtstahl den Ast. Mehr als okay. In

seiner Ahnungslosigkeit hatte Kevin den besten Stecken abgebrochen, den ich mir für meine Aufgabe wünschen konnte. Einen Zweig der Eberesche.

»Halte dich dicht bei mir, Kevin.«

»Sie schicken mich nicht weg?«

»Nein. Micki ist hier. Und wenn du sie liebhast, dann wird es leichter sein, sie hier hinauszuführen. Hast du sie lieb?«

»Ja. Ja, ganz bestimmt.«

»Dann schicke ihr deine Liebe. Und mich unterbrichst du besser nicht.«

Danach war Schweigen. Ich sammelte mich und legte meine Macht in den Stab. Ganz langsam, als kämpfe er sich durch nachtschwarze Finsternis, begann er zu leuchten. Ich hielt ihn schützend vor mich und machte den ersten Schritt in die kalte Dunkelheit. Gänsehaut kroch über meinen ganzen Körper. Aber der wunderbare Stab leuchtete nach wie vor. Ich machte den nächsten Schritt. Wagte einen Ruf.

»Micki! Micki, hörst du mich?«

Ich lauschte. Hatten sich die Atemzüge nicht verändert?

Ein weiterer Schritt in die klebrige Düsternis.

»Micki? Micki, wach auf. Ich bin es, Mam.«

»Mam?« Ganz zaghaft kam es, zitterig. »Mam? Ich kann nichts sehen.«

»Micki, ich bin ganz nahe bei dir. Kevin ist auch bei mir, direkt hinter mir. Kannst du aufstehen?«

»Ich sehe nichts. Ich weiß nicht, wo ich bin.«

»Micki, wir sind ganz nahe bei dir, wir bringen dich weg von hier. Steh auf, Mausebärchen. Bitte.«

»Ich kann nicht … Ich sehe nichts. Ich hab Angst. Helft mir doch.« Weinerlich, verzagt kam Mickis dünnes Stimmchen.

»Micki, mach die Augen zu und dreh den Kopf in die Richtung meiner Stimme. Und dann versuche zu erkennen, was hinter deinen Lidern ist. Vertrau mir, Micki. Ich helfe dir.«

Ich machte noch einen weiteren Schritt zu ihr und umklammerte den leuchtenden Stab.

»Da ist ein Licht.«

»Ja, Micki. Weiter.«

»Ein Zweig!«

»Ja, genau. Kannst du ihn greifen?«

Es raschelte, scharrte. Ich streckte den Stab soweit wie möglich in Mickis Richtung. Sie fand sein Ende. Ich schickte ihr alle Kraft, die ich hatte, durch diese dünne Verbindung.

Und in diesem Moment schienen draußen die Wolken aufgerissen zu sein, und durch ein schmales Kellerfenster fiel ein Keil goldenen Lichtes, in dem Staubteilchen glitzernd tanzten. Ich sah Micki deutlich, wie sie, in einem Arm die schlaffe Katze, die Augen aufschlug und zu mir emporblickte.

»Mam, oh, Mam.«

»Lass den Stab nicht los. Komm raus hier.«

Sie rappelte sich auf. Folgte mir, Schritt für Schritt. Und als wir im Gang standen, füllte die Stablampe den Keller mit ihrem Schein. Es war ein gewöhnlicher, schmutziger Altbaukeller. An einer Tür hing noch ein zerrissener Vorhang, ein paar Spinnen flohen vor dem Lichtkreis.

»Kevin!«, schnupfte Micki auf, und ich gab dem Jungen einen Schubs.

»Hilf ihr nach oben. Stütz sie ein wenig. Micki, gib mir die Katze.«

Ich nahm ihr das Tier ab, auch wenn sie etwas zögerte. Kevin legte ihr zärtlich den Arm um die Schultern und führte sie nach oben. Ich drehte mich nicht noch einmal um, sondern stützte mich erschöpft auf meine Eberesche, als ich die Stufen hochstieg.

Pfui, war das ein scheußliches Loch! Was immer hier stattgefunden hatte, war wirklich nichts, wobei man länger als notwendig verweilen musste.

Oben erwarteten uns Harburg und seine Männer mit besorgten Gesichtern. Orangeglühendes Sonnenlicht tauchte die trostlose Kulisse in barmherziges Abendrot.

»Alles in Ordnung. Micki hat sich auf der Suche nach der Katze in den dunklen Kellern verirrt. Sie ist dann, als sie Freia gefunden hat, mit der Katze im Schoß eingeschlafen.«

Ich war Kevin dankbar, dass er Micki festhielt und ihr einen zarten Hinweis gab, nichts zu sagen.

»Ist Ihnen wirklich nichts passiert, Michaela?«, grollte Harburg meine Tochter an. Aber Micki hatte wirklich eine gute Haltung.

»Nein, Herr Harburg. Nur ein bisschen dösig. Es war sehr stickig da unten. Und danke, dass Sie geholfen haben, mich zu suchen.«

»Schon gut. Jungs, wir sollten prüfen, ob da irgendwo Gas ist oder irgendwelche Dämpfe austreten.«

»Ja, aber nicht mehr heute Abend. Das hat mir bei Tageslicht gelangt da unten.«

»Na gut. Frau McMillen, fahren Sie mit Ihrer Bagage nach Hause. Ich schau nach her noch mal vorbei. Geht zum Auto, Kinder!«

Mich hielt er einen Moment fest.

»Die Katze ist tot. Weiß das Mädchen das?«

Sacht hob ich den schlaffen Körper der Grautigerin hoch. Natürlich. So tief würde eine Katze nie schlafen. Flüchtig untersuchte ich sie, konnte aber keine äußere Verletzung feststellen. Zumindest das war gut. Vielleicht war ihre Zeit sowieso gekommen.

»Ich werde ihr das beibringen müssen. O weh!« Ein Seufzer entfuhr mir. Aber dann riss ich mich zusammen und ging zum Wagen. Kevin hatte sich nach hinten gesetzt, Micki saß auf dem Beifahrersitz. Ich beugte mich zu ihm und legte ihm den traurigen Katzenpelz zur Seite. Der Junge hielt sich wirklich gut.

»Mam, das wollte ich nicht«, waren Mickis erste Worte, nachdem wir uns in Bewegung gesetzt hatten.

»Das weiß ich, Mausebärchen. Geht es dir bestimmt wieder gut? Nicht verletzt, keine Schmerzen, alles okay?«

»Ja, alles in Ordnung. Aber es war seltsam da unten. Ich weiß gar nicht, wie lange ich da gesessen habe.«

»Vielleicht wäre es ganz hilfreich, wenn du uns erzählen würdest, was eigentlich passiert ist. Zu Hause, nicht hier.«

Wenige Minuten später standen wir vor der Haustür. Ich gab Kevin ein Zeichen, die Katze im Wagen zu lassen, und lotste die beiden ins Wohnzimmer. Micki holte sich eine Tafel Schokolade aus der Naschschublade und teilte sie freundschaftlich mit Kevin.

»Also, als ich hier rausgelaufen bin, war ich tierisch sauer. Ich weiß jetzt eigentlich gar nicht mehr, warum. So blöd war deine Reaktion ja gar nicht, Mam.«

»Die Hormone, Kind!«

»Du meinst, die machen so was?«

»Manchmal. Aber weiter.«

»Ja, ich bin mit Freia über das Feld da drüben gelaufen und hab mich da auf einen Stein gesetzt und geschmollt. Na ja ... Und dann hab ich zugeguckt, wie die Katze einer Maus aufgelauert hat. Das kann unheimlich lange dauern. Ich war ganz versunken darin, darum hab ich nicht gemerkt, dass da zwei Jungen kamen. Die haben sich an Freia rangeschlichen, und einer hat sie gepackt, der andere hat sie in einen Beutel gesteckt. Mich hatten sie wohl nicht gesehen, weil ich ganz ruhig unter dem Busch dort saß. Ich bin sofort aufgesprungen und hab sie angeschrien, sie sollen meine Katze in Ruhe lassen, aber die haben nur gelacht und sind zu so einem Motorroller gelaufen. Ich bin hinterher, weil … zu zweit war das Ding nicht so schnell. Darum konnte ich sehen, dass sie zu diesen alten Häusern gefahren sind.«

»Ganz schöner Spurt, Micki.«

»Ach, na ja, so zwei, drei Kilometer joggen kann ich schon noch. Aber ich war ganz schön aus der Puste, darum konnte ich auch nicht mehr viel machen. Und ich hatte eine wahnsinnige Angst, dass sie Freia was tun könnten. Du weißt schon, Mam, der graue Kater …«

»Ja, ich weiß. Aber du hast sie erwischt, die Jungs mit dem Roller?«

»Nein, nicht richtig. Sie sind durch den Zaun da geschlüpft. Ich hab sie erst wieder gesehen, als sie zurückkamen. Ohne Beutel. Und der eine hat so hämisch gegrinst und gesagt: ›Such sie doch!‹ Darum bin ich auch durch den Zaun und hab mich umgesehen. Ich hab ziemlich lange gebraucht, bis ich auf die Idee kam, dass sie vielleicht in eins der Häuser verschwunden sein könnte. Ich dachte erst, sie versteckt sich unter einem Busch oder in dem hohen Unkraut da. Die Häuser gefielen mir nicht, aber irgendwo musste Freia ja sein. Wo ist sie übrigens jetzt?«

»Noch im Auto. Erzähl fertig, dann kümmern wir uns sofort um sie.«

»Na gut. Also, ich bin in dieses Haus, hab erst oben gerufen und gesucht, dann bin ich die Treppe runtergegangen, Mensch, Mam, das war vielleicht finster da. Aber irgendwie wusste ich, dass Freia da war. Ich ... ich hab sie irgendwie – geahnt?«

»Vielleicht.«

»Jedenfalls bin ich zu ihr hin und hab sie aus dem stinkigen Beutel befreit. Sie hat sich ein bisschen gewehrt und ist den Gang runtergelaufen. Ich bin ihr nach und hab sie in diesem Raum da gefunden. Da war sie ganz friedlich. Also habe ich sie auf den Schoß genommen. Sie schien so zufrieden zu sein, gar nicht verängstigt, hat nur einmal ganz leise geschnurrt. Ja, und irgendwie muss ich dann eingeschlafen sein. Du weißt, wie das mit einer Katze auf dem Schoß ist.«

»Ja, das weiß ich. Das sind die kätzischen Schlafwellen oder so etwas. Unendlich beruhigend.«

»Ja, und den Rest kennt ihr. Können wir Freia jetzt reinholen? Die Kleinen werden sie schon vermissen.«

Jetzt kam das Schwere für mich. Arme Micki! Ich sah, wie Kevin sich straffte. Er musste schon wissen, was kam. So kurz wie möglich also.

»Micki, Liebling, ich fürchte, Freia hat das Abenteuer nicht überlebt.«

Micki sah mich groß an.

»Sie … sie ist tot?«

»Ja, sie hat schon nicht mehr geatmet, als ich sie nach oben getragen habe.«

»Freia, meine Katze … Und ich hab sie die ganze Zeit in den Armen gehabt …«

»Micki, Liebling, Freia war eine alte Katze. Sie hat einen Schreck bekommen, sie ist geflohen, sie hat sich überanstrengt. Aber sie ist friedlich in deinen Armen gestorben. In der Obhut eines Menschen, der sie sehr lieb hat. Dem sie ihre Kinder anvertraut hat. Wäre sie uns nicht begegnet, Micki, hättest du mich nicht überredet, sie aufzunehmen, wäre sie als Streunerin gestorben und ihre Jungen mit ihr.«

Mickis Gesicht war ganz starr, dann aber lösten sich dicke Tränen von ihren Augen und liefen ihre Wangen herab. Sie schluchzte nicht, sie weinte nur mit aufgerissenen Augen. Ach, wenn ich ihr nur helfen könnte. Ich fühlte den Schmerz mit ihr, denn auch ich hatte Freia große Zuneigung entgegengebracht. Auf ihre Weise hatte dieses liebe Tier mein Kind gerettet.

»Ein Leben für ein Leben«, sagte eine leise Stimme zu mir, und mich schauderte. Doch dann konzentrierte ich mich wieder auf meine Tochter.

Sie brauchte jetzt etwas Zeit, um damit fertig zu werden. Ich ließ sie in Kevins Obhut und ging leise hinaus, um nach den Jungkatzen zu sehen. Oh, dafür musste ja jetzt auch sehr schnell eine Lösung gefunden werden. Und die Lösung hieß Agnes, wie ich mich erinnerte. Ich schnappte mir das Telefon im Vorbeigehen und rief sie an.

»Agnes, wir haben hier einen ungewöhnlichen Notfall. Du hast mal gesagt, ich soll mich an dich wenden, wenn wir Schwierigkeiten mit den Katzenkindern haben.«

»Natürlich. Was haben sie denn?«

»Keine säugende Mutter mehr. Die ist auf etwas unerklärliche Weise gestorben. Und Micki ist darin verwickelt. Ich habe im Moment da eine Portion Sorgen, die einen Happen zu groß für mich sind.«

Ich bin durchaus in der Lage, andere Menschen um Hilfe zu bitten, wenn es notwendig ist!

»Ich komme zu dir. Hast du einen Transportkorb?«

»Ja.«

»Dann mach den Kleinen mal ein Nachtköfferchen zurecht. Schmusedecke, Futterschüsselchen, Lieblingsspielzeug.«

»Danke, Agnes.«

»Keine Ursache. Bis gleich.«

Ich packte eilig die Sachen zusammen, steckte die maunzenden, quiekenden Kätzchen in den Korb, und als ich fertig war, stand Agnes schon an der Tür.

»Erzähl's mir später. Ich kümmere mich um die Katzen, bis du sie wieder aufnehmen kannst.«

Micki saß in Kevins Arme gekuschelt, und ich erwischte sie bei einem anhaltenden Kusswechsel. Na, das tröstete wenigstens richtig.

Vorsichtig räusperte ich mich.

»Ich will ja nicht stören …«

Die beiden fuhren auseinander, und Kevin wurde rot bis in die blonden Locken.

»Ich … ich …«

»Schon gut. Ich hab nichts dagegen.«

Und Micki, trotz verheultem Gesicht, kicherte: »Na ja, die Hormone …!«

»Ebend!«

Aber schon war sie wieder ernst.

»Du, wir müssen aber mit Freia noch etwas machen. Wir können sie doch nicht so einfach … »

»Wir werden sie hier unter den Bäumen im Garten beerdigen, Micki. In aller Form.«

»Ja. Das wäre wohl gut. Gleich?«

»Ist wohl am besten, nicht?«

Wir suchten also zusammen eine feste Kiste, nahmen das Kissen, auf dem sie so gerne gelegen hatte, und gemeinsam betteten wir die Grautigerin mit den weißen Pfötchen darauf. Micki schnüffelte noch immer etwas, schien aber inzwischen gefasster zu sein.

»Kann ich Ihnen helfen?«, bot Kevin an, und ich drückte ihm den Spaten in die Hand.

»Unter der Birke im Garten, denke ich. Da steht so ein großer Stein mit Stiefmütterchen herum. Das ist sicher der richtige Platz für sie. Aber das Grab muss einen Meter tief sein, Kevin. Warte, ich mache dir Licht draußen an.«

»Ich zieh mir inzwischen was anderes an, Mam.«

In einer seltsamen Anwandlung von Pietät empfand Micki wohl ihre grellrosa Bluse als nicht ganz passend. Sie tauchte in schwarzen Jeans und einem grau-schwarz karierten Hemd wieder auf. Um ihr meine Verbundenheit zu zeigen, zog auch ich mich um, obwohl ich nur ein sehr kurzes Sweatshirt in Schwarz hatte, was die Kühle des Abends kaum abhalten würde.

In einer traurigen kleinen Prozession zogen wir dann mit Freia in den Garten zu dem Felsbrocken, wo Kevin ein sauberes Grab ausgehoben hatte. Vorsichtig legten wir das Kistchen hinein und blieben einen Moment schweigend davor stehen.

Micki sprach plötzlich.

»Als ich in dem Keller saß und die Dunkelheit sich um mich schloss, da träumte ich, dass Freia mich beschützte. Es war sehr seltsam, und irgendwie sehr friedlich. Ich fühlte mich wie in einer Hülle von Licht, das von ihr ausging und das die Schatten von mir fernhielt. Ich habe Freia sehr liebgehabt. Und jetzt glaube ich, dass es ihre Art war, mir diese Liebe zurückzugeben. Möge sie Frieden finden.«

»Möge sie Frieden finden und möge die Erde ihr leicht sein«, schloss ich mich an und ließ Erde in das Grab fallen.

Ich konnte es nicht verhindern, dass auch mir die Tränen aus den Augen quollen. Tapfere alte Streunerin!

Schließlich war der Boden wieder eben und die Grassode festgetreten. Micki legte eine späte Rose darauf und wischte sich die Nase.

»Was ist eigentlich mit den Kitten? Du, Mam, die hab ich ja total vergessen!«

»Aber ich nicht. Agnes hat sie vorhin abgeholt, sie kümmert sich die nächsten Tage um sie. Sie oder eine ihrer Katzen, denke ich.«

»Oh, gut. Danke, Mam. Du bist so lieb.«

Micki, inzwischen schon beinahe genauso groß wie ich, umarmte mich und legte ihre kühle Wange an mein Gesicht. Ich drückte sie leicht an mich, noch immer innerlich vibrierend in Sorge um diese Tochter, die auf dem Weg war, eine junge Frau zu werden.

Und einen ganz winzigen Augenblick lang verstand ich sogar die Sorge meines Vaters um mich. Sollte sein Beschützerverhalten etwa aus ähnlichen Motiven entspringen?

»Du, Mam …«

»Ja, Micki?«

»Wäre es sehr schlimm, wenn ich heute Abend noch etwas mit zu Kevin gehen würde?«

»Schlimm? Schlimm sicher nicht. Wie spät ist es eigentlich?«

»Oh, noch nicht einmal acht Uhr. Es wird wirklich schon sehr schnell dunkel.«

»Gut, wenn er dich nach Hause bringt.«

»Natürlich mache ich das.«

»Und gegessen habt ihr auch noch nichts.« O mütterliche Deborah!

»Wir wollten Pizza bei uns machen. Meine Eltern sind nämlich nicht da.«

»Aha! Na, also, benehmt euch, ja!«

»Ja, Frau McMillen. Ich pass auf Micki auf.«

»Ja, ja, Kevin. Wollen wir hoffen, dass Micki auch auf dich aufpasst, nicht wahr?«

Micki kicherte, und ich könnte wetten, Kevin war wieder rot geworden. Die beiden zogen ab, und ich blieb an die Birke gelehnt stehen, um eine stille Zwiesprache mit dem Mond zu halten, der den langsam ziehenden Wolken Silberränder zauberte.

Es war so viel in den letzten Stunden passiert, dass ich einfach eine Weile Ruhe brauchte, um die aufgewühlten Gefühle, die Angst, die seltsame Umarmung der Dunkelheit und die Reste der herbeigerufenen Kräfte wieder in ein Gleichgewicht zu bringen. Ich merkte kaum die kalte, feuchte Luft, die mich umgab, die in meine Kleider drang und meine Haut klamm werden ließ, so sehr war ich in mir und dem fernen Gestirn versunken.

Ich schreckte erst aus meiner Versunkenheit auf, als eine dunkle Silhouette unter den Bäumen hervortrat.

Alexander Harburg.

»Entschuldigen Sie. Ich wollte Sie nicht stören.«

»Schon gut.«

»Ist Ihre Tochter in Ordnung?«

»Soweit ich erkennen kann, ja. Sie ist zu ihrem Freund Pizzabacken gegangen. Das scheint mir sehr normal.«

»Sie lassen sie einfach so mit dem Jungen alleine? Meinen Sie nicht, dass sie bei Ihnen jetzt besser aufgehoben wäre?«

Ich war sanftmütig an diesem Abend. Die stille Kontemplation hatte meine Neigung zum Widerspruch gedämpft. Darum gab ich nur sanft zu bedenken: »Manchmal ist nach solchen Erfahrungen eine andere als Mutterliebe hilfreicher.«

»So, glauben Sie? Ich halte das für sehr leichtsinnig von Ihnen.«

Stille Kontemplation hin, Mondgedanken her, das langte mal wieder!

»Mag ja sein, dass ich mit vierunddreißig als Großmutter zu jung bin, aber letztendlich ist das ja dann wohl mein Problem, oder?«

»Micki ist noch ein Kind! Haben Sie denn gar kein Verantwortungsgefühl?«

»Nein, offensichtlich nicht.«

Er stand direkt vor mir, überragte mich um Haupteslänge, das kalte Mondlicht arbeitete seine Züge scharf und steinern aus seinem Gesicht. Ich funkelte ihn wütend an. Bereit, auf die nächste Bemerkung meinen aufsteigenden Zorn überkochen zu lassen, doch dann geschah das gänzlich Unerwartete. Er griff mit beiden Händen zu meiner Taille, schob dieses blöde, kurze Sweatshirt hoch, und ich fühlte, wie seine warmen Hände auf meiner ausgekühlten Haut mich an seinen Körper zogen.

Einen Moment lang verschlug es mir den Atem.

Dann brach es aus mir heraus.

»Dafür hast du aber lange gebraucht.«

Verblüffung stand in seinem Gesicht, dann ein Lachen.

»Dein Mundwerk muss man extra totschlagen, wie es scheint, was?«

Dann presste er mich fester an sich, und sein rauer Kuss tat beinahe weh. Aber nur beinahe. Eigentlich verlor ich fast die Besinnung dabei. Ich hatte gar nicht gewusst, dass ich mich dermaßen danach gesehnt hatte.

»Weniger totschlagen. Du scheinst auch andere Mittel zu kennen.«

Meine Stimme war nur noch ein heiseres Flüstern, mein ganzer Körper schien von Strom durchflossen. Aber ich hatte die Genugtuung, dass es mir nicht alleine so ging. Die Reibeisenstimme war auch heiser geworden.

»Deborah, hör auf, dich zu wehren.«

Ungerecht, ich wehrte mich doch gar nicht mehr! Ich legte meine Arme um seinen Hals und zog seinen Kopf wieder zu mir. Diesmal fiel sein Kuss weniger brutal, aber um nichts weniger leidenschaftlich aus. Und seine Hände strichen über die nackte Haut meines Rückens und hinterließen Flammenspuren. Unsere Lippen lösten sich, und mit einem Ruck fühlte ich mich plötzlich hochgehoben.

»Du bist eiskalt – äußerlich, meine ich. Das ist keine Nacht für Freiluft-Romanzen.«

Er trug mich mit Leichtigkeit in mein dunkles Haus und legte mich auf das Sofa. Wie auch immer war plötzlich mein lächerliches Sweatshirt auf dem Boden gelandet, fanden meine Finger den Weg unter das seine. Und – ach, was für ein Erlebnis! Seine Brust, bedeckt mit schwarzen, mit Grau durchsetzten Locken, war breit und muskulös und ging mitnichten in einen Bierbauch über.

Irgendwie glitten meine Schuhe von den Füßen, die Haarspange hatte schon lange jede Hoffnung auf Haltung in der Frisur aufgegeben. Ich befand mich in einem Strudel von Händen, Küssen und suchenden Fingern, wissender Zunge und bemühte mich ohne Erfolg, den Kontakt zur Wirklichkeit wieder herzustellen.

»Alexander!«, gelang es mir in dem verwirrenden Taumel einmal anzubringen.

»Deborah, könntest du dich auf Alex einigen? Das andere hört sich derzeit zu formell an.«

Noch nie hatte ich ihn so wenig formell gesehen. Das lag vielleicht auch an der derangierten Situation. Ich nahm ihn wortlos mit in mein Zimmer, eine Spur abgelegter Kleidungsstücke hinterlassend.

Hier wirkte er plötzlich zu meiner Überraschung ein wenig unsicher. So, als sei ihm gerade erst zu Bewusstsein gekommen, dass der kühne Ritter, der die Maid retten wollte, sie soeben zu schänden gedachte.

»Alex?« Ich legte ihm eine Hand auf den Arm.

»Ich bin kurz davor, etwas völlig Unmögliches zu tun, Deborah.«

»Deba, wegen der Förmlichkeit. Etwas völlig Unmögliches wäre jetzt, wenn du grußlos verschwinden würdest. Meinst du nicht auch?«

Ich stand vor dem Fenster, und der runde, volle Mond beleuchtete mein bislang so schrecklich keusches Bett. Alex ragte neben mir auf, sah zu mir hinunter mit einem Blick, den ich nicht recht zu deuten wusste. Mag sein, dass er einen Kampf mit sich auszufechten hatte. Einen Kampf, den ich schon lange, lange hinter mir hatte. Und während wir schweigend so voreinander standen, überkam mich mit der Ruhe und der Gewissheit ein herzzerreißendes Sehnen. Es dehnte sich in mir aus, es füllte meinen ganzen Körper. Ich wagte nicht, Alex anzusehen, um doch noch nicht zu viel von mir preiszugeben, wenn er sich entschloss, weiterhin nur der kühle Nachbar zu bleiben.

»Deba?« Sehr fragend, ungewöhnlich sanft. Ich sah auf. Er hatte ein grimmiges Gesicht, aber er hielt meinem Blick stand.

»Deba, du hast mich bis aufs Blut gereizt, seit du hier aufgetaucht bist. Aber ich wollte dich nicht so überfallen. Nach allem, was heute geschehen ist.«

»Nein, wolltest du nicht?« Ich erlaubte mir ein ganz leichtes Lächeln.

»Spottest du über mich?«

»Nein, warum?«

»Du tust, als würdest du mich besser kennen, als ich mich selbst.«

»Ich glaube, du kennst dich gut genug, Alex. Du musst es dir nur eingestehen.«

Seine Stimme war nur noch ein Flüstern, als er sagte: »Ich habe von dir geträumt, Deba. Jede Nacht. Ich bin verrückt nach dir. Und du hast mir beständig die Stacheln gezeigt.«

Ich kratzte probehalber mit meinen Fingernägeln über seine Brust und wurde mit einem Stöhnen belohnt.

»Deba, ich will mit dir schlafen.«

»Tu, was du willst!«

Was ein guter Rat war, wie immer.

Er zog mich wieder in seine Arme, und mein Kopf lag an seiner nackten Brust. Hörte sein Herz schlagen, nicht gelassen, sondern kraftvoll und heftig, es war ein wunderbares Geräusch. Und das Sehnen wurde so mächtig, dass ich anfing zu zittern.

»Deba … Deba …«

Er ließ mich aus seinen Armen, zog mich zum Bett. Kurz darauf waren wir in einem schimmernden Lichtstrahl auf unserem Weg zu einem stummen, ewig leuchtenden Mond. Doch dieser Mond zerbarst, bebend von einem lautlosen Donner. Gleißende Splitter überzogen den blauschwarzen Himmel, wirbelten empor zu den Sternen und fielen dann mit glühenden Schweifen nieder. Und auf ihrem Weg zur Erde tanzten sie, taumelten sie umeinander, wurden zu schwebenden seidigen Rosenblättern, die sacht auf einer mit Tau bedeckten Wiese landeten.

Ich lag, verwickelt in seine Arme und Beine, regungslos, lauschte unserem Atem, ruhig und dankbar dafür, dass die ungeheure Spannung aus Angst, Sehnsucht, fremden, doch notwendig herbeigerufenen Energien in mir endlich gelöst war. Ich genoss ein Gleichgewicht der Kräfte, das mir schon seit langem nicht mehr gegönnt war. Und ich genoss die Wärme eines atmenden männlichen Körpers neben mir.

»Deba?«

Alex richtete sich ein wenig auf.

»Deba, du weinst. Was ist?«

»Weine ich?«

»Deine Augen weinen, aber dein Mund lächelt. Also kann es nicht allzu schlimm sein.«

Er fuhr mir mit dem Zeigefinger über die Wangen, die tatsächlich feucht waren. Dann strich er mir eine Haarsträhne aus dem Gesicht und küsste mich zärtlich. Ich kuschelte mich etwas bequemer in seinen Arm.

»Deba, du seltsame Frau, kannst du eigentlich zaubern?«

Eine eiskalte Dusche war nichts dagegen.

»Wie meinst du das?«

»So etwas wie mit dir habe ich noch nie erlebt.«

Ach so, er meinte nur die gewöhnlichen Zauber, die allen Frauen eigen sind.

»Nein, Alex? Hast du nicht? Der gestandene Seemann, in jedem Hafen eine Braut, und so etwas hat er noch nicht erlebt!«

»Du bist ein freches Weibsstück.«

»Ich mag nur keine Klischees.«

»Ich meinte das aber überaus ernst. Und wenn du es ein bisschen origineller haben willst, dann will ich es dir so beschreiben, dass für mich der Himmel explodiert ist.«

Soviel zu gemeinsamen Visionen.

»Viiiiel origineller.«

Zum Glück begann er wieder zu lachen. Dieser ernste Alex war mir fast etwas unheimlich gewesen. Wir wollten doch die Wichtigkeit der Ereignisse nicht überbewerten. Mein Schutzmantel aus Worten und Gesten musste ganz schnell wieder übergezogen werden. Ich setzte mich entschlossen auf.

»Na gut, Deba, stell die Stacheln wieder auf. Aber nicht ganz so heftig. Ich möchte noch einmal unverletzt deine Haut spüren.«

»So fies bin ich gar nicht, es ist nur so, dass ich gleich einen Schwächeanfall erleide, und ich weiß nicht, ob es deinem konventionellen Geschmack entgegenkommt, wenn ich dir so völlig leblos zur Verfügung stehe. Ich habe nämlich seit heute Morgen nichts mehr gegessen. Irgendwie haben sich die Ereignisse ein wenig überschlagen.«

»Mh, jetzt, wo du es sagst, ist der Gedanke an Nahrung auch für mich nicht ganz abwegig.«

»Na prima. Ich brauche jetzt etwas Sündiges.«

»Noch Sündigeres ...«?

»Viel sündiger. Heiße Croissants und süßen Rotwein.«

»Brrr.«

»Du kriegst rohes Fleisch.«

»Mit den Zähnen vom lebenden Körper gerissen, gerne. Komm her!«

Ich entwischte seinen gierigen Händen und machte die Schranktür auf. Da gab es für besondere Situationen einen schwarzen Seidenkimono. Ein richtig luxuriöses Stück. Und, na ja, es war ja wohl eine besondere Situation. Ich wickelte die schwere Seide um mich, während Alex seine Jeans anzog. Das Sweatshirt ließ er weg. Mh?!

»Ist dir nicht kalt?«

»Nein.«

»Du bist auch nicht eitel?«

»Nein.«

»Du willst mich auch nicht reizen.«

»Das schon gar nicht.«

»Na gut. Komm mit in die Küche.«

Ich ging im Halbdunkel voraus, vermied aber, Licht anzumachen. Im Wohnzimmer stand die Terrassentür noch offen, und es war scheußlich kalt geworden. Ich schloss sie, sammelte das eine oder andere verirrte Kleidungsstück auf und stellte dann den Backofen an. Alex hatte Kerzen entdeckt und sie auf dem Küchentisch angezündet. Während die Croissants heiß wurden, holte ich eine Flasche Rotwein aus der Vorratskammer und wollte sie öffnen. Typisch Mann nahm mir Alex den Korkenzieher aus der Hand. Aber ich maulte nicht.

Es war seltsam, es herrschte Schweigen zwischen uns, als wie aßen und tranken. Ein angenehmes Schweigen ohne Geheimnisse, ohne Spannung. Die Kerzen flackerten sacht, es war warm in der Küche, und die Uhr am Herd zeigte mit bläulich leuchtenden Ziffern die Zeit an. Es war 21.59 Uhr.

Das Telefon klingelte.

Ich zuckte zusammen, aber sprang dann auf. Um diese Zeit? Der Apparat lag im kalten Flur, ich holte ihn in die warme Küche, als ich mich meldete.

»Hallo, Mam, ich bin's.«

»Hallo. Na, was ist?«

»Duhu …?«

»Jaha?«

Ich hörte das drucksende Schweigen am anderen Ende und musste lächeln. Und erntete einen erstaunten Blick von Alex.

»Du, Mam, es ist vielleicht etwas ungewöhnlich, aber, könnte ich nicht ... also, dürfte ich vielleicht ...«

»Bleib bei Kevin, Liebes. Ich vertraue dir.«

»Oh, Mam, irgendwie bist du super.«

»Irgendwie, ja. Bis morgen dann.«

»Bis morgen, Mam.«

Ich brachte das Telefon wieder nach draußen und musste immer noch lächeln. »Was ist denn an dieser Nacht so Besonderes?«

»Dein Lächeln eben, Deba, das hat die Kerzen überstrahlt. Du setzt wirklich viel Vertrauen in deine Tochter. Hast du keine Angst, dass sie vielleicht doch unüberlegt handelt? Die Dinge geraten manchmal etwas aus der Kontrolle«, meinte er mit einem schiefen Lächeln.

»Alex, nicht mehr Angst als um mich, wenn wir diesen Fall mal von der Risikoseite betrachten.«

Was ihn einen Augenblick lang sprachlos machte.

Ich hob mein Glas und ließ die Kerzenflamme im Rotwein funkeln. Die Schönheit des Lichtes berauschte mich mehr als der Wein. Und erinnerte mich ferne an etwas, das ich schon einmal gesehen hatte.

»Du bist von einer seltsamen Schönheit, wenn du so versunken bist.«

Alex war aufgestanden, zog meine Schultern an seine Hüften und streichelte über meine Haare. Ich stellte mein Glas ab und schloss die Augen. Dieser Schutzmantel war so löcherig geworden. Aber ich hatte keine Lust, ihn wieder fest um mich zu ziehen. Ich ließ mir die Zärtlichkeit gefallen, zu weich, um aufzubegehren. Und als ich mich nach einer Weile löste, um mich umzudrehen und ihn anzusehen, da erhob die Schlange so plötzlich wieder ihr feuriges Haupt, dass ich kaum noch atmen konnte.

»Alex …?« Diesmal war ich es, die flüstern musste.

»Ja?«

Ich stand auf.

»Alex, möchtest du heute Nacht bei mir bleiben?«

»Mutter mit sturmfreier Bude sucht nächtliche Unterhaltung?«

Seine Worte verletzten mich, auch wenn er mir nur mit der gleichen Münze heimzahlte, die ich ihm vor gar nicht langer Zeit herausgegeben hatte. Aber es war mir jetzt zu wichtig, um mich stachelig zu geben. Ja, sogar so wichtig, dass ich leise sagte: »Bitte, Alex.«

Die Reaktion darauf war erstaunlich. Und sehr heftig.

»Du spielst mit mir Katz und Maus, Deba«, sagte er, als er mich für einen Moment freigab. »Aber ich kann es nicht verhindern. Komm mit!«

Diesmal zog er mich an der Hand nach oben, und meine Finger zitterten, als ich den Knoten des Kimonogürtels löste.

Es war anders diesmal, keine Universen explodierten. Doch ein gewaltiges Glühen erfüllte mich. Und in Alex warmer, schützender Umarmung schlief ich ein.

Wie eine makellose Silberscheibe hing der Mond über den Bergen, die sich voll dunkler, gefahrvoller Schluchten und unerreichbaren, schroffen Gipfeln am Rande der Welt entlangzogen. Und als er im Zenit stand, spiegelte sich in der Wasseroberfläche des tief in den grauen Fels getriebenen Brunnens sein Licht.

Durch mächtige Schichten von Gestein und Sand war das Wasser gedrungen, war sauber und süß aufgestiegen bis zur sprudelnden Quelle, eingefangen in der starren Hülle des Berges.

Doch von den fernen Bergen glitt ein Schatten heran, größer als jeder Vogel, mit riesigen Schwingen aus Haut und Horn. Wie ein aufziehendes Gewitter verdunkelte sein gewaltiger Körper den Himmel.

Ohne Zögern stürzte das nächtliche Ungeheuer auf den Brunnen zu, seine Flügel wirbelten den Staub zu hohen Wolken auf, als es sich auf der steinernen Umrandung niederließ.

Sein schlangenartiger Hals beugte sich weit vor, und sein schuppiges Haupt neigte sich dem Wasserspiegel zu. Mit gewaltigen Schlucken soff es das Nass aus der Tiefe, bis es keinen Tropfen mehr erreichen konnte.

Und als sich das Ungeheuer mit einem Fauchen wieder erhob, blieb ein schwefeliger Geruch in der Luft hängen. Es entfernte sich mit schnellem Flügelschlag, ein kleiner werdender Schatten am Rande der Welt.

Das Licht des Mondes jedoch erreichte die Tiefen des leeren Brunnens nicht mehr.

Etwas Warmes, Helles drang in mein Bewusstsein, doch der Schlaf ließ mich noch nicht aus seinen Fängen. Der Traum war noch nicht ausgeträumt, und ein seltsames Ziehen führte mich in seine Abgründe zurück.

Ein weißschäumendes Bächlein wand sich zwischen Moosen und Farnen hindurch, die sich mit zähen Wurzeln in den Ritzen und Spalten des unnachgiebigen Felsens klammerten. Frisch und kalt war das Wasser, bahnte sich seinen Weg durch gischtbenetztes Grün, durch altes Wurzelwerk, Geröll und Schutt, schwoll an zu einer Flut, die im Licht der aufgehenden Sonne glitzernde Schaumkronen trug. Und der brausende Fluss schwemmte sich den Weg frei zu dem vertrockneten Brunnen und füllte ihn mit reinem Wasser.

»Deba? Deborah …!«

Ganz fern, ganz weit weg von mir schien irgendjemand meinen Namen zu rufen. Aber ich konnte mich nicht rühren.

»Deba, Liebste. Deba, komm zu dir!«

Da gab es irgendwo einen Körper, kalt und starr. Vage ahnte ich, dass es der meine war. Aber ich konnte keinen Kontakt zu ihm finden.

Jemand rüttelte an dem fernen Körper, redete auf ihn ein. Ein dünnes Fädchen begann, mich wieder mit ihm zu verbinden. Mit unendlicher Anstrengung konnte ich meine

Lider bewegen. Sie zitterten, öffneten sich einen winzigen Spalt. Es herrschte Dämmerlicht um mich, verschwommenes Grau. Und mir war entsetzlich kalt. Dann wurde das Bild schärfer, und ich erkannte ein höchst besorgtes Gesicht über mir.

»Deba, hörst du mich?«

Welch Wunder, ich konnte nicken. Wahrscheinlich konnte ich auch sprechen.

»Ich friere so, Alex. Ich friere so unheimlich. Halt mich fest.«

Ein warmer, haariger Körper drängte sich fest an meinen, massierte mit harten Strichen meine Arme, meinen Leib, bis ich mich wieder ganz in mir selbst fühlte.

»Meine Güte, hast du mich erschreckt.«

»Tut mir leid, Alex. Das habe ich manchmal. Das ist nichts Ernstes, nur so ein bisschen Seele auf Abwegen.«

»Ich hatte dich schon für klinisch tot gehalten. Du hast ja nicht mehr geatmet, und dein Herzschlag war kaum noch zu spüren.«

»Ich sagte doch, das passiert mir manchmal, wenn ich besonders intensiv träume. Hab noch mal einen Moment Geduld, Alex.«

Diesmal erinnerte ich mich wirklich an den gesamten Traum. Ich rekapitulierte ihn, damit er mir auch ja im Gedächtnis blieb, denn er war bestimmt nicht ohne Bedeutung. Wenn diese mir auch noch nicht offenbar war.

»So, jetzt bin ich wieder ganz da. Wie spät ist es eigentlich?«

»Kurz nach sechs. Soll ich dich alleine lassen?«

»Möchtest du?«

»Ich dachte, weil deine Tochter ja heute Morgen zurückkommt.«

»Aber sicher nicht um sechs Uhr.«

»Nein, vermutlich nicht.«

Er lag auf einem Arm aufgestützt neben mir, die Decke bis zu den Hüften herabgerutscht, und sah mich im blassen Licht des Morgens an. Ich erwiderte seinen Blick. Er wirkte erstaunlich jung, trotz grauer Haare und dem von einem sicher nicht immer einfachen Leben gezeichneten Gesicht. Ein Hauch von Eitelkeit flog mich an, und ich zog eine Grimasse.

»Nicht gerade eine taufrische Blütenknospe, was?«

»Nein, die nicht. Aber jetzt, wo du wieder unter den Lebenden weilst, eine … Versuchung?«

»Hast du gerade ein Klischee erwürgt?«

»Bevor ich wieder deine Giftzähne zu spüren bekomme.«

»Magst du die nicht?«

Oh, Übermut. Ich begann zu knabbern. An allen erreichbaren Stellen. Es entwickelte sich ein sehr unwürdiges Gebalge, das in einer sehr zärtlichen Umarmung endete.

Alex legte anschließend seinen Kopf auf meine Brust, und wir dösten vor uns hin, während der Tag heller wurde.

Es war noch sehr still an diesem Samstagmorgen, und eine

blasse Herbstsonne warf ihre Strahlen durch das Fenster. Alex nahm meine Hand und hielt sie fest. Eine liebevolle Geste. Ich fühlte mich frei, weich und sanftmütig.

»Es ist wundervoll friedlich bei dir, Deborah.«

Ich strich über seine unrasierten Wangen. Sehr schwarz war das, was da kratzte.

»Ja, Alex. Hier, im Traumreich zwischen allen Welten finden wir – für eine kleine Weile – unseren Frieden.«

»Zwischen allen Welten«, murmelte er, und ich rückte ein wenig tiefer, so dass er in meinen Armen lag. Ein leichter Schlaf umfing mich, der mich auf den Wogen eines sonnendurchfluteten Meeres schaukelte.

Leises Klirren in Verbindung mit dem Duft nach Kaffee und Lavendel weckte mich. Ich blinzelte. Ein Tablett stand auf dem Nachttisch, daneben Micki, den Kopf voller feuchter Löckchen, sauber geschrubbt und frisch wie ein Mairegen in der Provence.

»Hi, Mam. Das habe ich mir schon gedacht, dass das heute Nacht passiert. Ich hab euch Frühstück gemacht.«

Alex gab einen unwilligen Laut von sich und wachte ebenfalls auf. Ein komisches Entsetzen zeichnete sich in seinen Zügen ab, als er Micki an dem Bett stehen sah. Ich musste lächeln.

»Guten Morgen«, juchzte Micki und kicherte. »Find ich saugut, dass ihr euch mal nicht angiftet.«

»Oh … mh …«

»Micki, so lieb es auch ist, dass du uns Kaffee gekocht hast – könntest du jetzt eventuell Rücksicht auf die zarten Gefühle meines Begleiters nehmen und umgehend mein Zimmer verlassen?«

»Klar, aber er braucht sich nicht zu schämen, ich hab schon mal einen nackten Mann gesehen. Allerdings noch nie einen so wolligen.«

Peng! Die Tür fiel zu.

»Du lieber Gott.«

»Brauchen wir den denn jetzt noch dabei? Hier, magst du eine Tasse?«

»Was soll sich deine Tochter denn jetzt denken?«

»Nun, was sie noch nicht weiß, werde ich ihr erzählen. Ein junges Mädchen muss lernen, wie es in der Welt zugeht. Und vermutlich ist ihre Nacht ähnlich verlaufen wie die unsrige, nicht?«

»Du bist eine schier unmögliche Mutter.«

»Und du ein Spießer, Alex. Wenn auch ein wolliger«, kicherte ich. Aber Alex war irgendwie der Humor abhanden gekommen. Er trank im Aufstehen einen Schluck Kaffee und zog sich dann mit einer Geschwindigkeit an, die an lange Übung in fremden Schlafzimmern denken ließ. Mir war auch die Spottlust vergangen, und ich schüttelte nur verständnislos den Kopf.

»Tja, dann bis demnächst mal wieder«, sagte ich und verdrückte mich ins Badezimmer, wo ich sofort die Dusche anstellte, um mich mit dem brühendheißen Wasser zu trösten. Dann zog ich mich an, rote Jeans, weiße Bluse, schwarze Weste. Mir war nach deutlichen Farben, nichts Wischiwaschi in Beige und Grau. Mit dem liebevoll zurechtgemachten Tablett ging ich in die Küche hinunter, wo Micki an einem übriggebliebenen Croissant kaute.

»O Mann, der hat aber wieder den Schorsch aufgesetzt, als der hier rausmarschiert ist. Aber er hat gesagt, heute Nachmittag meldet er sich noch mal. Ist das nix?«

»Na, mehr als wenig.«

»Und als er drüben rein ist – ich hab nämlich hinterher gelauscht –, hat ihn die schräge Xenia gleich tierisch niedergemacht, wo er denn die Nacht verbracht hätte. Stark, nicht?«

»Was hat er geantwortet – ich meine, das interessiert ja den Menschen, auch wenn das mit dem Lauschen nicht ganz comme il faut ist.«

»Dass die Süße das nix anginge. Dann war die Tür zu, und ich konnte nur noch Lautmalerisches hören. Schrille Töne, sozusagen, kontrapunktisch untermalt von Reibeisen.«

»Na, weißt du, mit Xenia unter einem Dach …«

»Klar, kein Wunder, dass der manchmal so eine Muffsocke ist.«

»Wo hast du nur diese plastischen Beschreibungen her?

Aber egal, es ist schon verdammt spät, und ich habe noch nichts eingekauft.«

»Das kommt von unserem Lotterleben, Mam. Wenn du willst, fahre ich mit, dann geht das mit dem Anstellen an den Theken schneller.«

Es war schon früher Nachmittag, als wir mit unseren Körben und Taschen zurückkehrten und in stiller Eintracht Kühlschrank und Vorratsraum füllten. Bisher hatte ich tapfer meine Fragen unterdrückt – so eine unnatürliche Mutter war ich nun doch nicht, dass ich mir nicht ein oder zwei Sorgen machte. Und als wir uns zu einem verspäteten Frühstücksbrötchen und einer Kanne Tee zusammen an den Küchentisch setzten, leitete ich das Gespräch vorsichtig auf den Problempunkt.

»Micki, was hältst du davon, wenn wir zwei am Montag mal unseren Frauenarzt aufsuchen würden?«

»Nicht viel. Also, du kannst ruhig direkter werden, Mam. Ich hab nichts gegen ein, zwei Geschwister.«

»Sag, Kind, hast du das Mundwerk von mir?«

»Och, ich denke schon.«

»Dann bin ich also auch so eine Strafe für die Menschheit. Wie grauenvoll.«

»Ja, richtig scheußlich. Aber du kannst beruhigt sein, ich warte noch ein, zwei Jahre damit, bis ich dich zur Oma mache, denke ich.«

»Guter Vorsatz. Aber ich zitiere einen gemeinsamen Bekannten, der davon sprach, dass die Dinge manchmal aus der Kontrolle geraten.«

»Sprach er nur davon, oder gerieten sie auch? Schon gut, schon gut, behalt deine offenen Geheimnisse für dich.«

»Und was ist mit deinen? Ich meine die offenen Geheimnisse?«

»Ooooch nicht bei Kevin. Dafür ist der nicht mein Typ.«

»Bitte?«

»Na ja, so zum Rumknutschen und so, dafür ist er fein. Auch zum Schmusen und Einschlafen. Aber für das andere hätte ich lieber einen anderen Typ, eher so wie deinen Alex. Aber natürlich nicht so alt«, fügte sie noch schnell hinzu, als sie meinen Laut der Verwunderung hörte.

»Aber so wollig. Übrigens …« Sie grinste plötzlich breit und anzüglich, während sie sich vorsichtig zur Tür bewegte. »Übrigens, sind die Gerüchte über wollige Männer eigentlich wahr?«

Weg war sie.

Dieses Kind!

Aber so im rechten Licht betrachtet, war wie an allen Gerüchten auch an diesem etwas dran, sinnierte ich versonnen. Und immer noch versonnen räumte ich die Küche auf, richtete die Stätte meiner nächtlichen Ausschweifungen und befahl mir dann, zur Realitätsfindung ein wenig Sport zu treiben.

»Micki, hast du Lust, mit in den Park zu kommen? Es ist trocken, nur ein bisschen kühl.«

»Au ja, klar!«

Im schönsten Einklang glitten wir dann auf unseren Skates durch den herbstlichen Park. Ich ließ meine Haare im Wind flattern und fühlte unter dem Trainingsanzug den Schweiß den Rücken hinunterlaufen.

Eine Gruppe von Jungen kam uns entgegen. Sie alle schienen Micki zu kennen und grüßten sie mit lautem Gejohle. Wir blieben in dem Pulk einen Moment stehen, und ich hörte mit Verblüffung, wie einer der Jungs Micki fragte: »Wer ist denn deine Freundin da?«

»Ach, das ist nur meine Mutter.«

»Mann, ey, du willst mich verarschen?«

»Mam, der glaubt mir nicht. Aber echt, ich bin eine Frühgeburt.«

»Du bist gleich eine zu früh geborene Kröte, Micki!«

Aber geschmeichelt fühlte ich mich doch.

Wir liefen weiter, kamen auf Geschwindigkeit und aus der Puste. Wir liefen um die Wette, das letzte Stück bis zum Haus, und ich musste einige Meter hinter Micki herhecheln.

Auf den Treppenstufen saß Kevin. Und – Wunder geschehen – neben ihm, gelassen ein Zigarillo rauchend, Alex, beide in ein offensichtlich faszinierendes Männergespräch vertieft.

»Hallo! Wartet ihr auf irgendwen?«

»Auf zwei Mädchen auf Inline-Skates.«

»Ah, Micki, hast du die zwei gesehen?«

»Herr Harburg, passen Sie nur auf meine Mam auf. Meine Freunde im Park wollten sie schon anmachen.«

»Ich habe dir doch gesagt, das ist kein Sport mehr für dich, Deba.«

»Muffsocke!«

»Mutter, wie redest du mit dem achtbaren Herrn Nachbar.«

»Nur so, wie du ihn tituliert hast.«

»Junge Frau, *wie* haben Sie mich genannt?«

Micki hatte den Anstand, verlegen zu werden.

»Du musst heute Morgen irgendwie verschnupft gewirkt haben«, grinste ich Alex an.

Jedenfalls war er es jetzt nicht mehr, sondern lachte und zuckte entschuldigend mit den Schultern.

»Kommt, Leute, ich lade euch zum Kaffeetrinken ein.«

Für die nächsten zwei Stunden zeigte Alex sich von einer überaus entspannten und freundlichen Seite. Dann empfahlen sich Kevin und Micki, und ich blieb mit Alex allein an seinem Esstisch sitzen.

»Der Junge ist nett, Deba. Vielleicht bist du doch nicht eine so ganz unmögliche Mutter.« Das klang geradezu wie eine Entschuldigung. »Nur ein bisschen ungewöhnlich für mich.«

»Alex, es gibt in meinem Leben ein paar Dinge, die ich mir

zueigen gemacht habe. Und da mag ich es nicht so gerne, wenn man mir hereinredet. Das eine ist mein unbedingtes Vertrauen zu Micki. Es ist vielleicht ein bisschen sehr mutig von mir, aber sie hat es noch nie missbraucht. Und ich versuche, das ihre auch nicht zu enttäuschen.«

»Gut. Ich werde mich bemühen, das zu akzeptieren. Einverstanden?«

Ich stand auf und ging zu ihm um den Tisch, er zog mich zu sich. Mit einer gewissen Freude wurde mir bewusst, dass wir noch fast das ganze Wochenende vor uns hatten.

Wir verbrachten es zwischen den Welten.

Der Montag traf mich mit seiner ganzen Heftigkeit. Alex war irgendwann um ein, zwei Uhr gegangen. Und ich musste zum ersten Mal in meiner Trainerpraxis einen Kurs ohne jede Vorbereitung halten. Erstaunlicherweise klappte das so hervorragend, dass ich anschließend stehenden Applaus bekam.

»Hast du am Wochenende irgendeine geheime Energiequelle angezapft? Du hast ja geradezu Funken gesprüht heute. Ich habe mich noch nie so ausgepowert wie eben.«

Agnes, noch immer rot und verschwitzt, stürzte einen halben Liter Wasser runter, als wäre es nur ein Schluck.

»Beinahe. Aber das ist eine andere Geschichte. Übrigens, ich könnte heute Nachmittag die kleinen Katzen abholen, wenn es dir recht ist.«

»Ich habe Zeit, Deba. Und ich würde auch gerne die Geschichte dazu hören.«

»Gut, ich komme so gegen fünf zu dir.«

Agnes wohnt, wie gesagt, auf einem zum Wohnhaus umgebauten kleinen Bauernhof, wo sich eine ständig wechselnde Anzahl von Tieren aufhält. Mich begrüßten die Hundekälber Schnäuzelchen und Mäuschen mit überschwänglicher Feuchtigkeit.

»Jungs, ich habe mich heute schon gewaschen! Aus, Mäuschen! Aus, Schnäuzelchen! Ab! Platz, runter mit den Pfoten!«

Agnes kam mir zu Hilfe und packte die beiden Prachtexemplare rigoros an den Halsbändern.

»Sie lieben die Menschen. Ich fürchte, wenn hier ein Einbrecher versuchen würde hereinzukommen, würden sie ihn zu Tode schmusen.«

»Ja, ja, sie sind einfach niedlich!«

»Deine Kätzchen lieben sie auch heiß und innig. Wie heißen die eigentlich? Ich habe sie einfach Kit und Kat gerufen, und sie schienen damit ganz einverstanden.«

»Das wäre mir auch lieber. Aber Micki bestand auf Holy und Mystery. Das mit dem weißen Schwänzchen ist Holy.«

»Ein bisschen abgedreht ist das schon.«

»Nicht abgedrehter als Mäuschen für diesen Killerhund.

Aber sie haben sich inzwischen sowieso schon in Holly und Misty verwandelt.«

Wir waren in Agnes geräumige Großfamilienküche getreten, in der sich bei ihr das Leben weitgehend abspielte. Die heiligen Mysterien knäuelten sich im Hundekorb zusammen und jagten gemeinsam Traummäuse.

»So, was führte zu dem tragischen Ende der Mutterkatze.«

Ich berichtete Agnes von Mickis Verschwinden und Wiederfinden. In allen Einzelheiten. Und Agnes hörte gebannt zu, und als ich von der Dunkelheit im Keller sprach, entfuhr ihr ein leises: »Allmächtige!«

»Ja, es war schaurig, Agnes. So etwas habe ich noch nicht erlebt.«

»Aber du hast richtig gehandelt.«

»Was mag die Ursache dieser unnatürlichen Finsternis gewesen sein? Glaubst du, dass in dem Haus vielleicht mal ein Mord geschehen ist?«

»Das war auch mein erster Gedanke. Du und Micki, ihr seid sehr sensibel. Ihr nehmt aktiv Schwingungen wahr, die anderen nicht so bewusst werden. Alter Hass, Schmerzen, Grausamkeiten hinterlassen Spuren im Gewebe der Welt. Warum nicht auch dort? Es sind Vorkriegshäuser. Wer weiß, was dort alles geschehen ist.«

»Sogar die Männer von der Baustelle haben es gespürt.«

»Wirklich? Nun, du solltest nicht unbedingt noch einmal dort hingehen. Ich habe zwar viel für alte Häuser übrig«, sie machte eine raumgreifende Armbewegung, »aber bei denen wird es gut sein, wenn sie abgerissen werden.«

Ich nickte und zögerte etwas. Im Prinzip wäre Agnes die Richtige, um mir auch in einer anderen Sache einen Rat zu geben.

»Na, was ist, Deba? Du hast doch noch etwas auf dem Herzen?«

Ich holte tief Luft und stieß sie seufzend aus.

»Ja. Habe ich.«

»Na, dann bring es hinter dich. Du weißt doch, bei wem du bist.«

Ich nickte. Ja, ich wusste, bei wem ich mich befand.

»Wo wir gerade von Häusern sprechen … Seit ich in unser Haus eingezogen bin, passieren mir seltsame Dinge. Katharina und dir habe ich ja schon davon berichtet. Es ist jetzt etwas dazugekommen, was mir vielleicht etwas Aufklärung bringen könnte. Aber ich kann es nicht alleine deuten.«

Ich erzählte ihr von den beklemmenden Träumen, soweit ich mich an sie erinnern konnte.

Agnes sah mich lange an, oder besser, durch mich hindurch.

»Das hört sich nicht gut an. Jedes Mal bist du so außerhalb von dir gewesen?«

»Ja, das habe ich dann und wann. Üblicherweise ist es nicht dramatisch, und ich finde immer schnell wieder in meinen Körper zurück. Aber diesmal war es von stärkerer

Intensität. Alex hat mich für einen Flatliner gehalten, soweit hatte ich die Aggregate runtergefahren«, versuchte ich es leichthin zu beschreiben.

»Hast du dir Feinde gemacht?«

»Den Feind, den ich glaubte, mir gemacht zu haben, hat sich als – nun ja – Freund entpuppt.«

»Wenn du jemandem wirklich schaden willst, musst du zuerst sein Freund werden. Alte Weisheit von irgendwoher.«

»Ich weiß. Aber das kann ich nicht glauben. Die Feindseligkeit zwischen uns ist eher die zwischen zwei extrem unabhängigen Individuen. Wirklich schaden wollten wir uns eigentlich nicht.«

»Nein, das hatte ich auch nicht geglaubt. Es müsste auch jemand sein, der mehr über dich weiß und es ausnutzen will. Deborah, du hast von Natur aus gewisse Fähigkeiten. Wir haben vor langer Zeit darüber gesprochen, und ich habe dir Anleitungen gegeben, wie du sie sinnvoll kontrollieren und einsetzen kannst. Du kennst Rituale und Hilfsmittel, du hast die Macht. Und du hast dich freiwillig entschlossen, sie nicht zu nutzen. Oder eben nur in ganz seltenen Notfällen. Das ist doch noch so, oder?«

»Das ist noch so, Agnes. Ich habe niemanden vorsätzlich geschadet.«

»Das habe ich auch nicht gemeint. Es könnte ja jemand Interesse an deinen Fähigkeiten haben, um sie für sich einzusetzen. Dazu muss er nur mal mitbekommen, wie du irgendetwas in dieser Richtung unternimmst.«

»Meine Missgeschicke? Aber die sahen wirklich immer alle wie Zufälle aus. Vielleicht waren sie es auch.«

»Mach dir doch nichts vor, Deba. Es besteht ein Zusammenhang zwischen den Träumen und den destruktiven Energien, die du unwillkürlich freigesetzt hast. Du bist doch sonst ehrlich dir selbst gegenüber. Dann gib doch endlich diese Naivität auf, dass alles gut und weiß ist, nur weil du dich für diesen Weg entschieden hast. Durch Leugnen schafft man die dunkle Seite des Mondes nicht aus der Welt. Sie gehört zu uns – wie die helle Seite und das graue Dämmerlicht. Wie kann Katharina heilen, wenn sie nicht zerstören würde? Hast du mal darüber nachgedacht?«

Es gibt nicht viele Menschen, die in diesem Ton mit mir reden dürfen. Aber Agnes war in manchen Dingen einer Mutter so ähnlich, wie ich sie gebraucht hätte, dass ich es ihr zubilligte. Und sie hatte ja recht. Ich nickte kleinlaut und erzählte ihr von der Katze bei der Tierärztin.

Agnes war plötzlich blass geworden.

»Deba, was erzählst du da? Eine verbrannte Katze?«

Schuldbewusst nickte ich.

»Ja, Agnes, ich habe es fast bewusst eingesetzt. Ich habe es nicht ertragen, das Tier leiden zu sehen.«

»Das war richtig, Deba. Aber was mich erschüttert, ist, dass es überhaupt dazu gekommen ist. Es gibt mir zu denken.

Deba, ich weiß nicht, welchen Einflüssen du ausgesetzt bist, aber ich glaube, es wäre derzeit sehr sinnvoll, wenn du für dich und dein Haus für Schutz sorgen würdest. Wenn du willst, komme ich zu dir und helfe dir.«

»Du machst mir Angst, Agnes. Was vermutest du? Was weißt du?«

»Es gibt und es gab auch schon immer Menschen, die sich der Schwarzen Magie widmen. Einige sind harmlos, na, weitgehend. Früher oder später meist Opfer ihrer eigenen, sinnlos heraufbeschworenen Kräfte. Aber wenn solche Zirkel anfangen, blutige Rituale und schwarze Messen zu zelebrieren, bei denen Tiere geopfert werden, dann werden sie gefährlich. Katzen, besonders schwarze, sind beliebte Opfertiere. Friedhöfe beliebte Plätze. Bist du einem solchen Menschen in die Quere gekommen? Das würde diese Beeinflussung in deinen Träumen erklären.«

»Ich bin mir nicht sicher, ob ich solche Menschen kenne, Agnes. Es gibt Unsympathen, ja, aber deshalb muss nicht jeder, den ich nicht leiden mag, gleich ein Adept der Schwarzen Magie sein. Rüdiger ist ein Ekelpaket, Sonja eine Giftspritze, meine Nachbarin eine schräge Tussi, und ich könnte dir noch ein paar aufzählen, die einen für mich sonderbaren Lebenswandel und Geschmack an den Tag legen, aber ich kann mir nicht ohne weiteres vorstellen, dass die auf mitternächtlichen Friedhöfen Blutrituale vollziehen und die dunklen Mächte beschwören.«

»Und doch tut es jemand. Wenn auch vielleicht keiner der Genannten.«

»Du hast gesagt, Micki und ich seien sensibler als andere Menschen. Müssten wir die dann nicht erkennen?«

»Nicht unbedingt. Die wissen sich schon vor Entdeckung zu schützen. Aber es kann nicht schaden, wenn du deine Umgebung kritisch beobachtest. Und was deine eigenen Erfahrungen anbelangt, Deba, versuche nicht, sie aus dir auszuschließen. Nimm sie an und wandele sie mit Liebe. Dann kannst du sie so einsetzen, wie du es bei dem armen Kater getan hast.«

Ich stützte meine Ellenbogen auf den gescheuerten Holztisch und legte meine Stirn in die Hände. Es war wirklich ein wenig heftig, was in der letzten Zeit auf mich einprasselte. Agnes ließ mich für eine Weile allein und kam schließlich mit dem Katzenkorb wieder.

»Das, was du mir gesagt hast, macht mir zumindest die Worte von La Strega etwas klarer, Agnes. Sie hat gesagt, man kann geben und nehmen. Ich will noch mal darüber nachdenken.«

Agnes hatte die zwei zappelnden Kätzchen unter Knuddeln und leisem Summen in den Korb gesteckt und den Beutel mit dem Krimskrams danebengestellt.

»Vielen Dank für deine Hilfe, Agnes. Nicht nur bei den Katzen.«

»Keine Ursache. Helfen ist meine Aufgabe.«

»Deine Aufgabe?«

»Ja, meine. Katharinas Aufgabe ist Heilen, La Strega kocht. Mit Kräutern. Und deine?«

»Ich bin mir keiner bewusst, außer vielleicht mein Kind zu erziehen.«

»Das ist zwar auch eine Aufgabe, aber nicht das, was ich meine. Du hast ein unwahrscheinliches Potenzial, Deborah. Warum setzt du es nicht ein? Hast du so wenig Selbstvertrauen?«

Eine seltsame Frage, ausgerechnet mir zu wenig Selbstvertrauen zu unterstellen.

»Ich bin mir keiner größeren Aufgabe bewusst, Agnes. Niemand hat bisher eine Forderung an mich gestellt, kein Blitz der Erkenntnis hat mich getroffen. Warum sollte ich eine Aufgabe haben?«

»Jeder mit deinen Voraussetzungen hat eine.«

»Mich hat sie, scheint's, noch nicht gefunden.«

»Dann finde du sie, im Namen der Allmächtigen!«

Micki begrüßte die heiligen Mysterien mit überschwänglicher Freude und betuttelte sie, bis sie sich mit kleinen Kratzerchen wehrten. Nach Agnes' Anweisung fütterte sie sie mit Katzenmilch und zermatschtem Katzenkinderfutter. Ich hingegen war nachdenklich, andererseits sah ich auch alle paar Minuten aus dem Fenster. Kein Alex heute?

»Ach, Mam, du brauchst gar nicht so begehrlich rauszuschielen. Herr Harburg lässt ausrichten, er muss für drei, vier Tage nach Madrid.«

»So. Na, dann muss er das wohl.«

»Die Spanierinnen sollen ja sehr feurig sein.«

»So sagt man, Micki, so sagt man.«

Meiner Arbeit tat die Abwesenheit unseres Nachbarn gut, ich übersetzte Tabellenwerke und Legenden bis spät in die Nacht. Außerdem sagte ich mir, die Leidenschaft nutze sich sowieso schnell genug ab, umso schneller, je häufiger man sich ihr hingab. Nach den Zeiten jugendlichen Überschwanges hatte ich Maßhalten gelernt.

Doch als ich schließlich schlaftrunken in mein Bett fiel, musste ich feststellen, dass ich es dennoch nicht für mich alleine hatte. Irgendwie hatten Holly und Misty bei Agnes gelernt, dass es noch weitere Räume als nur die Küche gab, und hatten den waghalsigen Ausflug in mein Zimmer unternommen. Dort waren sie dann erschöpft auf meinem Kopfkissen zusammengebrochen, Nase an Schwanz und Schwanz an Nase. Ganz vorsichtig schob ich sie ein Stückchen zur Seite, um ja nicht den kostbaren Katzenschlaf zu stören. Dann legte ich mich dazu und schlief nach einer kurzen Besinnung auf das Tagesgeschehen ein.

Nicht tief, denn ich merkte, wie ich plötzlich eindeutig zum Mutterkatzenersatz wurde. Die Kätzchen hatten sich auseinandergeringelt, eines lag in meiner rechten Achsel, das andere in der linken, sie trampelten mit ihren kleinen, warmen Pfötchen, was das Zeug hielt, und fingen dann an, an meinem Nachthemd zu saugen. Arme, mutterlose Nuckeltierchen. Ich kuschelte mich zurecht und versank dann tiefer in den Schlaf.

Diesmal waren meine Träume harmlos, ja sogar friedlich und schön. Spielende Katzen tollten über junges Gras, haschten nach Hälmchen, Blütenblättern und bunten Schmetterlingen. Suchten Wärme und Trost in meinen Armen, sahen mich mit großen blauen Kinderaugen an und streckten mir ihre weichen Händchen entgegen. Der dunkle Flaum auf ihren Köpfen war seidig und roch nach süßer Milch. Die Kätzchen waren zu Kindern geworden, die mich mit sanfter Sehnsucht an das Baby Micki erinnerten.

Ich fühlte mich ausgeruht und voller Energie, als ich um sechs Uhr aufwachte. Die Kätzchen waren aus meinem Bett verschwunden, aber ich fand sie heftig in ihrer Toilette scharren. Sehr ordentliche Tiere!

»Uhhhaaa. Mam, bist du aus dem Bett gefallen?«

Eine verschlafene Micki stand barfüßig und im kurzen Hemd in der Tür.

»Sieht so aus. Schlaf mit Katzen hat etwas besonders Erholsames. Diese beiden Abenteurer haben nämlich mein Bett entdeckt und mich zu ihrer Ersatzmutter erklärt.«

»Dich? Ooooch.«

Ich zog die zauselige, bettwarme Micki an mich heran.

»Nicht eifersüchtig sein. Ich zeige ihnen heute Abend dein

Zimmer. Ich bin sicher, du kannst ihnen Freia noch viel besser ersetzen als ich. Und jetzt solltest du die jungen Tiger füttern, damit sie uns nicht das Fleisch von den Knochen reißen.«

An diesem Tag passierte noch etwas Bemerkenswertes.

Ich kam am späten Nachmittag von Schmitt & Mahler zurück, wo ich weitere Unterlagen durchgesprochen hatte, als ich erstaunlicherweise Xenia in unserer Küche antraf, die in knackig engen Jeans und einem weiten Hemd ziemlich normal aussah. Sie saß auf dem Fußboden und versuchte, Kontakt mit den Katzen aufzunehmen, wobei Micki ihr mit kritischen, aber wohlwollenden Blicken zusah.

»Sieh mal, Mam, wir haben Besuch.«

»Ich sehe. Hallo, Xenia, was führt Sie in unsere Küche? Doch nicht die beiden Schelme hier. Autsch! Holly, nimm die Krallen aus meiner Strumpfhose!«

Ich beugte mich hinunter, um das Tierchen von meinem Bein zu pflücken.

»Ich wollte wirklich die Kätzchen mal kennenlernen. Die alte Katze war ja manchmal draußen, aber die Kleinen habe ich noch nie gesehen. Wie unterscheiden Sie die beiden bloß. Für mich sieht eine aus wie die andere.«

»Oh, das ist der Mutterblick«, spöttelte Micki.

»Quark. Holly hat eine weiße Schwanzspitze.«

»Eine was? Bezeichnest du die drei Haare da hinten als Schwanzspitze?«

»Wart ab, das wächst sich raus. Misty, denke ich, wird wohl rabenschwarz bleiben.«

»Sie sind niedlich. Darf ich mal eins anfassen?«

»Nur zu. Aber die kleinen Krallen können ganz schön pieksen. Micki, gib ihr doch mal eine in den Arm.«

Mich traf ein Blick von meiner Tochter, der mir anzeigte, dass sie mit meinem Vorschlag nicht einverstanden war. Aber sie fügte sich und legte Xenia Misty in die Hände. Xenia hatte lange knochige Finger und eine Unmenge Ringe daran gesteckt. Die kleine Katze fühlte sich nicht wohl zwischen all dem Metall und wand sich heftig. Dabei blieb sie mit den Krallen zwischen einem Ring und dem Finger hängen, und das spitze Horn bohrte sich tief in Xenias Haut.

»Au! Aua.« Wütend versuchte sie das Tier loszuwerden und warf es fast auf den Boden. Micki stürzte hinzu, und beinahe hätte es eine Balgerei zwischen Töpfen und Pfannen gegeben.

»Ja, bin ich denn im Kindergarten?«, fragte ich ungehalten.

»Entschuldige, Mam, aber so darf man nicht mit Katzen umgehen.«

»Sie hat mich verletzt!«

»Xenia, stellen Sie sich nicht so an! Der kleine Kratzer! Da sehen wir oft ganz anders aus. Da, waschen Sie sich die Hände mit kaltem Wasser, dann vergeht der Schmerz.«

Erfreulicherweise beruhigten sich die beiden wieder, und Xenia plauderte sogar noch ein paar Minuten höflich über das Wetter. Dann verabschiedete sie sich, und ich geleitete sie zur Tür.

»Sie haben wirklich nicht mal Lust, mit mir wegzugehen? Ich habe interessante Freunde. Das ist doch langweilig, jeden Abend alleine hier zu hocken.«

»Danke für die Einladung, Xenia. Aber im Augenblick muss ich einen eiligen Termin einhalten und arbeite abends immer sehr lange. Aber wir können, wenn ich den Auftrag erledigt habe, gerne mal hier eine kleine Hausparty veranstalten.«

»Das könnten wir natürlich auch. Keine schlechte Idee«, sagte sie. Aber ihr Lächeln gefiel mir nicht, als ich die Tür hinter ihr zuschloss. Auf mich wirkte es hinterhältig.

»Das wird wohl eher eine House-Party, wenn du mich fragst.«

»Wir müssen sie ja nicht als DJ engagieren. Aber, Micki, du hast eine fatale Neigung zum Lauschen.«

»Stimmt. Es ist so ungeheuer nützlich.«

»Aber unmoralisch.«

»Wie so vieles, nicht wahr?«

»Mein Kind, du bist ein Lästermaul.«

»Durch und durch verdorben, Mam. Ein unmoralisches Lästermaul, aber was kann man in diesem verlotterten Haushalt auch anderes erwarten.«

»Dass du mal wieder dein Zimmer aufräumst und deine Sachen bügelst. Das würde ein Teil des Lotterdaseins beseitigen.«

»Da könnte vielleicht was dran sein.«

Während Micki bei schwungvollen Rhythmen das Bügeleisen bewegte, wirbelte ich mit Staubsauger und Wischtuch durch das Haus. Manchmal muss das sein. Und heute war es mir ein Bedürfnis, es zu reinigen, denn für den Abend hatte ich mir vorgenommen, einen Teil von Agnes' Rat zu befolgen.

Inzwischen wurde es schon früh dunkel. Als ich um neun Uhr mit meinen Vorbereitungen begann, war es Nacht geworden. Ich stellte auf einem Tisch in meinem Zimmer die Dinge zurecht, die Agnes mich gelehrt hatte zu verwenden. Ein zierlicher japanischer Dolch, der einmal meiner Mutter gehört hatte, der Ebereschenstab, den Kevin gebrochen hatte, eine kleine irdene Schale, die ich einmal selbst geformt, und eine verzierte runde Spiegelscheibe, die ich von Agnes geschenkt bekommen hatte. Vier weiße Kerzen, Lorbeer und Rosmarin. Meine Hilfsmittel sind schlicht. Große Gesten sind für große Massen. Ich halte nichts davon, zum Schutze eines Hauses nächtens ein halbes Pfund Salz verstreuend um das Gebäude zu traben und einen dumpfen Singsang zu intonieren. Es sei denn bei Glatteis. Und da braucht's keine Lieder. Meine Rituale, wenn ich sie denn schon einmal durchführe, sind für mich selbst und zeichnen sich durch Sparsamkeit aus. Sie wirken auch auf meine Weise. Eigentlich dienen sie nur dazu, Abstand zum täglichen Allerlei zu gewinnen. Meine eindrucksvollsten Zauber hatte ich bislang in der Sauna gewirkt, dann, wenn ich nach dem dritten Gang so richtig tief entspannt war. Aber auch das war schon lange her.

Diesen Abend hatte ich allerdings das Gefühl, eine kleine Zeremonie wäre ganz angebracht. Ich zog mir den schweren schwarzen Kimono über, dessen weite Ärmel bis zu meinen Knien reichten, entzündete das Räucherwerk und die Kerzen und setzte mich auf ein Kissen am Boden, um meinen Geist zur Ruhe zu bringen. Süß duftete der aufsteigende Rauch, die Flammen brannten stetig, verbreiteten ein stilles gelbes Licht, leise klang das Rauschen des Windes in den Bäumen zu mir in das Zimmer. Nach und nach verließen mich die Gedanken des Tages mit ihren rasch wechselnden Bildern, und aus meinem Inneren stiegen, schimmernden Seifenblasen gleich, die alten Symbole auf. Verharrten vor meinen Augen länger und länger.

Ein leichtes Flackern des Kerzenscheins lenkte mich ab. Ein Luftzug, der durch den Spalt der Tür fiel, ließ das Licht erzittern.

»Komm nur herein, Micki.«

»Ich wollte nicht stören.«

»Du störst nicht, Mausebärchen. Wenn du willst, kannst du teilnehmen.«

»Darf ich?«

»Vielleicht lernst du etwas, mh?«

»Gerne. Sag mir nur, was ich machen muss.«

»Setz dich einfach neben mich. Und lausche in die Stille. Du lauscht doch so gerne.«

Micki krabbelte zu mir auf das Kissen, und ich zog sie dicht zu mir heran, legte meinen Arm schützend um ihre schmalen Schultern. Eine Stimmung von großer Sanftheit und Traulichkeit umfing uns, geboren aus einer grenzenlosen Liebe. So saßen wir beieinander für eine Weile, die keine Zeit hatte. Und dann hatte ich die Worte gefunden, nach denen ich gesucht hatte.

»Wir wenden uns jetzt an die vier Himmelsrichtungen. Lass uns aufstehen!«

Ich erhob mich und nahm den Stab auf. Mit seltsam schweren Armen wies ich mit den leise gemurmelten Worten nach Osten, Süden, Westen und Norden, um den schützenden Kreis um uns und unser Haus zu ziehen. Dabei fühlte ich, wie ein Teil von Micki mich stärkte, sich mit meiner Energie verband und ein wirkungsvolles Netz aus Kräften webte, das uns vor misslichen Einflüssen behüten sollte.

Als es vollbracht war, setzten wir uns wieder auf den Boden und ließen die Stille nachwirken.

Ich sah die ruhig brennenden Kerzen an, und eine Idee formte sich. Wenn ich wirklich gezielt die zerstörende Seite meines Wesens einsetzen konnte, müsste ich dann nicht auch die Kerzen zum Erlöschen bringen können? Ich forschte in mir nach und fand eine Möglichkeit. Wenn mein Sinnen darauf gerichtet war, die Kerze vor dem Abbrennen zu bewahren, dann müsste durch die Zuneigung zur Kerze die Flamme ausgehen, oder?

Ich sah die Kerze des Ostens an. Die Flamme wurde kleiner, wurde blau und mager, der Docht glühte noch einmal auf, und dann kräuselte sich nur noch ein dünnes Rauchfädchen in der Luft.

Ich konzentrierte mich auf die Flamme des Südens. Sie erstickte ohne Flackern. Die dritte Kerze knisterte leicht, die vierte glühte ein wenig länger nach. Zufrieden saß ich in der Dunkelheit, nur das Räucherwerk gloste noch sacht unter seiner Asche.

»Hast du das gemacht, Mam?«, flüsterte Micki.

»Ja. Und zwar ganz bewusst. Komm, zünde du sie wieder an.«

In kleinen Feuerzaubern ist Micki inzwischen gut. Sie brauchte nur ganz wenig länger als ich, um die vier Kerzen wieder zum Brennen zu bringen.

»Fein. Und jetzt wollen wir den Kreis auflösen.«

Ich erhob mich wieder, und mit erneut erstaunlich schweren Armen zog ich den Kreis um uns herum. Mysteriös – meine Arme schienen sich selbständig machen zu wollen, die Ärmel meines Kimonos wedelten, es quiekte protestierend, und ein Nieser kam aus der linken Seite.

»Huch!«, sagte Micki, was sich ängstlich anhörte.

Dann gab es zweimal einen Plumps, und das Geheimnis der schweren Arme war gelöst. Das heilige Mysterium hatte an dem Ritual teilgenommen, verborgen schlummernd in den Tiefen des Gewandes.

»Die Katzen? Wie sind die denn da reingekommen?«

»Wahrscheinlich sind sie mit dir in das Zimmer geschlüpft. Na, Katzen dürfen das. Jetzt haben sie sich ihren Namen wenigsten verdient.«

Zumindest in den nächsten Nächten blieb ich von beklemmenden Träumen verschont. Die Woche verging, es wurde noch einmal wärmer, ein Nachwehen des Sommers mit den Feuerfarben des Abschieds. Doch mit dem Wochenende kam wieder der Herbst zurück. Und er kam gewalttätig mit einem Sturm, der sich über fernen Wassermassen satt getrunken hatte.

Am Freitagmorgen noch war es schön gewesen, die Frühnebel hatte die Sonne bald vertrieben, und ich, die ich dem Wetterbericht ungefähr genauso vertraue wie den Börsenberichten oder Zeitungshoroskopen, ignorierte ganz einfach, dass es bereits in den Mittagsstunden zu einer drastischen Verschlechterung der Lage kommen sollte. Die vergangenen Tage war ich noch immer mit dem Rad zum Studio gefahren, warum also nicht auch heute? Der Winter würde lang genug dauern.

Aber in diesem Fall hatten sich die Freunde des meteorologischen Orakels unerwartet doch nicht geirrt, denn als ich nach meinem Kurs gegen halb zwölf aus der Tür hinaussah, bogen sich bereits die magersüchtigen Bäumchen auf dem Parkplatz, als müssten sie vor mir den Hofknicks zelebrieren. Na fein, das würde ein anstrengendes Gestrampel werden. Aber so lange es wenigstens noch nicht dabei feucht war, na gut, hatte ich eben ein paar Kalorien mehr zu verbrennen.

Da ich den Weg um die Abbruchhäuser in der letzten Zeit vermied, hatte ich etwa einen Kilometer Umweg über belebte Straßen zu fahren. Ich geriet ganz gut ins Schnaufen, denn in welche Richtung ich auch fuhr, der Wind schien beständig von vorne zu kommen. Mir wurde so warm, dass ich die Ärmel meines Trainingsanzugs bis zu den Ellenbogen hochschob und den Reißverschluss der Jacke bis zur Taille aufzog. Der Stoff blähte sich dadurch gewaltig auf und gab mir vermutlich das Aussehen eines hochschwangeren Segelschiffes.

Leider auch die Windschlüpfrigkeit eines solchen. Und es kam, wie es kommen musste. In einer Kurve erfasste mich eine Böe, und ich verlor meinen geraden Kurs. Nur den Bruchteil einer Sekunde vorher erahnte ich das herannahende Auto und warf mich zur Seite in Richtung Bürgersteig. Viele Jahre Training machten sich endlich bezahlt. Das Fallen hatte ich gelernt, und es bewährte sich in der Praxis. Ich kam auf den Händen auf, schrammte mit den Unterarmen über das Pflaster, schlug mit dem rechten Knie am Bordstein auf, aber mein Kopf blieb unversehrt. Und der Rest, soweit ich es nach der Schrecksekunde beurteilen konnte, auch. Nur mein Fahrrad lag unter dem Auto, ein verbogenes Wrack aus Alu, Plastik und Gummi.

Der Fahrer des Wagens war ausgestiegen und stand blass vor Entsetzen vor den Trümmern. Natürlich gab es auch gleich ein paar fachkundige Passanten, die viele Worte für das Geschehen übrig hatten, aber keinen Handschlag taten, um mir aufzuhelfen.

Ich setzte mich also selbst auf, und der Fahrer kam mit großen Schritten auf mich zu.

»Mein Gott, Mädchen, ist dir was passiert?«

Wahrscheinlich hatte ich mal wieder Schmutzstreifen im Gesicht, und meine Aufmachung war fern vom Damenhaften. Aber ich zumindest erkannte den Herrn Mahler von Schmitt & Mahler. Die hochgewachsene Gestalt mit dem gepflegten Unternehmerbauch in teurer Schurwolle war unverkennbar.

»Meinem Radel können Sie die letzte Schmierung geben, aber ich scheine es überlebt zu haben, Herr Mahler.«

Er sah mich jetzt noch entsetzter an, Erkennen dämmerte in seinen Zügen auf.

»Frau McMillen? Ach, du großer Gott. Ich hätte Sie fast überfahren. Und Sie bluten ja. Bleiben Sie sitzen, ich rufe den Notarzt.«

Er wollte zum allgegenwärtigen Manager-Handy greifen, aber ich stand schon auf wackeligen Knien neben ihm und fiel ihm in den Arm.

»Lassen Sie das bloß. Es sind wirklich nur ein paar Abschürfungen und vielleicht ein blauer Fleck am Knie. Ich habe im Training schon üblere Stürze gemacht. Wenn Sie ein gutes Werk tun wollen, dann bringen Sie mich nach Hause, sofern Sie die Zeit dazu haben. Ansonsten wäre ein Taxi okay.«

»Aber natürlich bringe ich Sie nach Hause. Sind Sie ganz sicher, dass Sie keine schlimmeren Verletzungen haben? Manchmal merkt man das erst später. Vor allem, wenn Sie sich den Kopf angeschlagen haben.«

»Wieviel das wert ist, weiß ich zwar nicht, aber es ist mir gelungen, das gerade zu vermeiden. Sie werden Ihre Übersetzungen schon noch pünktlich bekommen.«

Ich mag einfach nicht so übertrieben betuttelt werden.

»Sie sind ziemlich hart im Nehmen. So einen Eindruck hatte ich bislang noch gar nicht von Ihnen.«

»Sie haben mich ja auch noch nicht in meiner Rolle als einsamer Reiter im Sturm gesehen«, musste ich lachen. Endlich gab Mahler seine überbesorgte Haltung auf und wurde wieder zum Macher. Er öffnete den Kofferraumdeckel und zerrte mein armes, verbeultes Rad unter dem Fahrzeug hervor, um es dort hineinzulegen.

»Sie können es ruhig knautschen, da ist sowieso nicht

mehr viel dran zu machen. Zwei Tonnen bügeln selbst in das teuerste Mountainbike Falten rein, die nicht mehr herausgehen.«

»Sie bekommen selbstverständlich ein neues von mir, Frau McMillen.«

Ich zuckte mit den Schultern, während ich ein paar Papiertaschentücher aus der Jackentasche zupfte, um meine Unterarme zu betupfen. Ich wollte nicht noch zum Überfluss seine exklusiven Ledersitze verschmieren. Letztlich war er ja gar nicht an dem Unfall schuld. Aber das konnte ich ihm zumindest im Moment nicht ausreden.

Er half mir auch noch, die Überreste des Rades an die Hauswand zu lehnen, gerade richtig zwischen unseren und Harburgs Mülltonnen, und geleitete mich dann die drei Stufen zur Haustür hoch.

»Sorgt denn jemand für Sie, Frau McMillen? Ich meine, falls es doch noch Nachwirkungen gibt?«

»Meine Tochter kommt gleich aus der Schule. Sie wird schon aufpassen, dass ich nicht umkippe.«

»Sie haben eine Tochter? Das wusste ich ja gar nicht. Ich dachte, Sie leben alleine. Pardon, das ist mir so rausgerutscht.«

»Ich lebe mit meiner Tochter zusammen, also nicht alleine. Micki ist vierzehn und sehr vernünftig. Sie können mich wirklich der häuslichen Pflege überlassen, Herr Mahler.«

»Vierzehn? Ich dachte ... Oh, ich muss noch unter Schock stehen, sonst bin ich nicht so taktlos.«

»Macht nichts. Da ist Micki schon.«

Es war mir ein Vergnügen, ihm meine milchkaffeefarbene Schönheit von einer Tochter vorzustellen.

»Michaela, das ist Herr Mahler, von Schmitt & Mahler, der mich – wie das so schön heißt – zufällig getroffen hat.«

»Guten Tag, Herr Mahler. Wie geht es Ihnen?« Wenn Micki mit Michaela angeredet wird, legt sie ein förmliches Verhalten an den Tag, von der sich jede fünfzigjährige Herzogin beim Tee noch etwas abschneiden könnte.

Er nahm ihre huldvoll ausgestreckte Hand, und halb und halb erwartete ich, dass er sie an die Lippen ziehen würde. Soviel zu Mickis Aurakontrolle. Wir beide waren schon ein gutes Team, wenn es darum ging, Männer zu verwirren. Heißa, wie sollte das erst in zwei, drei Jahren werden?

»Mam, du siehst mal wieder unmöglich aus«, fiel sie aber dann aus der Rolle.

»Fräulein Michaela, daran bin ich schuld. Ich habe bedauerlicherweise Ihre Mutter angefahren. Sie wollte aber nicht zum Arzt, darum vertraue ich Sie jetzt Ihrer Obhut an.«

Micki musterte ihn, dann mich, dann wieder ihn, und das Familienerbe brach durch.

»Sind Sie eigentlich verheiratet?«

»Nein, warum?«

»Darf ich dann Herrchen sagen?«

»Mi-cha-e-la!«

Zum Glück war Mahler nicht ganz fern von jedem Humor. Er lachte kurz auf.

»Vielleicht sollte ich Sie und Ihre Mutter etwas besser kennenlernen. Ich kann einige interessante Eigenschaften feststellen, die ich bislang wohl übersehen habe. Aber jetzt waschen Sie endlich Ihre Wunden aus. Wir sehen uns nächste Woche. Und rufen Sie mich an, falls sich noch irgendetwas ergeben sollte. Ich bin für Sie da.«

Als er im Auto saß, gab Micki einen fürchterlichen Laut von sich. Irgendwas zwischen unterdrücktem Rülpsen und Kichern.

»Was ist los, Mam? Du meuchelst Männerherzen am laufenden Band.«

»'tschuldigung, der war nicht geplant. Aber ich muss aus den Sachen raus und brauche Eis aufs Knie.«

Ich versorgte mich im Badezimmer und musste grinsen. Nein, das war wirklich nicht geplant. Und Micki fragte auch noch, ob er verheiratet war. Na, vielleicht eine Gelegenheit, die man nicht unbedingt ausschlagen musste. Irgendwie war ich mit Alex auf den Geschmack gekommen.

Und diese kleine Flamme des Begehrens schoss durch meinen wunden Körper, und die Sehnsucht nach einem harten, haarigen Körper verdrängte jeden Schmerz. Heute Abend würde er ja wohl zurückkommen.

»Wie ist das gekommen, Mam? Das Rad sieht ja aus, als wärst du durch eine Schrottpresse gefahren. Ist dir auch wirklich nichts passiert?«

»Fünfzehn Jahre Fallschule haben Früchte getragen, Mausebär. Lieber die Arme aufgeschürft, als selbst unter das Auto zu kommen. Schon gut, ich werde morgen und übermorgen vermutlich am ganzen Körper Muskelkater haben, und meine Schönheit leidet auch ein wenig unter den Schrammen, aber so schlimm ist es ja nicht.«

»Und den Muskelkater kann ein gemeinsamer Bekannter sicher kurieren.«

»Warten wir das ab! Aber ich habe heute zumindest gelernt, bei einem solchen Kuhsturm lieber nicht aufs Rad zu steigen.«

Ich erzählte Micki von dem Unfall, und sie sah verständnisvoll nach draußen.

»Wird auch noch zu regnen anfangen. Da kriegen die Flieger immer Verspätung!«

»Macht nichts. Ich esse jetzt eine Kleinigkeit, dann fahre ich einkaufen. Was hältst du von Lasagne?«

»Ungeheuer viel. Kannst du zwei Schüsseln voll machen?«

»Eine große für dich und Kevin und eine kleine für mich?«

»Zwei gleich große. Du hast wahrscheinlich einen großen, starken Mann zu ernähren.«

»Sag mal, Micki, du magst Alex, nicht wahr?«

»Ja. Ich hab ihn eigentlich von Anfang an gemocht. Er ist

nämlich nur nach außen so rumpelig. Ich denke, er … er könnte dich liebhaben.«

»An dieser Stelle weichen unsere Meinungen etwas voneinander ab. Aber das macht nichts.«

Als ich vom Einkaufen zurückkehrte, hatte es wirklich angefangen zu regnen. Nicht nur in einzelnen Tropfen, sondern in ganzen Kannen. Und der Wind peitschte die Nässe gegen die Fenster. Ich bereitete unser Essen für abends zu und legte mich dann mit dem Eisbeutel auf dem Knie auf das Sofa, um irgendein dümmliches Buch über zauberkräftige Frauen zu lesen, die Männern reihenweise den Kopf verdrehten. Aber noch nicht einmal auf dieses dünne Brett konnte ich mich konzentrieren. Holly und Misty war das Regenwetter offensichtlich auf die Laune geschlagen, die beiden lagen eng aneinandergekuschelt auf dem Sessel, Micki hatte ich mitsamt der Lasagne zu Kevin gefahren, und jetzt lauschte ich auf die Autos, die vor dem Haus einparkten. Es war wohl gegen sieben, als das gewünschte Geräusch erklang und auch das Klappen der Haustür nebenan folgte.

War ich eigentlich noch ganz normal? Welchen Grund sollte Alex überhaupt haben, gleich zu mir gesprungen zu kommen, um das Thema vom vergangenen Wochenende wieder aufzunehmen? Er hatte sich schließlich die ganze Woche über nicht gemeldet. Andererseits – hatte ich es getan? Und dennoch lauschte ich weiter. Eine Viertelstunde verging, eine halbe, eine Dreiviertelstunde. Der Wind heulte um das Haus, der Regen plätscherte auf die Steinfliesen der Terrasse.

Ich stand auf und schleppte mich in die Küche, um mir die Lasagne warm zu machen, inzwischen steif am ganzen Körper.

Als ich die Flasche Rotwein öffnete, klingelte es an der Tür.

Nur langsam, Deba, befahl ich mir. Lass nichts fallen! Ich straffte mich und ging zum Flur. Öffnete die Tür.

»Guten Abend, Frau Nachbarin.«

»Guten Abend.«

»Möchtest du, dass der Regen deinen Flur unter Wasser setzt?«

»Ich kann die Tür auch zumachen. Möchtest du davor oder dahinter stehen bleiben?«

»Wenn du mich einlädst, würde ich schon gerne reinkommen.«

»Wir machen uns das heute ein wenig schwierig, nicht?«

Die Tür fiel hinter ihm zu, und er sah mich von seiner Höhe herab an. Ich war barfuß und bis zu den Fingerspitzen in einen warmen Jogginganzug gehüllt, denn nach sexy Aufmachung war mir mit den schmerzenden Knochen nicht.

»Magst du mit mir essen? Ich habe gerade Lasagne in den Backofen gestellt.«

»Keine schlechte Idee. Der Flug war grässlich heute. Verspätung, wegen der Turbulenzen konnte das Essen nicht serviert werden. Und die Landung hat mich kurzfristig meinen Frieden mit diesem Leben machen lassen.«

Ich nannte mich selbstsüchtig. Alex hatte eine stressige Woche gehabt. Und ich meine Wichtigkeit mal wieder herzhaft überbewertet.

Ich lächelte ihm zu und wollte mich zur Küche umdrehen, als er mich am Arm nahm.

»Solange kann ich auf das Essen noch warten«, sagte er und küsste mich lange, ausgiebig und so, dass diesbezüglich kaum noch Fragen offen blieben. Nur dass er dabei die Prellungen an meinen Armen schmerzhaft drückte. Aber da musste ich jetzt nun mal durch.

»Schön, das ging als Vorspeise. Darf ich jetzt zu Tisch bitten? Sonst gibt es nur noch überbackene Kohle.«

Wir aßen in Schweigen, Alex schien wirklich hungrig zu sein.

»Was für ein Genuss, nach Hause zu kommen und ein Essen vorbereitet zu finden. Das habe ich nicht oft, Deba.«

Wir hatten zwar nie darüber gesprochen, aber es hatte sich wohl so ergeben, dass wir beide unsere Vergangenheit nicht weiter voreinander ausbreiteten. Diese Bemerkung war die erste, die auf sein Leben vor Deba schließen ließ. Ich ließ es auf sich beruhen.

Der Wind schien sich etwas beruhigt zu haben, und der

Regen tröpfelte jetzt nur noch an die Scheiben. Ich stand ein bisschen mühsam auf und betrachtete den Lichtstreifen, den die Laterne vor dem Haus auf den nassen Asphalt warf. Der Baum daneben warf einen gespenstischen Schatten über die Straße.

Alex trat hinter mich und sah ebenfalls hinaus.

»Sag mal, welcher Idiot hat eigentlich das Schrottfahrrad zu unserem Müll gestellt?«, brummte er.

»Oh, das war Herr Mahler.«

»Kenne ich Herrn Mahler?«

»Nein, aber ich. Er ist mein Auftraggeber.«

»Was gibt der dir in Auftrag? Fahrräder reparieren?«

Ich musste lachen, das war eine neue Sichtweise meiner Aufgabenstellung.

»Nein, Übersetzungen ins Amerikanische, Manuals für CAD und CAM und solche Dinge.«

»Ich weiß vermutlich nicht sehr viel von dir.«

»Macht nichts, ich habe dich ja anfangs auch für den Polier am Bau gehalten. Es hat meinen Vater ganz schön schockiert, als er herausfand, was du wirklich bist.«

»O ja, ich hatte mich schon über sein eigenartiges Verhalten gewundert, als er mich ansprach. Na, dann sind wir ja quitt. Aber verrätst du mir trotzdem, warum dein Auftraggeber halbzerfallene Fahrräder hier ans Haus lehnt? Oder haben wir Sperrmüll?«

»Nein, das ist mein Rad.«

»Dein Rad? Kind Gottes, lass dir doch nicht jeden Wurm aus der Nase ziehen!«

»Du bist gereizt, lieber Alex. Und ich bin kein Kind Gottes. Ich hatte einen kleinen Sturz vom Rad, und Mahler hat mich zurückgefahren.«

»Einen Sturz? Und dabei ist ganz zufällig das Rad unter sein Auto gekommen, was? Von alleine verbiegt sich das nämlich nicht so. Deba, ich habe dir schon mal gesagt, du sollst vorsichtiger sein. Du bist kein Teenie mehr.«

»Halt die Luft an, Alex! Das war meine Schuld, ich hatte den Wind unterschätzt. Aber mir ist schließlich nichts passiert.«

»Mädchen, du bis sagenhaft unverantwortlich. Ich finde es unmöglich, dass du ständig solche Risiken eingehst. Mein Gott, wer soll sich denn um Micki kümmern, wenn dir was Ernsthaftes geschieht?«

»Erst bin ich kein Teenie mehr, dann bin ich ein Mädchen. Was glaubst du eigentlich, mit wem du sprichst? Ich bin eine Frau, die auf sich selbst ziemlich gut aufpassen kann. Das habe ich in einer reichlich harten Schule gelernt. Und ich gehe keine ungewöhnlichen Risiken ein, wenn ich Fahrrad fahre oder mit den Skates durch den Park laufe.«

»Und auf schwankenden Leitern Dachrinnen leerst, wackelige Elektroinstallationen montierst und solche idiotischen Dinge machst.«

»Ich habe dir schon ein paar Mal gesagt, du sollst dich

nicht einmischen. Wenn du nichts anderes hier willst, als mir Gardinenpredigten zu halten, dann kannst du auch wieder gehen!«

Ich war stinksauer geworden.

»Auch recht. Du bist ein verzogenes, egoistisches Geschöpf. Ach, was rede ich denn!«

Alex stürmte zur Haustür, und ich keifte hinter ihm her: »Woher nimmst du eigentlich das Recht, mich ständig zu bevormunden und zu beleidigen?«

»Nirgendwoher, offensichtlich. Und das ist ganz gut so. Ich habe meine eigenen Sorgen.«

Er machte die Tür auf, und ich hinkte hinter ihm her, kochend vor Wut. Und gerade, als ich auf den Treppenabsatz trat, um ihm noch einen besonders herzhaften Abschiedsgruß hinterherzubrüllen, fauchte eine unerwartete Böe kreischend um die Ecke, wirbelte nasses Laub auf und verfing sich in den Ästen der Robinie vor dem Haus. Es krachte, ich wurde an die Haustür geschleudert, bekam Äste und Blätter um die Ohren gepeitscht, und Alex drückte mich mit seinem Körper fest an die Wand. Ich jaulte vor Schmerz auf, als mein verletztes Knie auf das Treppengeländer traf.

Selbstgefällige, überhebliche, dumme Kuh, die ich war, hatte ich geglaubt, nach dem Kerzenauslöschen Kontrolle über die Kräfte der Zerstörung gewonnen zu haben. Und jetzt das!

»Verdammt noch mal, das Ding ist genau vor der Haustür gelandet. Wir müssen es wegräumen.«

Alex zerrte bereits an den Ästen, die beinahe ins Haus wuchsen. Ich half ihm, den Stamm wenigstens von der Treppe zu schieben, was den Schürfwunden an meinen Unterarmen nicht sonderlich gut tat.

»Mach doch mal das Außenlicht an, Deba.«

Ich humpelte die Stufen hoch und schaltete das Licht ein. Der Baum war in der Mitte verdreht, gesplittert und gerissen. Die belaubte Krone war abgebrochen und lag jetzt auf dem Bürgersteig.

»Lassen wir es, Alex. Jetzt kann man sowieso nicht mehr viel machen. Wenigstens blockiert er nicht die Straße.«

Alex, durchweicht und grimmig, sah zu mir hoch. Ich erwartete einen weiteren Vorwurf. Aber der kam nicht, sondern ein besorgter Ausdruck machte sich auf seinem Gesicht breit.

»Deine Arme bluten. Hast du dir wehgetan?«

Mit zwei Sprüngen war er neben mir und ergriff meine Hände. Ich wollte sie wegziehen, aber er hielt mich fest.

»Das hast du dir nicht gerade eben geholt. Rein mit dir! Und erzähl mir von dem Unfall.«

»Da ist wirklich nichts zu erzählen. Muff mich nicht schon wieder an.«

»Ich muffele nicht. Erzähl!«

Ich berichtete also zum zweiten Mal die Geschichte von meinem hübschen Sturz.

»Mh, gut, dass du das beherrschst. Komm mal mit, ich helfe dir, die Arme zu verbinden.«

»Nanu, kein Anpfiff wegen meiner unweiblichen Kenntnisse der Selbstverteidigung?«

»Ich bin doch kein Macho.«

Worüber ich herzhaft lachen musste.

Dann gingen wir ins Badezimmer, und ich versuchte, einigermaßen schmerzlos aus meinem Trainingsanzug zu kommen. Alex half mir, mit Salbe und Verbandsmull die erneut aufgerissenen Hautstellen zu verbinden, und legte mir eigenhändig die Eiskompresse auf die blaurote Prellung am Knie.

Er machte das alles sehr geschickt und zartfühlend, was mich ein bisschen erstaunte.

»Vermutlich tut dir der ganze Körper weh, was? Du schienst mir vorhin etwas steif zu sein.«

»Ja, tut er.« Warum leugnen? Ich fühlte mich, als wäre ich – und nicht mein Rad – in eine Schrottpresse geraten. »Woher weißt du?«

»Oh, in meiner ungeratenen Jugend habe ich die eine oder andere Erfahrung diesbezüglich gesammelt.«

»Hey, ein kleiner Raufer gewesen, was?«

»Manchmal ließ es sich nicht vermeiden.«

»Und – hat *dir* jemand Vorwürfe gemacht?«

»Warum sollte jemand?«

»Nun, wegen der Risiken, die man dabei eingeht!«

»Soll das eine Retourkutsche sein?«

»Nur eine ganz kleine.«

»Mir hat keiner Vorwürfe gemacht, aber heute denke ich, es hätte besser jemand getan. So, ist das hier dein Massageöl?«

»Ja, das ist Rosmarinöl, warum?«

»Weil ich ein gutes Mittel gegen einen schmerzenden Körper weiß.« Er lächelte mich ein bisschen spöttisch an. »Vorausgesetzt, du lässt dir eine solche Behandlung noch von mir gefallen.«

»Wäre ich nicht dumm, wenn ich es ablehnte?«

»Dann nimm dein Handtuch und komm mit.«

Ich musste mich bäuchlings auf das Bett legen, die bandagierten Arme um das Kopfkissen geschlungen, und er begann mit großen Strichen und sehr vorsichtig, die Steifheit aus meinem Rücken zu massieren. Ich merkte, dass ich immer lockerer wurde, meine Haut begann warm zu werden, und auch andere Verspannungen lösten sich allmählich. Ich döste gedankenlos vor mich hin, immer nahe an der Grenze des Einschlafens. Eine gefährliche Grenze. Hier wurden Wünsche manifestiert.

»Dreh dich um, Deba.«

Vorsichtig nahm Alex mich bei den Schultern und half mir, mich auf den Rücken zu drehen. Die Eiskompresse war inzwischen lauwarm geworden, er nahm sie fort. Dann schüttete er noch ein paar Tropfen Öl in die Handflächen und massierte meine Arme bis zu den Bandagen, meine Schultern und …

»Du, da sind aber keine Verspannungen!«

»Nein? Fühlt sich aber so an.«

»Alex!«

»Mh.«

»Ich garantiere für nichts, wenn du das machst.«

»Das ist gut, dann kann ich ja weitermachen.«

Er war sehr sanft zu mir an diesem Abend, aber als er dann an meiner Seite lag, war er kurz darauf in tiefen, erschöpften Schlaf gefallen. Wahrscheinlich hatte er wirklich eine anstrengende Woche hinter sich. Ich fühlte seinen Herzschlag und hörte seinen Atem. Und schlief ebenfalls ein.

Ein fernes Geräusch weckte mich. Ich drehte vorsichtig den Kopf, um auf die Uhr zu schauen. Es war bereits halb acht, und das Zimmer war hell geworden. Alex schlief noch immer ganz ruhig an meiner Seite, den Oberkörper halb entblößt, einen Arm unter meinem Kopf. Aber da gab es ein weiteres interessantes Detail.

»Muss ich wach werden?«

»Nein, Alex, nicht unbedingt.«

Er schlug dennoch die Augen auf, wollte mit dem anderen Arm zu mir hinübergreifen und fragte: »Was ist das?«

»Das sind die heiligen Mysterien. Seit sie ihre Mutter verloren haben, scheint dieser Platz dort dem vermissten Mutterfell am nächsten zu kommen.«

Mit einem Zeigefinger stupste Alex das schwarze Hügelchen aus Katzen auf seiner Brust an.

»Mickis Katzen?«

»Holly und Misty in Person.«

»Ich mag Katzen, aber wie kriege ich die jetzt hier weg? Sowie ich zucke, kommen ihre Krallen raus.«

»Ach, komm, eine Katzenmutter ist auch nicht so empfindlich. Das ziept ein bisschen im Fell. Du kannst schon froh sein, dass sie nicht anfangen zu nuckeln«, kicherte ich vor mich hin.

»Also, langweilig ist es bei dir nicht. Auf, ihr Würmer, ich bin ein gestandener Mann und keine Mutter für euch. Macht, dass ihr auf den Boden kommt.«

Mit sehr protestierender Haltung erhoben sich die beiden aus der schwarzgrauen Wolle und sprangen vom Bett. Ich stand ebenfalls auf, zog den Kimono über und machte ihnen die Tür auf. Mit stolz erhobenen Schwänzchen trippelten die Kleinen hinter mir her, um an der Basis-Station in der Küche für ihr leibliches Wohl zu sorgen. Ich sorgte für das unsere und stellte die Kaffeemaschine an. Alex, mit einem Handtuch um die Hüften, kam ebenfalls zu mir hinunter und fragte: »Micki ist wieder ausgeflogen?«

»Ja, sie wird sicher so gegen zehn zurückkommen. Zeit genug für einen Kaffee im Déshabillé.«

»Im was?«

»Im Schlampenlook.«

»Ungepudert und ungeschminkt. Na gut. Wie geht's dir, Deba?«

»Oh, prima. Nur das Knie quiekt noch. Und du – endlich ausgeschlafen?«

Alex grinste schief.

»Nicht sehr gentlemanlike, heute Nacht, was? So einfach einzuschlafen.«

Er setzte sich an den Tisch und ließ sich die Tasse reichen.

»Waren ein paar harte Tage für dich?«

»Ja. Und eigentlich hätte ich auch übers Wochenende dableiben müssen. Morgen Mittag muss ich schon wieder los.«

»Warum bist du dann nicht geblieben?«

»Ich wollte nach dem Haus sehen. Der Auftrag kam am Montag ziemlich überstürzt. Tut mir leid, dass ich dir nicht Bescheid sagen konnte.«

»Schon gut. Das ist dein Job. Den musst du machen, wie es notwendig ist.«

»Ja, Deba. Aber ich wollte auch dich sehen. Wenn auch nur für ein paar Stunden.«

»Oh …«

Eine plötzliche Wärme breitete sich in mir aus. Ich ging zu ihm und zog seinen Kopf an meinen Bauch.

So fand uns Micki, die ungewöhnlich früh ins Haus kam.

»Huch! Ihr seid schon auf? Ich wollte mich ganz leise reinschleichen. Was ist eigentlich vor dem Haus passiert? War dir gestern noch nach Bäumeausreißen, Mam?«

»Rühr nicht dran, Micki!«

»Oh, oh. Hat dich jemand geärgert?«

Ich schickte ihr einen strafenden Blick, und sie bückte sich, um Holly auf den Arm zu nehmen und zu kraulen.

»Michaela, ich muss Ihnen eine Rüge erteilen«, grummelte Alex, als er das sah. Und Micki sah erschrocken auf.

»Sie verwöhnen diese Tiere maßlos. Keines der beiden Katzenkinder hat heute Morgen eine bevorzugte Behandlung verdient.«

»Nein? O je, haben sie sich schlecht benommen? Haben sie Ihnen ins Hemd gemacht, oder so was Ähnliches, Herr Harburg?«

»So weit ging die Frechheit nicht. Nein, sie haben mich – mich! – einen gestandenen Mann von Welt, als Ersatz für ihre dahingegangene Mutter auserkoren und es sich auf meiner wolligen Brust gemütlich gemacht.«

»Neiiiin!« Ein Quiekser, dann brach Micki schallend lachend auf einem Stuhl zusammen. »Das ist … das ist …«

»Affengeil?«

Zwischen Glucksen und Lachen schnaubte Micki plötzlich: »Ach, sagen Sie doch Micki zu mir, bitte. Und einfach ›du‹, ja?«

»Bist du bereit, mich Alex zu nennen?«

»In guten und in schlechten Tagen? Nein!«

»Nein?«

»Nein. An deinen schlechten Tagen bist du weiterhin der Schorsch!«

»Der wer? Warum zuckst du, Deba?«

Reichlich unzusammenhängend erklärten wir Alex, wie er zu dem Titel »der Schorsch von nebenan« gekommen war.

»Ich muss euch beiden nicht immer von meiner rosigsten Seite erschienen sein«, meinte er, ehrlich zerknirscht.

»Na ja, es war etwas gewöhnungsbedürftig. Aber das schleift sich ein, Herr Nachbar.«

Er ging dann aber bald nach nebenan, und wir erledigten die anstehenden Arbeiten.

»Mam, macht das was, wenn ich heute Abend zu Hause bleibe?«

»Also, Micki! Du wohnst hier. Wie kommt's, Krach mit Kevin?«

»Nein, aber seine Eltern kommen heute wieder.«

»Oh, ach so. Aber wenn du möchtest, kommt Alex auch nicht her.«

»Du wohnst hier, Mam.«

»Ach, Micki, was sind wir höflich zueinander!«

»Ja, nicht? Und was ist mit dem Baum los? Das sieht mir nach einem heftigen Streit aus.«

Ich erzählte es Micki, wenn auch nicht alle Einzelheiten.

Wind und Regen hatten sich verzogen, und man munkelte von einem Zwischenhoch. Wahrhaftig, gegen Mittag kam die Sonne zwischen den regengrauen Wolken hervor, und ein Blick über Terrasse und Garten bestätigte die schlimmsten Vermutungen. Meine Pflanzschalen waren voll Wasser oder umgekippt, die Rosen heruntergebrochen, Äste verstreut über dem Rasen, eine Reihe leerer Blumentöpfe war zerschellt.

Ich zog meine ältesten Klamotten an, denn das roch nach feuchter Schmutzarbeit. Meine bandagierten Hände versteckte ich in dicken Gartenhandschuhen. Irgendwie würde es schon gehen. Zuerst sammelte ich die Äste ein. Das war in dem nassen Gras kein ganz reines Vergnügen, und die Handschuhe waren bald durchgeweicht.

»Deba, warum sagst du nichts? Ich mache das für dich!«

Alex stand auf seiner Terrasse und winkte mich herrisch zu sich. Ich begehrte nur ganz, ganz wenig auf. Gerade soviel, dass die Äste etwas leichter brachen, als ich sie in die Biotonne stopfte. Sehr praktisch. Dann ging ich zu ihm. Er hatte bereits Arbeitshandschuhe angezogen und stapfte zu mir herüber.

»Ja, du könntest mir helfen, diese Schalen einzusammeln. Die sind tierisch schwer.«

»Natürlich. Wohin damit?«

»Hinter den Schuppen, denke ich. Dieses Jahr werde ich wohl nichts mehr anpflanzen. Ein Jammer um die Kräuter und Blumen. Aber da ist nichts mehr zu machen.«

Micki war auch nach draußen gekommen und sammelte die Scherben der Blumentöpfe ein. Ich stand vor der Terrasse und gab Alex mit einem weitausholenden Winken an, wo ich die Schalen hin haben wollte, als plötzlich die scharfe Stimme aus dem Fenster von nebenan erklang.

»Alex! Machst du heute den Lakaien für die Nachbarschaft?«

»Uiii, Xenia in Aktion«, flüsterte Micki.

Alex blieb ungerührt und kam zu mir zurück, um die nächste Schale zu holen. Als er uns den Rücken zudrehte, kam seine Schwester auf uns zu.

»Die sieht ja aus wie die fleischgewordene Migräne«, war Mickis Kommentar, nicht sehr schmeichelhaft, aber treffend. Schwarz stand Xenia heute nicht. Ihr Gesicht schien fahl in der Sonne, die Augen waren gerötet.

»Schlechte Nacht gehabt«, murmelte ich, und Micki ergänzte schamlos: »Oder einen schlechten Liebhaber.«

»Alex, ich spreche mit dir!«, rief sie ihm hinterher. Er stellte ordentlich die Schale ab und kam dann mit großen Schritten auf sie zu.

»Was ist, Xenia? Darf ich Frau McMillen nicht behilflich sein?«

»Ihr bist du behilflich. Aber wenn ich mal deine Hilfe brauche, dann bist du auf Abwegen.«

»Wann war ich auf Abwegen?«

»Gestern. Und die ganze Woche. Nie bist du mal da. Nie für mich.«

Micki und ich hätten aus purer Luft bestehen können.

»Komm, Xenia, spiel dich nicht so auf. Ich bin doch extra am Wochenende zurückgekommen.«

»Ja und? Wo warst du heute Nacht?«

»Du warst doch nicht zu Hause, als ich kam. Ich habe dir einen Zettel hingelegt, dass ich morgens wieder da bin.«

»Ohne Adresse, ohne alles. Mit welchem Weib warst du zusammen?«

»Xenia, bitte!«

Micki stupste mich an. Und ob die aufgebrachte junge Frau das gesehen hatte oder ob sie von einer gewissen Hellsichtigkeit war, blieb verborgen, jedenfalls zog sie den richtigen Schluss und keifte los.

»Du warst bei ihr!« Mit ihrem langen Zeigefinger stieß sie nach mir. »Du warst bei der ach so respektablen Nachbarin. Du Dreckskerl, du verdammter! Und ich gebe mir Mühe, dir ein Heim zu schaffen. Jede Mühe, und du treibst dich mit dieser Schlammkuh rum. Die hat's doch sogar mit Negern. Guck dir doch das Gör an!«

Mir entschlüpfte Agnes' Lieblingsseufzer: »Allmächtige!«

»Die ist total abgedreht«, sagte Micki laut. Das war Wasser auf Xenias schepperndes Mühlrad.

»Wahrscheinlich treibst du es mit beiden, du mieser Hund. Und so was will mein fürsorglicher Bruder sein. Wenn ich mal einen Abend weg will, stimmst du ein Gezeter an, aber selbst hurst du dich durch die ganze Nachbarschaft!«

»Xenia, es langt!«, donnerte Alex sie an. Aber es langte ihr noch bei weitem nicht. Sie konnte sich noch steigern.

»Mam, kannst du nicht was machen. Das ist ja furchtbar.«

»Nein, Micki, das kann ich nicht. Dagegen muss er sich selbst schützen.«

Hilflos standen wir dabei, wie Xenia die Umgebung mit ihrem hysterischen Ausbruch beschallte und die unmöglichsten Beleidigungen ausstieß. Alex wirkte wie mit einem Vorschlaghammer getroffen, er ließ den Sermon eine ganze Weile über sich ergehen, wurde starrer und starrer. Schließlich ging Xenia die Puste aus, und sie stürzte ins Haus. Wenige Sekunden später dröhnte Musik in voller Lautstärke aus ihrem Zimmer.

»Entschuldigung«, sagte Alex steif zu uns und ging ebenfalls hinein. Die lautstarke Auseinandersetzung, die jetzt folgte, übertönte sogar die misstönende Musik.

»Mam, warum?« Micki war sichtlich erschüttert.

»Ich weiß es nicht. Vielleicht ist sie krank.«

»Neulich war sie aber ganz normal.«

»Heute ist sie das deutlich nicht. Armer Alex.«

»Ob sie wirklich seine Schwester ist? Das klang mehr nach eifersüchtiger Freundin.«

»Frag mich nicht, Micki. Er spricht nicht über sich. Und schon gar nicht über seine Familie.«

»Mann, die gehört doch ins Dachgeschoss eingeschlossen. Mit einem buckligen Diener als einzigen Wächter.«

»Was für Schauerromanzen hast du denn jetzt schon wieder gelesen?«

»Jane Eyre, in der Schule.«

Wir räumten gemeinsam so gut es ging die Reste der stürmischen Nacht weg, und ich legte mich danach erschöpft auf das Sofa. Mein Muskelkater war zurückgekehrt. Und meine Stimmung war auf ihrem Tiefststand angekommen. Was, wenn Xenia wirklich die irre Ehefrau von Alex war? Micki hatte einen nicht ganz unzulässigen Schluss gezogen, der an meinen Gefühlen nagte. Was wusste ich schon von Alexander Harburg?

Wenigstens die donnernde Musik brach plötzlich ab, und es war erschreckend still im Haus.

Am späten Nachmittag kam Alex noch einmal zu uns. Micki und ich saßen im Wohnzimmer und lasen Zeitung. Alex sah zerquält aus und ließ sich müde in den Sessel fallen, was das heilige Mysterium mit protestierenden Faucherchen kommentierte. Er nahm Misty auf den Schoß und streichelte sie, Holly krabbelte zu Micki, und ich schenkte ihm einen Whiskey ein.

»Danke, Deba. Tut mir leid, dass ihr das miterleben musstet.«

»Ist nicht so schlimm, Alex. Nur … wie hast du die Musik aus bekommen?«

»Oh, sehr einfach. Ich habe die Sicherung ausgeschaltet.

Ich muss auch dafür Abbitte leisten. Ich hatte noch nie erlebt, mit welcher Lautstärke sie ihr Gedröhne hört. Dabei bekommt man wirklich kein Telefonklingeln mit.«

»Guter Trick, das mit der Sicherung.«

»Ja. Und damit ihr und der Rest der Straße das nicht noch mal erleiden müsst, habe ich euch den Haustürschlüssel von mir mitgebracht. Der Sicherungskasten ist an der gleichen Stelle wie hier, es ist die dritte von links, an der ihr Zimmer hängt.«

Er legte ein Schlüsseletui auf den Tisch.

»Gute Idee«, meinte Micki und sah ihn an. »Magst du uns vielleicht etwas von ihr erzählen, Alex?«

Ich sah verwundert auf. Die Frage hätte ich wahrscheinlich nicht zu stellen gewagt. Aber Micki hatte recht.

»Ja, deshalb bin ich zu euch gekommen. Vielleicht macht es euch die Sache ein bisschen verständlicher.«

Ich legte mein schmerzendes Knie hoch und nickte.

»Seht ihr, mein Vater war ein, nun ja, recht prinzipientreuer Mann. Man könnte sogar sagen, er war streng, manchmal bis zur Ungerechtigkeit. Ich war sein erster und einziger Sohn. Meine Mutter war eine sanfte, in meiner Erinnerung sehr fügsame Frau. Er verlangte viel von mir, und ich kämpfte oft gegen ihn an. Aber das tut wenig zur Sache. Jedenfalls hatte meine fügsame, sanfte Mutter wohl irgendwann erkannt, dass es auch eine andere Form des Zusammenlebens mit einem Mann geben konnte, und als ich so siebzehn war, verließ sie ihn. Was mir die Angelegenheit nicht leichter machte. Das war auch der Grund, warum ich möglichst schnell einen Job suchte, der mich so weit wie möglich von zu Hause fortbrachte. Ich entschloss mich, zur See zu fahren. Tja, und als ich dann immer seltener bei ihm auftauchte, verlor ich nach und nach den Kontakt zu ihm. Darum war ich erstaunt, als ich eines Tages, als ich wieder einmal für ein paar Tage in dem Haus verbrachte, dass es da eine neue Frau gab. Rosalba war eine junge Italienerin, alles andere als sanft und fügsam. Aber meinem alten Herren schien das zu gefallen. Er vergötterte sie. Sie heirateten, und als ich zweiundzwanzig war, hörte ich von einer Verwandten, dass ich eine Stiefschwester bekommen hatte. Damals war ich bereits ausgezogen und lebte mein eigenes Leben. Die wenigen Male, die ich die Familie besuchte, zeigte sich mein Vater Xenia und Rosalba gegenüber liebevoll und zärtlich, zu mir war er allerdings weiter distanziert und oft sehr kritisch. Ich habe ihn nie sonderlich geliebt, den Patriarchen. Aber letztendlich musste er mir leid tun, denn als Xenia drei Jahre alt war, wurde Rosalba noch einmal schwanger und starb bei der Geburt. Das Kind, ein Junge, überlebte auch nicht. Mein Vater wirkte wie gebrochen danach. Ich glaube, er hat seine Trauer nie überwunden. Jedenfalls wurde Xenia verschiedenen Kindermädchen übergeben und von ihm mit einer Mischung aus Gleichgültigkeit und materiellem Wohlstand behandelt. Sie bekam alles und jedes erlaubt, jeden Wunsch, der mit Geld bezahlt werden konnte, erfüllte er ihr. Reitunterricht, teure Kleidung, elektronische Spielereien. Er achtete auch nicht besonders auf ihre Freunde. Mit vierzehn rauchte sie, mit fünfzehn kamen Drogen dazu, mit sechzehn hatte sie eine Abtreibung. Ich war damals so gut wie nie mehr in meinem Elternhaus. Ich erfuhr das alles aus den klatschhaften Briefen meiner Tante, die es für ihre Pflicht hielt, den Sohn und Erben der Familie auf dem Laufenden zu halten. Zu Xenia selbst hatte ich überhaupt keine Beziehung. Ich hätte sie wahrscheinlich noch nicht einmal auf der Straße erkannt, wenn sie mir begegnet wäre.

Es war vor sechs Jahren etwa, mein Vater war damals an die siebzig, als er einen schweren Herzinfarkt bekam. Ich hatte damals gerade zwei Jahre lang in meinen neuen Job bei der Baufirma gearbeitet und leitete eine Baustelle in Manila, als mich die Nachricht erreichte. Natürlich brach ich sofort auf, um ihn noch einmal zu sehen, wie er es wünschte. Es war kein schönes Zusammentreffen. Er konnte kaum noch sprechen und wusste, dass er nicht mehr viel Zeit hatte, die Dinge zu regeln. Er gab mir den Befehl, mich um Xenia zu kümmern, und starb dann, ohne mir ein freundliches Wort gegönnt zu haben.

Ich gab ein paar Dinge auf, regelte meinen Job neu und kaufte dieses Haus hier. Xenia zog widerwillig zu mir, aber es gelang mir, ihr einigermaßen verständlich zu machen, dass ich mich um sie kümmern wollte. Wenigstens war sie mit dem Umzug nach hier von ihren zweifelhaften Freunden getrennt. Wir einigten uns darauf, dass sie wieder regelmäßig die Schule besuchte. Wisst ihr, Xenia ist nicht dumm. Sie ist sogar ausgesprochen intelligent. Wenn sie sich einer Aufgabe verschreibt, wird sie sehr schnell und gründlich damit fertig. Sie machte ihr Abitur und entschloss sich dann zu studieren. Sie hatte sogar einen Studienplatz in der Nähe bekommen, so dass sie weiterhin bei mir wohnen konnte. Aber nach zwei Semestern war plötzlich Schluss damit, und sie bestand darauf, unbedingt Kosmetikerin zu werden. Gott, haben wir Diskussionen geführt! Aber auch das ist gleichgültig jetzt. Sie setzte ihren Willen durch. Und nach einem halben Jahr war sie wieder entlassen worden. Es hatte massiven Ärger mit den Kolleginnen gegeben. Danach schmollte sie über die Ungerechtigkeit in der Welt und begann ihr Nachtleben. Das lag ihr offensichtlich so stark, dass sie einen Job in einer Diskothek bekam. Bedienung, Putzfrau, was auch immer. Ich habe mir den Schuppen mal angesehen. Es war grauenvoll. Aber, weiß der Teufel, die Arbeit wird ihr gut bezahlt. Aber dadurch hat sie sich meiner Kontrolle total entzogen. Wenn ich sie mal treffe, ist sie entweder müde oder völlig aufgedreht. Launisch war sie schon immer, aber diese Form von Lebenswandel und auch die Gesellschaft, in die sie geraten war, verschlimmern das weiter. Ich weiß einfach nicht mehr, wie ich das in den Griff kriegen soll. Anfangs hatte ich auf einer Psychotherapie bestanden. Die Psychiaterin war auch recht gut mit ihr ausgekommen und hatte mir Hoffnung gemacht, dass sich ihre Gefühlslage stabilisieren würde. Aber dann hatte Xenia die Behandlung abgebrochen, und freiwillig werde ich sie nicht mehr dazu kriegen, sich noch einmal mit der Sache auseinanderzusetzen.

So sieht es also aus.«

Wir hatten ihm, ohne zu unterbrechen, zugehört. Die Geschichte war übel verfahren. Und ich wusste im Augenblick wenig dazu zu sagen, nur: »Du bist sehr verantwortungsbewusst, Alex.«

»Was bleibt mir anderes übrig! Sie ist das Erbe meines Vaters. Andere Verwandte, denen man sie zumuten kann, gibt es nicht. Aber, Deba, verstehst du jetzt, warum ich mich manchmal so vehement in deine Erziehungsmethoden eingemischt habe? Mein Vater hatte Xenia ungeheuer viele Freiheiten gelassen – so wie du Micki offenbar auch.«

»Mit einem kleinen Unterschied.«

»Ja, den habe ich jetzt verstanden. Die Freiräume, die du deiner Tochter lässt, beruhen auf gegenseitigem Respekt.«

»Und ich hab Mam unheimlich gern.«

»Ja, Micki. Der wesentlichste aller Unterschiede. Xenia hat niemand gerne gehabt. Und das fehlt ihr, ob sie es nun zugeben mag oder nicht. Ich bin für sie so ziemlich der Einzige, der sich um sie kümmert. Daher ihre irrationale Angst, jemand könne ihr das bisschen Halt wegnehmen, das sie bei mir findet.«

»Würde es helfen, wenn ich nachher mal mit ihr spreche, Alex?«

»Ich glaube, Deba, das wäre im Moment nicht so gut. Als ich fortging, war sie von ihrem Weinkrampf so erschöpft, dass sie eingeschlafen ist. Nach einem solchen hysterischen Anfall ist sie meist ein paar Tage friedlich. Aber dein Anerbieten ist dankbar aufgenommen worden.«

»Nun, vielleicht ergibt sich mal etwas.«

»Ja, vielleicht. Aber du musst dich auf sehr eigenartige Umstände einstellen. Sie hat zum Beispiel ihr Zimmer nachtschwarz angestrichen. Und sie umgibt sich gerne mit irgendwelchen geheimnisumwitterten Dingen.«

Ich hielt die Luft an.

»Was für Dinge?«

»Oh, alles, was mich oder andere Spießer schockieren soll. Irre Poster, Kreuze, hässliche Masken.«

»Du tust nichts dagegen?«

»Warum? Das ist doch harmlos. Zumindest harmloser als Tabletten oder Alkohol.«

»Ist sie eigentlich wirklich weg von Drogen?«

»Ich denke schon, obwohl ich bei diesem Designerzeugs nicht ganz sicher bin. Mag sein, dass sie da hin und wieder was von nimmt. Das kursiert ja in diesem Etablissement, in dem sie arbeitet.«

Aber ich war mir nicht so sicher. Die verschiedenen Puzzlesteinchen entwarfen für mich ein weitaus weniger harmloses Bild. Aber ich wollte Alex heute davon noch nichts berichten. Er war gebeutelt genug von diesem Auftritt im Garten.

»Magst du noch einen?« Ich deutete auf das leere Glas auf dem Tisch. »Du hast dir ganz schön den Mund fusselig geredet in der letzten Stunde.«

»Nein, danke. Ich möchte nachher noch Auto fahren.«

»Musst du noch weg?«

»Ja, ich muss noch weg.« Endlich war wieder ein Lächeln in seinem Gesicht. »Und ich hoffe, dass ihr zwei mich begleitet.«

»Wohin, Alex? In eine exklusive Lasterhöhle?«

»Na, Micki, wenn du gutes Essen als Laster bezeichnest, dann ja.«

»Oh, Mam, wir bekommen endlich mal wieder etwas zu essen. Ist das nicht toll!«

»Du nagst auch beständig am Hungertuch bei mir, Herzchen!«

»Ja, an einem ganz mageren. Bitte, bitte nimm doch die Einladung an, die dieser gute Mann eben gemacht hat.«

»Kann man da widerstehen, Alex?«

»Du hast jetzt noch genau eine Stunde Zeit, dich endlich mal richtig hübsch zu machen, Mausebärchen«, sagte Alex und setzte die tief schlafende Misty zu ihrer Schwester auf dem Sofa.

»Mam, hast du das gehört? Der hat Mausebärchen zu mir gesagt!«

»Na, dann nenn ihn doch Schorsch zur Strafe.«

»Nööö. Ganz was anderes!« Micki sprang auf und gab Alex einen herzhaften Schmatz auf die Wange. Dann hüpfte sie unter Gekicher aus dem Zimmer.

»Deine Tochter wird eine Gefahr für die Menschheit.«

»Bedauerst du die Menschheit deswegen?«

»Nie und nimmer. Ich komme euch pünktlich um acht abholen, ja?«

»In Ordnung, wir werden auch pünktlich sein!«

Was uns knapp gelang. Denn es galt die Kleiderauswahl zu treffen. Da ich vermutete, dass Alex uns nicht zur Pizza einladen wollte, suchte ich mein elegantestes Outfit zusammen. Es gab da ein dunkelrotes Kostüm mit kniekurzem Rock und Bolero-Jacke, die die Pflaster auf meinen Armen verdeckte. Darunter einen schwarzen Body aus Samt und Spitzen und sündhaften Strümpfen. Ich schminkte mich sorgfältig und war nach einer halben Stunde fertig. Micki hingegen fand ich in hilfloser Auflösung inmitten aller ihrer Kleidungsstücke.

»Ich hab nichts anzuziehen, Mam!«, stöhnte sie.

»Dann geh ohne was.«

»Das ist zu kalt!«

»Was ist denn mit dem roten Kleid hier?«

»Das ist kindisch.«

»Die schwarzen Hosen und deine Glitzerweste?«

»Mam! Das ist für Partys!«

»Die weißen Hosen, das lila Top und den Blazer?«

»Keine Hosen. Du hast doch auch einen Rock an.«

»Und dieser schwarze Samtrock?«

»Hab ich kein passendes Oberteil zu.«

»Was für ein Jammer, du armes Kind. Nimm das Hungertuch, an dem wir hier ständig nagen.«

»Das hat doch schon Löcher.«

Ich dachte kurz nach, dann gab ich mir einen Ruck.

»Micki, ich hätte vielleicht etwas für dich.«

»Oh, Mam! Ja?«

Vor ein paar Monaten hatte ich mir mal in einem Anfall von Prasserei eine weiße Bluse gekauft. Hochgeschlossener Spitzenstehkragen, transparentes Dekolleté, weite Keulenärmel mit Spitzenmanschetten. Ich hatte sie einmal angezogen und befunden, dass ich aus dem Alter romantischer Firlefanzen herausgewachsen war. Jetzt holte ich sie aus dem Schrank. Mal sehen, Micki war so groß wie ich, wenn auch etwas schmaler in den Schultern. Aber die weiten Ärmel würden das überspielen. Ich reichte ihr das Prachtstück.

»Echt, die darf ich?«

»Wenn du sie mir anschließend nicht rosa färbst …«

»Niiiie, Mam. Hilf mir mal, die muss man ja hinten knöpfen.«

Ich half ihr in die Wolke aus Tüll und Spitzen, sie streifte den Rock über und wühlte dann nach ihren schwarzen Lackballerinas.

»Darf ich mal in deinen großen Spiegel gucken?«, rief sie aus ihrem Zimmer dann zu mir.

»Komm nur.«

Ja, und dann stand meine Tochter da vor dem raumhohen Spiegel meines Kleiderschrankes in dem gedämpften Licht der indirekten Beleuchtung. Und wieder wurde mir bewusst, was für eine Schönheit sie einmal werden würde. Oder, ganz falsch. Was für eine Schönheit sie schon jetzt war. Die goldblonden Löckchen reichten ihr bis zum Kinn und bildeten einen schimmernden Wust um ihren Kopf. Lange Wimpern beschatteten ihre großen braunen Augen, die so schelmisch und so sehnsuchtsvoll blicken konnten. Ihre Nase war klein, aber gerade und zierlich, ihre Lippen waren voll und sanft geschwungen. Arme und Beine mochten vielleicht noch nicht im richtigen Verhältnis zueinander stehen, aber das machte sie wett mit der ihr von Jerry vererbten Geschmeidigkeit, die auf eine andere Anordnung von Sehnen und Gelenken zu beruhen schien, als sie uns steifen Europäern eigen ist.

»Du bist wirklich ein wunderschönes Mädchen, Micki.«

»Bin ich das?«

»Ja, das bist du. Aber denk daran, dass du für diese Schönheit nichts kannst. Sie ist dir gegeben.«

»Ich weiß, wahre Schönheit kommt von innen.«

»Spotte nicht.«

»Ich spotte nicht, Mam. Sieh dich doch selbst an.«

»Micki, ich bin allenfalls gepflegt und gut zurechtgemacht.«

Sie sah mich lange und zärtlich an. Dann sagte sie leise: »Nein, Mam. Für mich bist du schön.«

Ich musste doch tatsächlich die Wimpern neu tuschen.

Dann klingelte es, und Alex stand an der Tür. In klassischer Aufmachung, sehr elegant in grauer Hose, dunkelblauem, doppelreihigem Blazer.

»Seemann auf Landgang.«

Micki hatte sich von ihrer Besinnlichkeit drastisch erholt.

»Bin ich hier richtig? Ich wollte zwei sterbliche Damen abholen, nicht zwei göttliche!«

Er gab mir einen vorsichtigen Kuss auf die Wange, und Micki, das durchtriebene Geschöpf, reichte ihm mit Grandezza die Hand. Alex bewies Lebensart und beugte sich zu einem höflichen Handkuss darüber, und Micki strahlte.

»Zähl deine Finger nach, Prinzessin, dann können wir gehen.«

»Doch sterbliche!«, schmunzelte Alex, dann reichte er uns seine Arme, und wir schritten zu seinem Wagen.

»Die sechsspännige Kutsche ist leider heute in der Werkstatt, meine Damen.«

»Ach, wie nehmen auch die mit den zweihundert Pferdchen. Spann an, Schorsch!«

Es wurde ein sehr heiterer Abend. Micki benahm sich, obwohl eingeschüchtert von der vornehmen Umgebung des Restaurants, vorbildlich, und ihre hin und wieder durchbrechende Unsicherheit machte sie nur noch liebenswerter. Wir nahmen nach dem Essen noch einen Drink in der Bar, was sie besonders zu entzücken schien, dann fuhren wir wieder nach Hause.

»Magst du noch auf ein Glas Wein zu uns kommen, Alex?«, fragte ich, als er uns galant die Tür geöffnet hatte.

»Gerne.«

»Ja, und ich … äh … also, ich gehe dann jetzt zu Bett, Mam. Vielen Dank für das tolle Essen, Alex.«

»War mal was anderes als das trockene Brot, das du hier sonst so bekommst.«

»Irgendwie schon. Es hat mir viel Spaß gemacht. Gute Nacht.«

»Mir auch, Michaela. Vielen Dank für deine Begleitung. Und gute Nacht, Mausebärchen.«

»Das zweite Mal, Mam, hast du gehört!« Sie gab ihm noch einen lächelnden Kuss und hüpfte, jede Würde vergessend, pfeifend die Treppe hoch. Alex sah ihr mit einem seltsamen Blick hinterher.

»Zauberhaft. Wie hast du das hingekriegt?«

»Sie hat gute Anlagen. Das ist nicht mein Verdienst.«

»Na, ich glaube doch.«

Ich holte die beiden letzten Überlebenden der Kristallnacht aus dem Schrank und stellte sie auf den Tisch. Alex goss uns den kühlen Chablis ein.

»Edle Gläser hast du da, Deba. Mir gefallen diese schlichten Formen.«

»Tja, das war mal ein ganzes Set. Aber bis auf diese zwei habe ich alle bei einem Unfall verloren.«

»Schade.«

»Ja, denn sie waren ein Geschenk meines Vaters.«

Mein Bedauern muss wohl noch mitgeschwungen haben bei dem Bekenntnis.

»Dein Vater ist sicher kein einfacher Mensch, Deba, aber ich glaube, er schätzt dich sehr. Wir haben uns lange unterhalten, neulich. Ich vermute mal, er kann dir seine Zuneigung nicht besonders gut zeigen, was?«

»Doch, kann er schon. Aber er wählt oft die falschen Mittel. Aber du hast schon recht, ich bin da besser dran als du.«

»Komm, lass uns die Vergangenheit in ihrem Grab ruhen lassen.«

Wir tranken schweigend, jeder von uns seinen Gedanken nachhängend. Vielleicht in der Vergangenheit, vielleicht auch in der Zukunft. Und als die Gläser geleert waren, stand Alex auf.

»Ich gehe jetzt besser, es ist schon nach Mitternacht.«

»Wenn du möchtest.«

»Ich möchte nicht.«

»Aber?«

»Micki ist doch hier.«

»Sie schläft aber nicht auf meiner Bettkante.«

»Ich weiß nicht …«

»Aber sie weiß.«

Er gab sich einen kleinen Ruck, doch dann hatte ich das exquisite Vergnügen, einen gut angezogenen Mann ausziehen zu dürfen. Und dieses Vergnügen war nicht ausschließlich einseitig.

In dieser Nacht träumte ich wieder einen seltsamen Traum.

Die Schwärze des Universums war absolut. Kein Gestirn durchbrach mit seinem Schein tröstend die Dunkelheit. Nichts existierte, nichts war.

Ich schwebte in dem Nichts, nichts hörend, nichts sehend, nichts fühlend.

Doch dann erschien ein Fünkchen, ein kleines, fernes Licht. Es kreiste langsam auf mich zu, wurde heller und schneller. Es begann einen Schweif hinter sich herzuziehen, einen Kometenschweif weiterer funkelnder Lichter.

Und in der Wolke aus Sternenstaub formten sich Arme und Beine, ein Leib mit schweren Brüsten und einer schmalen Taille.

Die vielarmige Gestalt bewegte sich, tanzte zu einem fernen Rhythmus, zu einer tonlosen Melodie.

Ich konnte fühlen, ich konnte hören. Und als ich aufsah, erkannte ich das Gesicht der schwarzen Göttin, die in einem ekstatischen Tanz durch die Weiten wirbelte. Ihre Füße stampften auf den Körpern der Dämonen, die sich in schrecklichen Fratzen unter ihr wanden.

Diesmal war die Rückkehr leichter, weniger dramatisch. Ich war wach und bei mir, bevor Alex die Augen aufschlug.

Leider musste er am Sonntag schon früh fortgehen.

»Ich fliege um kurz nach eins, Deba, und vorher muss ich mich noch ein wenig um mein Gepäck kümmern. Man verlangt diesmal von mir feinen Zwirn und gebügelte Hemden, nicht den Blaumann eines Bauarbeiters«, spöttelte er.

Ich widerstand meinem ersten Impuls, ihm anzubieten, sich des Bügelns seiner Hemden anzunehmen. In einer lockeren Romanze hat Hausarbeit keinen Platz. Also verabschiedete ich ihn mit heiterem Gesicht und widmete mich einer exzessiven Körperpflege, bis Micki mich aus der Wanne scheuchte.

Die kommende Woche entwickelte sich zu einer Geschenkorgie. Es begann damit, dass Agnes mir am Montag nach dem Training einen Schlüsselanhänger in die Hand drückte.

»Hier, den habe ich bei meinen Sachen gefunden. Ich kann mit Edelsteinen nicht besonders viel anfangen, aber bei dir mag das anders sein.«

Es war ein milchiger Rosenquarz, nichts Kostbares, ein Handschmeichler von angenehmer Oberfläche. Auf einer Seite war ein fünfeckiger Stern eingeritzt, und an einem kurzen Kettchen hing ein ganz normaler Schlüsselring. Ich freute mich darüber, auch wenn ich ebenfalls keinen besonderen Draht zu Edelsteinen hatte. Manche Menschen schwören ja auf die Strahlung der Kristalle, tunkten die Steine in Wasser und heilten damit sämtliche Leiden. Ich konnte eigentlich nur der Schönheit der Edelsteine einen ästhetischen Genuss abgewinnen. Aber das ist Ansichtssache eines jeden einzelnen.

Am Dienstag stand ein funkelnagelneues Fahrrad vor der Tür, ein Rolls Royce unter den Bikes. Mit freundlichen Empfehlungen von Herrn Mahler und der Nachfrage nach meinem Befinden. Ich antwortet angemessen begeistert, schlug aber die Einladung zum gemeinsamen Essen aus Zeitgründen diesmal aus. Immerhin nicht endgültig – man muss sich Türchen offenhalten.

Am Mittwoch fand ich ohne Beipackzettel eine Lieferung von Weingläsern vor. Der Absender hingegen war so klar wie das Kristall. Darüber allerdings freute ich mich mehr als angemessen.

Und das vierte Geschenk, das am Freitag erschien, versetzte mich in Staunen. Ich kam nachmittags von Schmitt & Mahler nach Hause und fand eine Kollektion erstklassiger Jogging- und Aerobic-Schuhe vor. Nicht, dass ich die nicht brauchen konnte – es waren die neuesten Modelle aus USA –, es war der Überbringer dieser Gabe, der mich überraschte. Ich hörte aus dem Wohnzimmer, wie sich Micki mit einem Besucher unterhielt. Und zwar eindeutig in amerikanischem Idiom. War die Welt verrückt geworden?

Jerry hatte sich in den letzten Jahren wenig verändert. Er war noch immer schlaksig, jetzt aber in ungewohnter Business-Kleidung. Ich hatte ihn nur in Uniform, Jeans oder Sportkleidung erlebt.

»Guck mal, wer da ist!«, grinste Micki.

»Jesus auf Rollen«, entfuhr es mir.

»Hi, Deba!« Er war aufgestanden und kam breit grinsend auf mich zu. »Surprise, surprise!«

»Wie du sagst! Was führt dich her?«

Ich war automatisch steif geworden. Da gab es noch immer ein paar unaufgeräumte Ecken in meiner persönlichen Bewältigungsschublade.

»Soll ich sagen, die Sehnsucht nach Frau und Kind?«

»Besser nicht, Jerry. Wir wollen glaubhaft bleiben.«

»Du siehst mich nicht gerne hier?«

Ich zuckte mit den Schultern.

»Aber, Mam, er ist mein Daddy.«

»Sie sagt es.«

»Dann bist du ja gebührend herzlich willkommen geheißen worden.«

»Von ihr schon. Und du?«

»Wir haben vor ein paar Jahren das Thema, glaube ich, erschöpfend behandelt. Von meiner Seite aus hat sich da nichts geändert.«

»Schade eigentlich. Du siehst gut aus, Deba. Hast du einen Freund?«

»Ich gebe dir das Kompliment zurück. Die Frage behalte ich mir aus Höflichkeit vor.«

»Sophisticated!«

Ich antwortete nicht, sondern zog die Jacke aus und hängte sie sorgfältig über einen Bügel an der Garderobe.

»Du machst doch noch Sport?«

»Ja, mache ich.«

»Ich hab euch ein paar Schuhe mitgebracht. Mein Job, jetzt.«

»Was, Schuhverkäufer?«

»So ähnlich. Vertreter eines Konzerns. Es ist Messe, und wir wollen in Europa Fuß fassen. Mein Job eben.«

»Gratuliere.«

»Nicht schlecht bezahlt, Deba. Wirklich nicht. Ich habe ein Haus.«

»Ich auch, Jerry.«

»Ja, das sehe ich. Brauchst du Geld?«

»Nein.«

»Sei doch nicht so zugeknöpft, Deba.«

»Jerry, du tauchst hier aus dem Nichts auf und machst seltsame Angebote. Ich habe eine ganze Weile gebraucht, mein Leben in eine vernünftige Form zu bringen. Und in diesem Leben ist jetzt kein Platz mehr für dich.«

»Wir sind aber noch verheiratet.«

»Wir haben ja auch noch ein Kind.«

Micki hatte die ganze Zeit still zugehört, hatte nur ihre Augen von dem einen zum anderen schweifen lassen, als ob sie die Strömungen erkennen wollte, die unausgesprochen zwischen uns flossen.

»Mam, er hat mich gebeten, mit nach Amerika zu kommen.«

»Ja, das habe ich mir gedacht.«

»Nicht nur Micki, Deba.«

Ich schüttelte traurig den Kopf. Zwei Jahre früher, vielleicht vor einem Jahr noch. Ja, vielleicht sogar noch vor wenigen Wochen hätte ich über dieses Angebot ernsthaft nachgedacht. Aber jetzt? Zugegeben, Jerry übte noch immer einen gewissen Reiz auf mich aus. Sein Zauber war in all den Jahren nicht erloschen. Und als er jetzt zu mir kam und mich in die Arme zog, fiel es mir schwer, mich zu wehren.

»Zu überraschend, ja. Ich verstehe das. Ich bin drei Wochen in Europa, Deutschland, Belgien, Frankreich, Schweiz, zuletzt noch einmal Deutschland. Du hast Zeit zum Nachdenken, Deborah.«

Ich nickte. Ja, die hatte ich.

Es klingelte und Micki stürmte zur Haustür. Sie kam mit Alex zurück, einen unergründlichen Ausdruck auf dem Gesicht.

»Oh, Deba, ich wusste nicht, dass du Besuch hast.«

»Hallo, Alex. Das ist Jerry McMillen, Mickis Vater.«

Jerry grüßte und fragte zu mir gewandt: »Dein Freund?«

Ehe der Hahn dreimal krähte, sagte ich: »Unser Nachbar, Alexander Harburg.«

»Ruf mich später noch mal an, Deba. Ich will nicht stören.«

Sprach's und schlug die Tür hinter sich zu.

Jerry sah ihm nach und mich dann lange an.

»Ein starker Mann. Er wird dich halten können.«

»Jerry …«

»Mein Angebot steht trotzdem. Und ich habe eine Bitte, Deba. Ich bin dieses Wochenende frei und möchte gerne mit meiner Tochter irgendwo hinfahren, wo sie Spaß hat. Euro-Disney, Paris, London, irgendwas.«

Warum tat es mir so weh, dass Mickis Augen strahlend bettelten?

»Ja, nimm unser Kind mit. Aber pass auf sie auf, Jerry. Lauf, Maus, pack deinen Koffer.«

Als sie draußen war, meinte Jerry in selten einfühlsamer Stimmung: »Das fällt dir nicht leicht, was, Deba?«

»Nein. Ich möchte sie nicht verlieren. Sie ist ein Teil meines Lebens.«

»Sie ist auch ein Teil von mir. Vergiss das nicht.«

»Ja, aber du hast dich sehr wenig um sie gekümmert.«

»Und um dich auch zu wenig. Habe ich denn gar keine Chance mehr?«

Ich ging zum Fenster und sah mit durcheinanderwirbelnden Gefühlen aus dem Fenster. Was hatte ich vor wenigen Tagen noch gedacht? Türchen offen halten! Ich war mir so wenig sicher, so hilflos gefangen in einem Netz, dessen Maschen ich nicht sehen konnte.

»Deba, ich deute dein Schweigen so, dass du doch noch nachdenken willst.«

Jerry hatte sich hinter mich gestellt und legte jetzt den Arm um meine Schultern. Ich wehrte ihn nicht ab, ich ließ sogar zu, dass er mich an sich zog und zärtlich küsste.

Nein, der Zauber war noch nicht gebrochen.

Aber Mickis Gesicht zeigte eine sonderbare Qual, als sie uns so entdeckte. Sie fing sich jedoch schnell und zeigte auf die weiße Spitzenbluse in ihrer Hand.

»Darf ich die mitnehmen?«

»Natürlich, Mausebärchen.«

»Und schreibst du mir für Montag eine Entschuldigung?«

»Sicher. Du wirst grässliche Kopfschmerzen haben!«

»Beschrei's nicht, Mam!«

»Natürlich nicht. Ich will dir doch den Spaß nicht verderben.«

Bald darauf verabschiedete ich Vater und Tochter und blieb verwirrt und unglücklich zurück.

Es wurde langsam dunkel, aber ich saß noch immer, ohne mich zu rühren, im Sessel und ließ die Dämmerung über mich kommen. Sie entsprach meiner Stimmungslage. Nach der Trennung von Jerry hatte ich mir eigentlich geschworen, mich nie wieder tief emotional zu binden. Es gab Wunden, die musste man sich nicht freiwillig zufügen. Der Vorsatz hatte auch lange angehalten. Aber Alex hatte eine Bresche in die Mauer geschlagen. Und ich hatte bei ihm meinen Widerstand aufgegeben, meine Verletzlichkeit war zutage getreten. Er konnte mich verwunden, ohne dass ich wusste, ob er auch ein Heilmittel für diese Verletzungen hatte.

Die Dämmerung war in Dunkelheit übergegangen. Ich stand auf und streifte durch mein leeres Haus. Fühlte mich einsam ohne Micki. Nachdenklich nahm ich einmal Alex' Schlüsselbund auf und erwog, zu ihm zu gehen, aber dann, wankelmütig wie ich war, blieb ich doch zu Hause und machte mir ein Hungertuch zum Abendessen.

Samstag war Alex' Wagen fort. Ich arbeitete fleißig in meinem stillen Haus, schrecklich ungestört durch jugendliches Geplauder.

Erst gegen Abend sah ich, dass Alex' Wagen wieder vor der Tür stand. Xenia hatte ich die ganze Woche nicht gesehen, aber das lag vermutlich an ihren exotischen Arbeitszeiten. Auf sie erhaschte ich kurz vor sieben einen Blick, als sie die Straßen hinunterstakste.

Um acht Uhr hielt ich es dann doch nicht mehr aus. Ich nahm den Schlüsselbund, an dem Rosenquarz baumelte und an dem auch Alex' Schlüssel hing. Er besaß inzwischen auch meinen Zweitschlüssel. Es war ein Zeichen meines Entgegenkommens und Vertrauens, dass ich ihn bei ihm deponiert hatte.

Ich klingelte bei Alex.

Nichts rührte sich.

Ich wartete, drückte noch einmal auf den Klingelknopf.

Noch immer nichts. Sein Auto stand vor der Tür, und ich hatte ihn zumindest in der letzten Stunde nicht weggehen sehen.

Ich wartete noch ein paar Minuten, etwas zweifelnd, ob ich so einfach bei ihm eindringen durfte. Aber als sich auch auf das dritte Läuten nichts tat, steckte ich den Schlüssel in das Schloss und öffnete die Tür.

»Alex!«, rief ich in das dunkle Haus. »Alex?«

»Deba?«

Die Stimme kam aus dem Wohnzimmer. Ich tastete mich zur Tür und sah mich erstaunt um. Zunächst entdeckte ich ihn nicht, erst als ich noch einmal fragte: »Alex, bist du hier?«, antwortete er, und ich schloss aus der Richtung, aus der seine Stimme kam, dass er irgendwo auf dem Sofa saß.

»Warum sitzt du denn hier im Dunkeln, Alex? Kann ich Licht machen?«

»Ja, mach nur.«

Ich fühlte an der Wand den Schalter, und es wurde hell im Raum. Alex lag auf dem Sofa und starrte zu mir.

»Was ist los, Alex? Bist du krank?«

Eine verrückte Sorge überschwemmte mich. Ich eilte zu

ihm und nahm seine Hand. Er griff danach, sog tief den Atem ein und seufzte dann: »Du bist das, Deba. Wirklich.«

»Natürlich. Was hast du denn gedacht? Was hast du nur?«

»Ich kann nichts sehen. Es ist entsetzlich. Es hat vorhin angefangen, so ein Zittern vor den Augen. Dann wurde alles dunkel.«

Eine grässliche Erinnerung überkam mich.

»Hast du das schon mal gehabt?«

»Das Zittern, ja. Das hat was mit Stress zu tun. Aber es ist noch nie so schlimm gewesen. Ich verstehe das nicht.«

Ich beugte mich vor und merkte, dass sein Körper ganz verkrampft und hart war. Kein Wunder, auch ich hätte eine höllische Angst, wenn ich plötzlich nichts mehr sehen könnte.

»Wann hat das denn angefangen, Alex?«

»Vor einer Stunde etwa. Xenia war noch hier, sie hat sich für heute Abend verabschiedet und mir ziemlich hämisch ›Viel Spaß‹ gewünscht. Kurz danach hat es angefangen.«

Xenia. Die Frau aus dem schwarzen Zimmer.

»Alex, gibt es irgendwas, das dir normalerweise dabei hilft. Tabletten, Tropfen, irgendwas, das ich dir holen kann?«

»Nein. Das Augenflimmern geht meist nach ein paar Minuten vorbei. Aber du könntest meinen Arzt für mich anrufen. Die Nummer steht in dem grünen Buch am Telefon.«

Ich drückte ihm kurz die Hände, dann stand ich auf, um das Telefonat zu führen. Wie erwartet war am Samstagabend niemand zu erreichen. Der Anrufbeantworter nannte die Nummer vom Notdienst. Ich dachte nach. Alex war inzwischen der dritte Fall von Blindheit, von dem ich Kenntnis hatte. Sonja und Micki waren die beiden anderen. Bevor ich den Notdienst anrief, wollte ich noch etwas anderes wagen. Ich sah mich im Zimmer um. Ja, am Kamin stand ein Kerzenleuchter mit drei Bienenwachskerzen. Sehr gut. Ich erwog, meinen Eschenstab zu holen, aber dann fiel mein Blick auf den Schlüsselanhänger.

»Alex, der Arzt ist in seinem Golfclub, oder was immer diese verantwortungsbewussten Heiler in ihrer kostbaren Freizeit machen. Es gibt einen Notdienst. Aber vielleicht weiß ich auch etwas, womit ich dir helfen kann.«

»Du, Deba?«

»Tu nicht so ablehnend. Wenn das eine nervöse Störung ist, gibt es Möglichkeiten. Vertraust du mir ein bisschen?«

»Bist du schon mal blind gewesen?«

»Nein.«

»Dann wirst du vielleicht nicht ahnen können, wie misstrauisch man da wird. Aber trotzdem – ich vertraue dir. Mir ist jede Hilfe recht.«

»Tut mir leid, du musst mir richtig vertrauen. Ich weiß, das ist auf Grund der Ereignisse vielleicht ein bisschen schwierig für dich. Aber ich will dir wirklich helfen.«

Ich streichelte ihn, und ein bisschen gab seine Starre nach. Er nahm meine Hand und legte sie an seine Wange.

»Ich vertraue dir.«

»Gut. Ich mache jetzt das Licht aus und zünde die Kerzen an. Das ist besser, wenn du wieder Licht siehst, ja?«

»Tu, was du willst.«

»Immer, Alex. Fast immer.«

Ich zündete die Kerzen an und stellte sie auf den Couchtisch. Dann schaltete ich die helle Deckenbeleuchtung aus und setzte mich in den gelben Lichttümpel neben ihm auf den Boden.

»Alex, schließ bitte jetzt die Augen.«

»Gut.«

»Und ganz ruhig atmen. Du bist so entsetzlich angespannt.«

Ich kontrollierte meinen Atem, und nach einer Weile wurde auch das Heben und Senken seiner Brust ruhiger. Ein erster Erfolg. Dann nahm ich den Schlüsselanhänger und hielt ihn vor sein Gesicht. Mit möglichst sanfter Stimme sprach ich auf ihn ein.

»Alex, du hast die Augen geschlossen. Und doch kannst du etwas sehen, Richte deinen Blick auf die Mitte deiner Stirn. Hierhin.« Ich berührte sacht die Stelle zwischen seinen dunklen Brauen.

»Konzentriere dich auf das Licht, das du dort siehst. Ruhig weiter atmen. Siehst du das Licht?«

»Ja, wirklich.«

»Wunderbar, Alex. Entspanne dich. Das Licht wächst. Das Licht formt sich. Siehst du eine Form?«

»Es … es ist neblig, nein, es hat Spitzen.«

»Ja, weiter. Lass es deutlicher werden.«

»Es sieht aus wie ein verschwommener Stern. Seltsam.«

»Ganz hervorragend. Es ist ein Stern. Wird er deutlicher?«

»Ja. Das ist unglaublich. Das ist ein Pentagramm.«

»Sagenhaft. Du kennst das. Behalte es vor deinem inneren Auge. Welche Farbe hat es?«

»Es ist weiß … nein, rosa. Es hat einen rosa Kranz.«

Ich beugte mich vor und küsste ihm sanft die geschlossenen Augen.

»Öffne ganz langsam die Augen, Alex.«

Zaghaft hob er die Lider.

»Ein Stein mit einem Pentagramm. Deba, ich kann ihn sehen.«

»Ja, so sieht es aus.«

»Ich kann dich auch sehen. Großer Gott, hatte ich eine Angst.«

Er zog mich zu sich und hielt mich so fest, dass ich fast keine Luft mehr bekam.

»Was hast du gemacht? Mich hypnotisiert oder so etwas?«

Das mochte als Erklärung gelten. Ich gab ihm eine weitere.

»Ach, nur ein kleiner, ganz gewöhnlicher Zauber«, sagte ich mit einem leisen Lachen.

»Zwei Zauberküsse und dein Parfüm. Eine vielleicht ungewöhnliche, aber sehr wirksame Therapie.«

»Was hat das Parfüm damit zu tun?«

»Daran habe ich dich erkannt, als du hereinkamst.«

»Hätte es jemand anderes sein können? Wie wahllos verteilst du Haustürschlüssel?«

Er hatte sich aufgesetzt und fuhr mit dem Finger das Pentagramm nach.

»Nicht wahllos. Es hätte Xenia sein können, und der hätte ich mich in einer solch hilflosen Situation nicht gerne gezeigt.«

»Mh. Ich denke, du hast dir in der letzten Zeit ein bisschen viel zugemutet, körperlich und geistig. Dein Job ist nicht ganz leicht. Xenia ist ein Problem. Und dann kommen auch noch so kleine Verwicklungen in der Nachbarschaft dazu. Das kann einen Härteren umhauen als dich.«

»Glaubst du?«

»Na, zieh mal einen Strich unter die letzten zwei Monate, Alex.«

»Es ist nicht ganz leicht, eine Schwäche zuzugeben. Wie du selbst weißt.«

»Nein, aber irgendwann kommt der Punkt, wo einem das Heft aus der Hand genommen wird. Wie diesmal.«

Alex setzte sich auf und rieb sich die Augen.

»Danke, Deba. Ich war ein wenig irritiert, am Freitag. Ich wusste nicht, dass du noch Kontakt zu Mickis Vater hast.«

»Habe ich auch wenig, er tauchte ganz urplötzlich hier auf. Jetzt ist er mit Micki über das Wochenende fortgefahren. Das fällt mir auch nicht leicht.«

»Aber Micki hängt doch an dir.«

»Jetzt ja. Aber es stand schon mal ziemlich auf der Kippe, weißt du. Jerry war immer, hin wie her, ein faszinierender Vater für sie. Und jetzt hat er ihr angeboten, mit ihm nach Amerika zu kommen. Das ist für ein Mädchen ihres Alters ein verlockendes Angebot.«

»Ja, das verstehe ich. Aber hast du nicht das Sorgerecht für sie?«

»Es gibt kein Sorgerecht, Alex. Jerry und ich sind verheiratet. Er kann jederzeit Micki besuchen und – wenn er sie überredet – auch mitnehmen.«

Alex starrte mich einen Moment lang perplex an.

»Du bist noch verheiratet?«

»Ja. Wir sahen keinen Grund zur Scheidung. Aber Jerry zog es zurück nach USA, mich hingegen nicht.«

»Das darf doch nicht wahr sein!«

»Doch. Es hat Vorteile für Micki, wenn sie sich einmal entscheiden wird, wo sie hingehen will, nicht wahr?«

»Und für dich auch. Ja, das ist mir jetzt sehr klar geworden.«

»Alex, was bist du denn so bitter?«

»Deba, es gibt auch ein paar Grundsätze, nach denen ich lebe. Und dazu gehört auch, mit einer verheirateten Frau kein Verhältnis anzufangen. Das führt mit tödlicher Konsequenz zu Schwierigkeiten.«

»Vermutlich aus eigener Erfahrung gelernt, was?«

»Nimm es an.«

»Na gut, das war's dann also.« Ich fühlte mich wie in Eiswasser getaucht. »Ich gehe nach drüben. Schönen Abend noch!«

Ich schnappte meinen Schlüsselbund und eilte aus dem Haus, noch immer völlig gefühllos. Erst als die Tür hinter mir zufiel, bemerkte ich, dass ich den Zweitschlüssel bei ihm vergessen hatte. Aber jetzt mochte ich nicht mehr zurückgehen.

Soviel zum Türchen offen halten.

Micki war bei Jerry, der von überzeugender Überredungsgabe sein konnte, und Alex stieß mein verheirateter Status so ab, dass er ein »Verhältnis« mit mir ablehnte. Das hast du gut gemacht, Deba! Bleibt dir natürlich noch Mahler. Aber der war eigentlich nicht mein Fall. Natürlich konnte ich auch wieder mit Jerry zusammenleben. Vielleicht würde es jetzt besser gehen. Er schien sich gefangen zu haben, war reifer geworden. Und seine körperliche Anziehungskraft auf mich wirkte ja auch immer noch. Aber war das ein Fundament, um mein derzeitiges Leben aufzugeben? Mein Haus, meine Selbständigkeit, meine Freunde?

Und meine Hoffnung?

Blieb noch das Leben, das ich fünf Jahre lang geführt hatte. Vielleicht aber ohne Micki.

Ich saß in meinem dunklen Zimmer und biss mir auf die Fingerknöchel. Man gewöhnt sich so leicht an die angenehmen Dinge. Ihr Verlust schmerzt umso mehr, je größer die Illusionen waren. Warum nur hatte ich das schützende Mäntelchen so fadenscheinig werden lassen?

Ich mochte nichts lesen, nicht fernsehen, keine Musik hören. Ich schlich ins Bett und hielt Holly und Misty in meinen Armen. Das Katzenpärchen schnurrte beruhigend. Und es gelang mir wirklich, darüber einzuschlafen.

Was war der Sonntag für ein leerer Tag! Zu feucht, um mir mit den Skates die Lunge aus dem Hals zu laufen, zu klamm für eine größere Fahrradtour. Ich zwang mich zur Arbeit, aber meine Gedanken schweiften immer wieder ab.

Schließlich hatte ich die Nase voll davon und fuhr auf gut Glück zu Agnes. Sie war nicht da. Katharina mochte ich nicht stören, sie brauchte ihre Wochenenden mit ihrem Mann, sie sahen sich selten genug. Das Studio hatte nachmittags zu, sonst hätte ich mich wenigstens auf die Sonnenbank legen können. Manchmal vertreibt an dunklen Tagen das grelle Licht die niederdrückendsten Stimmungen.

Ich fuhr wieder nach Hause. Registrierte, dass Alex' Auto nicht vor der Tür stand. Ich registrierte auch, dass ich Hunger hatte, war aber zu träge, um mir etwas zu essen zu machen. Ich spielte mit den heiligen Mysterien, was mich zumindest ein kleines bisschen aufheiterte. Die Kätzchen waren mit ihren neun Wochen so quirlig und neugierig, dass sie kaum im Zaum zu halten waren. Sie jagten alles, was ihnen unter die Pfötchen kam, Papierschnipsel, herabgefallene Blätter, die Fellmaus, die Micki und ich für sie gekauft hatten, meine nackten Zehen und die eigenen Schwänzchen. Und wie tobende Kinder fielen sie dann ganz plötzlich auf ihrer Decke um und schliefen, die Pfoten liebevoll umeinander geschlungen. Ich beobachtete sie, und meine ganze Liebe, mit der ich jetzt nicht mehr wusste, wohin, übertrug sich auf die kleinen Tiere.

Schließlich machte ich mir doch noch ein Brötchen, und um die Zeit totzuschlagen, verzehrte ich es vor dem Fernsehgerät, das mich mit einer hochgradig dümmlichen Talkshow berieselte. Dann hüllte ich mich in mein wärmstes, längstes Nachthemd, nicht schön, aber tröstlich, und kuschelte mich in mein kühles Bett.

Ich war in einen Schlaf mit wirren Träumen gefallen, die sich alle um sinnloses Wählen von Telefonnummern drehten und mich schrecklich frustrierten, als ich plötzlich durch einen leisen Laut erwachte. Schritte auf der Treppe, eindeutig. Ich war hellwach, die Furcht schnürte mir die Kehle zu. Einbrecher?

Ja, ein Einbrecher. Ein großer, breitschultriger Einbrecher, der sich sacht auf meine Bettkante setzte.

»Du bist wach?«

»Ich rechnete eben mit einem Überfall.«

»Du hattest deinen Schlüssel bei mir vergessen.«

»Keine gute Leistung. Ich werde alt. Aber du hast mich wirklich erschreckt.«

»Verzeih. Ich wollte dich vorsichtig wecken.«

»Warum? Brennt das Haus?«

»Nein. Aber ich … ich, nun ja, ich habe ein paar Prinzipien verbrannt. Ausgemacht dumme Prinzipien.«

»Etwa solche, die sich um verheiratete Frauen drehen?«

Das war es wohl, warum ich die Hoffnung nicht ganz hatte aufgeben können. Und nach mehr als vierundzwanzig Stunden wurde mir endlich wieder warm.

»Insbesondere solche, die sich um eine ganz bestimmte Frau ranken. Ich bin wahrscheinlich zu alt geworden, Deba. Ich brauche zu lange, um mich an unbekannte Situationen zu gewöhnen.«

»Dann solltest du ein bisschen trainieren. Auch im hohen Alter kann man durch gewissenhaftes Üben noch eine akzeptable Leistung erbringen.«

»Du spöttelst schon wieder, Deba. Könnte es sein, dass du mir nicht allzu böse bist?«

»Ich denke gerade darüber nach. Du schuldest mir zumindest einen verdorbenen Sonntag.«

»Ich werde mich bemühen, das wieder gutzumachen. Übrigens, der Sonntag ist noch nicht ganz vorüber. Es ist erst halb zwölf.«

»Du meinst, da könnte man noch etwas retten?«

»Sagtest du nicht etwas von gewissenhaftem Üben?«

So war der Sonntag doch nicht ganz verdorben. Und der Montag begann auch nicht schlecht. Alex gab mir sogar einen kleinen Einblick in seine Vergangenheit, denn ich fühlte mich im Recht, ihn zu fragen, ob er auch schon einmal verheiratet war.

Er war es nicht, und zu der Tragik seines Lebens gehörte eine Frau in Manila, mit der er zusammengelebt hatte und die er heiraten wollte. Doch als sein Vater gestorben war und ihm die Sorge um Xenia übertragen hatte, musste er sie verlassen. Als er später noch einmal versuchte, die Beziehung zu retten, hatte die Frau bereits einen Landsmann geheiratet.

Micki kehrte am Montagnachmittag zurück. Sie stieg aus einem Taxi, Jerry war nicht mitgekommen. Ich hatte eigentlich erwartet, dass sie überschwänglich von ihren Erlebnissen berichten würde, aber sie zog sich seltsam verschlossen in ihr Zimmer zurück, um auszupacken. Obwohl ich ungeheuer neugierig war, wollte ich sie nicht drängen, mir etwas zu erzählen. Wenn sie mir ihre Entschlüsse anvertraute, sollte das aus eigenem Antrieb geschehen.

Sie kramte noch immer in ihrem Zimmer herum, als ich anklopfte, um ihr mitzuteilen, dass ich ins Studio fuhr. Seit Sonja ausgefallen war, hatte ich ihre Kurse übernommen.

»Ist gut, Mam. Ich mach mir nachher was zu essen. Und … wenn du zurück bist, können wir dann … ich meine, ich muss mit dir reden.«

Das Unbehagen in mir wuchs wieder ins Gigantische. Würde sie mir mitteilen, dass sie mit Jerry gehen wollte?

»Natürlich. Du siehst nicht besonders glücklich aus, Micki.«

Sie gehört nicht zu denen, die lange um den heißen Brei reden.

»Ich hab so ein schlechtes Gewissen, Mam. Er ist doch mein Daddy. Aber ... aber ich kann doch nicht so einfach hier alles stehen und liegen lassen.«

Es war kein Stein, es war kein Felsbrocken, es waren die halbe Alpen, die von meinem Herz krachten.

»Ich muss leider weg, Mausebärchen. Aber über dein Gewissen können wir in aller Ruhe nachher sprechen. Vielleicht solltest du in der Zwischenzeit mal in Gedanken versuchen, nachzuvollziehen, warum Jerry so lange von uns fortgeblieben ist.«

»Oh, dazu habe ich einiges erfahren. Aber dazu später mehr.«

Mein Auto hatte keinen Fahrersitz, es hatte ein rosa Wölkchen. Selten war meine Musik mir so schwungvoll vorgekommen, noch nie waren die Teilnehmer so phantastisch.

Katharina saß hinter der Theke auf einem Barhocker, als ich nassgeschwitzt aus meinem Kurs kam.

»Hallo, Deborah. So sieht man sich auch mal wieder.«

»Wenn du morgens so selten kommst. Ich nehme an, du schläfst lange.«

»Sicher, im Büro, das ist besonders erquickend.«

»Hast du etwas von Sonja gehört?«

»Sie wird Ende der Woche aus dem Krankenhaus entlassen.«

»Wie geht es ihr?«

»Körperlich soweit gut. Der Schlag auf den Kopf hat keine Schäden hinterlassen. Aber sie sieht noch immer nichts. Ihr steht eine ganz schön mistige Zeit bevor.«

Ich nickte. Dann fragte ich: »Kannst du mir einen Moment ungestört zuhören?«

»Komm mit ins Büro.« Sie wies zur Tür und rief: »Erich!«

Ich räumte den Ordner mit den Mitgliederverträgen von einem Stuhl, setzte mich und schlang das Handtuch fest um meine Schultern.

»Was gibt es? Hast du einen Anhaltspunkt, wer es gewesen sein könnte?«

»Das nicht, aber ich habe ein paar interessante Erfahrungen zu dem Thema Blindheit gesammelt.«

In kurzen Worten erzählte ich von Micki und Alex. Katharina hörte mir gespannt zu, ohne mich zu unterbrechen. Als ich fertig war, nickte sie ein paar Mal nachdenklich.

»So etwas Ähnliches vermute ich bei ihr auch. Ich dachte daran, sie am Sonntag zu Agnes zu schicken. Wenn ich sie überreden kann. Sie ist natürlich im Augenblick reichlich deprimiert und möchte sich am liebsten verkriechen.«

»Ist Sonntag bei Agnes etwas Besonderes?«

»Sonntag ist der 31. Oktober. Agnes und ihr Kreis feiern Samhain.«

Mir waren die Jahreskreisfeste nicht so geläufig. Abgesehen davon lagen mir die Veranstaltungen nicht besonders. Agnes hatte einen Club in meinen Augen leicht verschrobener Frauen um sich versammelt, die gemeinsame Rituale durchführten. Aber ich wollte nicht leugnen, dass diese Maßnahmen denen, die daran teilnahmen, halfen, sich ihrer verschütteten Fähigkeiten besser bewusst zu werden. Wenn sie singend und tanzend sich um ihre Selbstfindung bemühten, war das vermutlich wirkungsvoller, als wenn sie sich mit ihren unterdrückten Gefühlen durch den Alltag quälten. Außerdem hatte Agnes ja schon gesagt, ihre Aufgabe sei das Helfen. Warum es also nicht bei Sonja versuchen? Schaden würde es ihr bestimmt nicht.

»Keine schlechte Idee. Wirst du auch dabei sein?«

»Nein. Ich hab anderes zu tun. Aber, du, Deba? Solltest du nicht mit dazukommen?«

»Nicht besonders gerne. Ich komme mir da immer komisch vor. Ein paar Mal habe ich es in den letzten Jahren mitgemacht. Ich will nicht pietätlos sein, aber irgendwie scheinen meine Probleme sich auf andere Weise zu lösen.«

»Gut, wenn das so ist. Aber hast du dir schon mal überlegt, dass du vielleicht auch Hilfe brauchen könntest?«

»Wieso?«

»Du hast da einige bemerkenswerte Phänomene geschildert, die sich in deinem Nachbarhaus abspielen. Diese Xenia scheint ziemlich auf den linken Pfad abgedriftet zu sein. Und Halloween ist ein guter Zeitpunkt, auch für die, die sich an dem Unheil berauschen, nicht wahr?«

»Umso wichtiger ist es doch, dass ich zu Hause bin, meinst du nicht?«

»Wenn sie alleine arbeitet. Was ist, wenn sie auch in einer Gruppe ist. Es soll sich seit einiger Zeit hier etwas tun. Von wegen der verschwundenen Katzen. Und es gibt auch andere Anzeichen.«

Gänsehaut zog sich über meine Arme. Ich nahm das Handtuch fester um mich.

»Ich habe leider auch solche Befürchtungen. Agnes wohl auch.«

»Wir haben darüber gesprochen. Es gibt Gerüchte, die von einer Sekte der Satanisten sprechen. Aber niemand weiß etwas Konkretes.«

»Das könnte natürlich auf Xenia einen unwiderstehlichen Reiz ausüben. Ich weigere mich zwar, sie für eine führende Kraft darin anzusehen, dazu ist sie zu labil. Aber allein der Dunstkreis von Macht und Rache wird sie anziehen, und wenn es nur deshalb ist, ihre Umgebung zu schockieren.«

»Dann sei wachsam in der Nacht vom Sonntag. Ich werde an dich denken.« Sie lächelte mich liebevoll besorgt an.

»Danke, Kathy.«

Ganz selten darf man sie mal mit ihrem Kosenamen ansprechen.

»Jetzt zieh dich endlich um, ich kann mir nicht noch einen Ausfall bei den Trainerinnen leisten. Betty niest auch schon.«

Ich fuhr nach Hause. Inzwischen war es zu kalt und zu dunkel geworden, um mit dem Fahrrad unterwegs zu sein, und ich legte die kurze Strecke mit dem Auto zurück. Daher fuhr ich auch den normalen Weg, der mich an den Abbruchhäuser vorbeiführte.

Eine Erinnerung blitzte dabei auf. Die Ereignisse nach Mickis Verschwinden hatten die Information in den Hintergrund gedrängt, aber jetzt war sie wieder da. Ich hatte nämlich Alex ein paar Tage später gefragt, ob er und seine Leute irgendetwas Ungewöhnliches dort entdeckt hätten.

»Wir sind sehr vorsichtig dort noch einmal eingedrungen. Gasmelder und solche Sachen hatten wir dabei. Aber es gab nichts, was auf eine Ausdünstung oder ein schleichendes Gift hingewiesen hat. Es war nur kälter, als man annehmen möchte. Aber das kann auch ein subjektiver Eindruck gewesen sein. Es gab ein paar Stellen, die darauf schließen ließen, dass dort Menschen gewesen sind. Wahrscheinlich Penner, die dort Unterschlupf gesucht hatten. Ein paar alte Decken, Reste eines Feuers, Glasscherben. Widerliches Zeug. Wir haben die Türen und Fenster zugenagelt und kontrollieren alle paar Tage das Gelände. Nicht dass uns da noch einer der Tippelbrüder unter den Trümmern verschüttet wird.«

»Könnte es sein, dass sich zu dem Zeitpunkt, als wir da waren, dort jemand aufgehalten hat?«, hatte ich gefragt.

»Wahrscheinlich nicht. Aber es sind unangenehme alte Häuser. Mit einer unangenehmen Vergangenheit.«

»Interessant, dass du das sagst.«

Er hatte gegrinst. Nicht besonders humorvoll.

»Ich bin schon ein bisschen herumgekommen. Und in anderen Ländern sieht man die Dinge weniger rational. Wenn du meinst, es spukt dort, so würde ich nicht glatt nein sagen. Ich hatte mal das zweifelhafte Vergnügen, eine Voodoo-Zeremonie beobachten zu können. Das hat mich etwas sensibel gemacht für solche Strömungen. Aber lassen wir das! Ich werde sehen, dass unser Terminplan so geändert wird, dass wir die Häuser so schnell wie möglich dem Erdboden gleichmachen können.«

Verwunderlich schien mir darum jetzt, als ich in der Einfahrt parkte, dass Alex die Umtriebe seiner Schwester als so harmlos ansah. Ich nahm mir vor, mit ihm noch einmal ein vorsichtiges Gespräch darüber zu führen. Aber jetzt war erst einmal Micki dran.

Sie kroch auf allen vieren durch das Wohnzimmer, als ich eintrat. Zwei weitere Vierbeiner leisteten ihr dabei Gesellschaft.

»Dir fehlen diese Ohren, die man nach hinten drehen

kann, Micki. Dann würdest du besser hören, wenn deine Mutter kommt.«

»Das brauche ich nicht zu hören, das rieche ich.«

»Oh, ich weiß, dass ich verschwitzt bin. Aber so drastisch brauchst du mir das doch nicht unter die Nase zu reiben.«

Micki kam auf zwei Beine, die hinteren, um genau zu sein, und zwinkerte mir zu.

»Wenn die nach deiner Stunde alle so süß duften, solltet ihr die Gebühren erhöhen. Nee, ich erkenne dein Parfüm. Ich mag das.«

»Ob ich davon zu viel verwende? Alex hatte mich daran ja auch schon erkannt.«

»Nein, das ist es nicht, es passt nur so unheimlich gut zu dir. Das … das war etwas, das mir gefehlt hat.«

»Eigenartige Verlustgefühle entwickelst du. Aber jetzt möchte ich mich ziemlich hurtig duschen, mir wird langsam kalt bis auf die Knochen.«

Anschließend setzte ich mich zu meiner Tochter und ließ mir berichten, was sie erlebt hatte. Es war Euro-Disney. Und Micki war nicht begeistert.

»Nur Nepp, Mam. Okay, ein paar spektakuläre Sachen gibt's schon, aber alles in allem ein Riesenrummelplatz. Anstehen an jeder Veranstaltung, nur Plastikfutter, Millionen von drängelnden Menschen. Und Daddy fand das himmlisch. Ich kam mir vor, als wäre ich hundert.«

»Er hat sich ein kindliches Gemüt bewahrt.«

»Nennt man das so? Dann bin ich schon lange kein Kind mehr. Ich mag diese nachgemachte Wirklichkeit nicht.«

»Tja, man sieht überall die Schweißnähte und die Kabelschächte, wenn man genau hinschaut, nicht? Und dann ist man ernüchtert.«

»War er schon immer so? Ich meine, Daddy?«

»Ja. Das ist einer der Gründe, warum ich damals nicht mit ihm mitgehen wollte. Er hat eine Neigung dazu, sich in eine künstliche Welt zurückzuziehen, in der es keine Kanten, keine Abfälle, keine Schmuddelecken gibt, die man beseitigen muss. Schöne heile Plastikwelt.«

»Das klingt ja richtig bitter. Das hast du mir gegenüber noch nie so gesagt.«

»Nein, und ich sollte es auch jetzt nicht tun. Aber du hast jetzt, nach einer gewissen Zeit und ein bisschen über das Kinderalter hinaus, ihn noch einmal kennengelernt. Und für mich hörte sich das so an, als ob du sehr klarsichtig bemerkt hast, worin der Grund liegt, dass ich mit ihm nicht zusammenleben kann.«

»Aber du konntest es einmal.«

»Ja. Ich war auch mal ein kindliches Gemüt. Und da war er bezaubernd. In gewisser Weise ist er es noch.«

»Und du willst sagen, du bist jetzt älter geworden, aber er ist geblieben, wie er war.«

»Nicht ganz, nur ich bin wohl schneller gealtert als er.«

»Vielleicht hat es nichts mit Alter zu tun, Mam. Denn ich

bin auch … über ihn hinausgewachsen?«, formulierte sie probeweise.

»Ja, wir sind – auseinandergewachsen.«

»Trotzdem hab ich ein schlechtes Gewissen. Er hat sich so angestrengt. Ich glaube, er möchte wirklich gerne, dass wir wieder zusammen sind.«

»Das gehört zu seiner heilen Welt dazu, denke ich. Er will es nicht wahrhaben, dass ich mich geändert habe.«

»Mhhh.«

Micki zog die Beine unter sich und setzte sich Holly auf die Schulter, die mit Begeisterung in ihren Löckchen wühlte.

»Und dann … dann ist da noch der Schorsch von nebenan«, sagte sie leise. Und sah mich durchdringend an: »Das war nicht fair, wie du Alex vorgestellt hast. ›Das ist nur der Nachbar!‹ Platsch! Peng!«

Sie war richtiggehend empört.

»Ich habe nicht gesagt ›nur der Nachbar‹!«

»Aber so hat's geklungen. Was ist denn nun mit dir und Alex? Ist er der Nachbar, oder ist er dein Freund?«

»Ich bin mir nicht sicher, ob ich meiner minderjährigen Tochter diese Frage erschöpfend beantworten muss.«

»Hör auf, so mit den Begriffen rumzujonglieren. Ich weiß, dass er auch dein Liebhaber ist. Aber das ist so … so … so vergänglich.«

»Sprach die alte, lebenserfahrene Dame!«

»Mam, hör auf, so um den Pott zu reden. Ich hab auch

alles erzählt. Und ich hab mir in den letzten drei Tagen ein paar komische Gedanken gemacht.«

»Liebe Michaela, ich bin noch mit Jerry verheiratet. Was glaubst du wohl, was mit Alex sein kann. Wir haben, wie er es so richtig bezeichnete, ein Verhältnis.«

»Du könntest dich scheiden lassen.«

»Und? Was würde das ändern?«

»Du könntest Alex heiraten.«

»Wenn ich das wollte und vor allem, wenn er das wollte, meine Liebe. Der Knackpunkt an der Sache ist, dass ich bezweifle, ob er diesen Wunsch hegt.«

»Dann bring ihn doch dazu, den Wunsch zu haben!«

Ich sah die aufgebrachte Micki mit einem Blick mütterlicher Geduld an und gab mir Mühe, darauf eine erschöpfende Antwort zu formulieren.

»Erstens, Micki, was bringt dich auf den Gedanken, dass ich das wollte? Zweitens, dass ich es könnte und drittens – warum sollte ich überhaupt? Außerdem darf man das nie gegen den Willen eines anderen tun.«

Micki blitzte mich an und schoss ihre Antwort ab: »Erstens, du willst es, zweitens, du kannst es, und drittens – ganz einfach, weil du ihn lieb hast!«

»Du bist eine furchtbar nagende Ratte!«

»Bin ich nicht. Du willst nur der Wahrheit nicht ins Auge sehen.«

»Welcher Wahrheit?«

Micki schien in sich zusammenzuknicken, die Energie war verpufft. Ein bisschen kläglich meinte sie: »Ich hatte gehofft, dass du ihn liebst.«

»Selbst wenn, Micki. Was nützt das schon, wenn er mich nicht liebt.«

»Du meinst, weil er sagt, ihr habt nur ein Verhältnis, ja?«

»Und weil ich ihn ein bisschen besser kenne als du.«

»Aber du kannst es dir doch wünschen.«

»Das hatten wir schon. Nicht gegen den Willen …«

»Aber *ich* kann's mir wünschen!«, trotzte sie plötzlich, und ich musste lachen.

»Ja, das kannst du, Micki.«

»Ich tu's auch. Gleich jetzt.«

Oweia, da hatte ich etwas angerichtet. Micki und die Erfüllung ihrer Wünsche. Aber auch das gelang ihr nicht immer. Wenn auch immer öfter!

Einer unausgesprochenen Vereinbarung folgend trafen Alex und ich uns an den Abenden in der Woche nicht. Zwar wechselten wir ein paar Worte, wenn wir uns zufällig am Eingang trafen, aber wir hatten beide zu viel zu tun, um uns langen nächtlichen Ausschweifungen hinzugeben. Ich hatte einen neuen Auftrag bekommen, mit einer weiteren höflichen Einladung zum Essen, die ich für die übernächste Woche auch annahm. Diesmal durfte ich mich mit dem Geschäftsbericht herumschlagen, der an die amerikanische

Muttergesellschaft abgeliefert werden sollte. Das einzig Spannende daran war, dass ich mein gesamtes technisches Vokabular vergessen durfte und mich im Wirtschaftsenglisch fit machen konnte.

Jerry rief einmal an, erkundigte sich nach Micki und berichtete dann, dass er in zwei Wochen noch einmal bei uns vorbeikommen würde. Und ich möchte mir doch bitte bis dahin ein paar Gedanken zu unserer Ehe machen. Das zumindest konnte ich ihm mit gutem Gewissen versprechen. Gedanken machte ich mir wirklich dazu.

Donnerstag, nach dem Selbstverteidigungs-Kurs gab es dann wieder einmal eine Auseinandersetzung mit Rüdiger. Micki war ihm ja seit unserem Streit um den gepiercten Bauchnabel aus dem Weg gegangen, entweder, weil sie mich nicht reizen wollte, oder weil der Junge, seit sie häufiger mit Kevin zusammen war, seinen Reiz für sie verloren hatte. Mich hatte er die letzten Male unhöflich übersehen, aber damit konnte ich locker leben.

Ich beobachtete ihn im Spiegel. Er stand vor dem Hantelständer und bewegte mächtig Metall. Die Schlange auf seinem Arm wirkte unter der Kontraktion der Muskeln wie lebendig, und zwei Bewunderinnen sahen ihm in atemloser Faszination zu. Micki vergnügte sich noch eine Runde auf dem Stepper, sie hatte den Ehrgeiz entwickelt, die Eigernordwand ohne Pause besteigen zu wollen. Sieglind lenkte meine Aufmerksamkeit von dem Fitness-Raum ab und bat mich um ein paar Ratschläge. Sie war – was Wunder – an ihrem Schreibtisch belästigt worden. Ich mahnte sie, auf verbale sexistische Annäherungen nicht gleich mit einem Handkantenschlag zu reagieren.

»Aber der Mann stand ganz nahe neben mir.«

Ich konnte mein dummes Mundwerk wieder mal nicht im Zaum halten und antwortete: »Wie schön für dich.«

»Du magst das ja wohl so empfinden. Ich finde diese aufdringliche Nähe von Männern als unangenehm.«

Na dann!

»Du könntest dir ein paar nette Sprüche zurechtlegen. Das schockt auch manchmal. So was wie ›Hände weg von meinem Schenkel, Mutter braucht noch keine Enkel!‹«

Leider hatte Sieglind für solche vorsichtigen Anrüchigkeiten keinen Sinn und stampfte beleidigt in Richtung Umkleide. Erst in diesem Augenblick merkte ich, dass Rüdiger seine Metallarbeiten beendet hatte und auf die Theke zusteuerte. Und Micki, ein bisschen aus der Puste, kam hinter ihm her. In diesem Moment wechselte die Musik, und ihr Lieblingssong dröhnte auf. Sie jodelte sofort mit und sah mich lachend dabei an, als sie sang: »Mutter, der Mann mit dem Koks ist da.«

Es geschah etwas schneller, als ich es vorhersehen konnte. Rüdiger drehte sich um, packte Micki an den Schultern und schüttelte sie, dass ihr die Zähne klapperten.

»Wirst du wohl dein ungewaschenes Maul halten, du

dämliche Göre!«, zischte er sie an. Aber bevor ich eingreifen konnte und etwas Unabänderliches passierte, war Erich da und hatte Rüdiger von hinten in die Arme gegriffen.

»Junge, das machst du nicht noch einmal. Was hat dir das Mädchen getan?«

Rüdiger wand sich in dem eisernen Klammergriff, gab aber keine Antwort. Micki stand verdattert da und meine: »Ich hab nur gesungen. Vielleicht gefällt ihm meine Stimme nicht.«

»Lass mich in Ruhe, Ärisch!«

»Wir reden da noch mal drüber, Rüdiger. Und jetzt verschwindest du hier besser. Egal, was anliegt, hier sind die Kunden immer im Recht. Klar?«

Rüdiger sah mich und Micki giftig an und verdrückte sich wieder hinten zu den Geräten.

»Mam, was sollte das? Ich hab doch nur das Lied mitgesungen.«

»Später, Micki. Zieh dich um!«

Ich machte mir so meine Gedanken. Da gab es eine ganze Menge Puzzlesteinchen, wenn man es so recht betrachtete. Rüdiger, der immer bis zuletzt in Studio blieb. So zuverlässig! Rüdiger mit dem schwarzen Porsche. Von seinem Einkommen als Trainer? Rüdiger, der in irgendeiner Verbindung mit Xenia stand, die wiederum ein reges Nachtleben in einer Diskothek von nicht ganz blütenreinem Ruf führte. Und Rüdiger, der auf das zynische Kinderliedchen vom

Mann mit dem Koks so unerwartet heftig reagiert! Wenn das nicht ziemlich eindeutige Schlüsse zuließ. Ich nahm mir vor, Katharina noch heute Abend anzurufen.

»Meinst du, der hat was mit Rauschgift zu tun, der Rüdiger?«

Micki war zu dem gleichen Schluss gekommen und fragte das mit etwas zitteriger Stimme, als wir im Auto saßen. Wenn sie vor etwas Angst hat, dann sind das Drogen. Und ich bin die Letzte, die ihr diese Angst nehmen würde.

»Es liegt ziemlich nahe. Eine Kohlenhandlung hat er jedenfalls nicht.«

»O Mann. Und ich hatte mich fast in ihn verguckt. Du hast das schon früher gewusst«, klagte sie mich jetzt an. »Das hättest du mir doch sagen können. Dann hätte ich doch nie so mit ihm geflirtet.«

»Micki, klar geworden ist mir das auch erst heute. Bislang habe ich ihn nur für einen ziemlich großmäuligen jungen Schnösel gehalten, der Frauen wie den letzten Dreck behandelt.«

»'tschuldigung. Ich werde das nächste Mal gleich auf dich hören.«

»Nun mal nicht so kleinlaut, Süße. Shit happens.«

»Ich dachte Koks?«

Lange konnte Micki wirklich nicht ernst bleiben.

»Du kennst dich aber gut aus in der Szene.«

»Ja, das kriegt man alles ab der siebten Klasse.«

»Religiöse Früherziehung, oder in welchen Fach?«

»Die Sozialtante von der Drogenhilfe bringt uns die wesentlichen Grundbegriffe bei.«

»Oh, wie praktisch. Dann ist man ja gründlich auf das Leben vorbereitet. Verteilt die auch Pröbchen?«

»Werd sie mal fragen. Aber … ob ich der mal von Rüdiger erzähle. Vielleicht kann die ihn anzeigen?«

»Anzeigen könnten wir ihn auch. Wenn wir Beweise hätten. Aber wir wissen nur, dass er auf ein bestimmtes Lied allergisch reagiert. Nachweisen können wir ihm damit noch lange nichts.«

»Könnten wir nicht mal ein bisschen nachforschen?«

»Bist du lebensmüde? Was glaubst du, was passiert, wenn der so eine kleine Schnüffelnase wie dich beim Durchwühlen seiner Sachen entdeckt. Du hast doch vorhin eine Kostprobe abbekommen.«

»Ja, aber, man muss doch was tun! Der ist doch gefährlich!«

Wir stiegen aus dem Auto und gingen ins Haus.

»Ich tue ja auch etwas, Mausebär. Ich werde jetzt Katharina anrufen und ihr unseren Verdacht mitteilen. Sie hat gute Möglichkeiten, ihn unauffällig in der Richtung zu beobachten. Und auch mal das Studio unangekündigt zum Beispiel gründlich reinigen zu lassen. Vielleicht findet sie Beweise.«

»Gute Idee.«

War es sicher, nur Katharinas Telefon sagte mir freundlich: »Hallo, leider habt ihr nur den Anrufbeantworter dran. Aber ich rufe bestimmt zurück, wenn ihr eine Nachricht mit Namen und Telefonnummer hinterlasst.«

Und diese Nachricht mochte ich nun wirklich nicht auf Band sprechen. Wer weiß, wer das alles abhörte. Also bat ich nur um dringenden Rückruf.

Micki, die wie üblich gelauscht hatte, fragte: »Sollen wir Alex davon erzählen?«

Ich überlegte kurz und meinte dann: »Nein. Wegen Xenia will ich mich in einem anderen Zusammenhang noch mal mit ihm unterhalten. Dann erwähne ich den Zwischenfall heute auch noch mal.«

Diesen Abend rief Katharina nicht zurück, und Jeany berichtete mir am Freitagmorgen, dass sie und Alan auf einer Messe seien und erst am Sonntagabend zurückkämen.

»Du kannst sie aber über Handy erreichen.«

»Schon gut, so dringend ist es nicht.«

Die Angelegenheit würde auch noch am Montag aktuell sein.

Micki hatte gefragt, ob sie an diesem Abend Pizza machen dürfe. »Für uns drei!«

»Wenn du Alex überredet bekommst, deine Speziale zu probieren. Die letzte war – äh – recht knusprig.«

»Ja, aber nur, weil Misty dir in die Pumps gemacht hatte, und ich die Schweinerei erst wegmachen musste.«

»Nun, dann solltest du beim Kochen die Katzen dieses Mal besser beaufsichtigen.«

»Oh, prima. Ich geh einkaufen. Von meinem Taschengeld!«

»Donnerwetter. Das nenne ich aber mal großzügig. Hoffentlich ist Alex heute Abend auch frei. Schließlich könnte er noch immer eine andere Verabredung haben.«

Er hatte es nicht. Micki erwischte ihn auf der Treppe, als sie mit dem Korb voll Gemüse, Käse und Bündeln geheimnisvoller Kräuter zurückkam. Ich musste sie mal fragen, ob sie wohl La Strega zu Rate gezogen hatte. Was Micki sich in den Kopf setzt, verfolgt sie wirklich mit aller Konsequenz. Einer der wesentlichsten Gründe, warum ihre Wünsche so oft in Erfüllung gehen.

Ich wurde aus der Küche verbannt, ich durfte den Tisch nicht decken, aber ich hatte die Erlaubnis, mit den heiligen Mysterien den Garten zu erkunden, was ein nervenaufreibendes Spiel war. Vielleicht hätte ich doch noch mal das Gras mähen sollen?

Um kurz vor acht kam Alex und wurde der Einladung mit einem Sträußchen für Micki gerecht. Sie kehrte allen ihren nicht unerheblichen Charme heraus und spielte die formvollendete Gastgeberin. Ich amüsierte mich heimlich darüber, wie ernsthaft Alex auf die Situation einging. Manchmal, in ganz, ganz stillen Stunden fragte ich mich, ob er vielleicht eine Familie vermisste. Und ob wir, Micki und ich, nicht diese Familie für ihn sein könnten. Aber dann war da ja noch Xenia. Und ob die für mich ein Teil der Familie sein könnte? Wahrscheinlich hatte Alex da sowie noch ein paar Prinzipien, die nicht so leicht zu verbrennen waren wie die, die sich mit den Verhältnissen zu verheirateten Frauen beschäftigten. Andererleuts Kinder mochten ja ganz nett sein, wenn sie frisch gewaschen am Tisch saßen und wohlerzogen plauderten, aber sogar Micki hatte ihre dunkleren Seiten. Sie konnte maulig sein, hatte gewaltige Probleme, die es diplomatisch zu lösen galt, hatte Anspruch auf Zeit, auch wenn es mal gerade nicht so gut passte, oder war auch schon mal krank und musste umsorgt werden. Besonders in solchen Fällen war Alex durch Xenia vorbelastet. Ob er sich das noch einmal antun würde, ein Mädchen auf dem Weg zum Erwachsenwerden zu begleiten? Nur wegen meiner schönen Augen?

»Träumst du, Mam?«

»Entschuldige, Micki. Ich bin unhöflich. Aber du bist so eine gute Unterhalterin, dass ich mich einmal richtig entspannt bei einer Einladung fühle.«

»Aber du müsstest jetzt mal unseren Gast übernehmen. Ich muss den Tisch abräumen.«

Sie war so bemüht darum, alles richtig zu machen, dass Alex und ich einen Blick des Einverständnisses tauschten und ihr nicht anboten, dabei zu helfen. Wir zogen uns ganz formell ins Wohnzimmer zurück.

»Verfolgt sie einen besonderen Zweck mit dieser Veranstaltung?«, fragte Alex lächelnd.

»Oh, ich denke, sie wollte sich für deine Einladung letzte Woche revanchieren.«

»Sag mal, jetzt, wo wir ungestört sind, darf ich dir endlich mal einen Kuss geben?«

»Wenn du dich nicht erwischen lässt.«

Wir wurden leider doch erwischt.

»Hach, ihr turtelt heimlich«, freute sich Micki, als ich versuchte, mich aus Alex' Umarmung zu winden.

»Ein ausgemacht schlechtes Benehmen, Michaela. Deine Rüge erfolgt zurecht.«

»Och, mir macht das nichts. Ihr dürft nebeneinander sitzen und Händchen halten.«

»Haben wir nicht einen großzügigen Anstandswauwau, Alex?«

»Haben wir.«

»Micki, wenn ich mich recht erinnere, hast du zu deinem Geburtstag doch eine Gitarre bekommen. Verstaubt die jetzt in deinem Zimmer, oder hast du schon mal darauf gespielt?«

»Ich habe sogar schon Unterricht bekommen. Bei einem ganz tollen Lehrer. Thomas ist echt super, Mam.«

»Fast so super wie Kevin?«

»Ein bisschen weniger. Oder zumindest anders.«

Das hatte ich mir auch schon gedacht. Von diesen Stunden kam sie immer mit einem überaus strahlendem Gesichtsausdruck zurück, der nicht nur auf die Freude an der Musik zurückzuführen war.

»Das Bienchen nascht an vielen Blumen, was?«, neckte Alex sie.

»Das Bienchen sammelt den Honig der Erfahrung, denke ich.«

»Sehr wichtig. Bienchen, summst du uns etwas vor?«

Micki zierte sich eine Weile, dann lief sie aber doch nach oben, um das Instrument zu holen.

»Ich kann aber erst drei Lieder«, entschuldigte sie sich, als sie sich auf dem Sessel zurechtsetzte.

»Immerhin besser als Tonleitern.«

»Nö, die brauch ich nicht üben. Thomas unterrichtet nach der Ganzheitsmethode. Ich lerne immer die Griffe für ein Lied.«

»Und was bekommen wir dargeboten?«

»Ja, also, Tommy hat eine Vorliebe für so ältere Sachen. So mehr Balladen und so Zeugs.«

»Und du glaubst, das ist nicht modern genug für uns?«

Sie grinste entschuldigend und konzentrierte sich dann auf ihre Griffe. Ich hatte sie schon ein paar Mal üben gehört, aber vorgespielt hatte sie mir auch noch nichts. Es zeigte sich, dass sie überaus gefährliches Liedgut beherrschte. Sie überraschte mit einer erstaunlich gut vorgetragenen

Version von »The Rose«. Das Kind hatte die Stimme von Jerrys Ahnen mitbekommen, wenn sie auch noch nicht ausgewachsen war. Und es war nur die intensive Beschäftigung mit der Gitarre, die sie davon abhielt, bei der Zeile: »It's the heart afraid of breaking, that never learned to love« aufzusehen.

Wir spendeten ihr Beifall, und ihre Wangen dunkelten nach.

Dann strich sie wieder über die Saiten und bot uns etwas harmloser »Amazing Grace«. Aber mit den dritten Lied setzte sie dann »Greensleeves« drauf, was mir fast die Tränen in die Augen trieb.

»Man soll ja nicht voreilig sein, aber ich habe fast das Gefühl, deine Tochter hat ein Talent für die Musik. Und auch für dieses Instrument.«

»Oh, glaubst du wirklich, Alex?«

Micki dunkelte noch tiefer nach.

»Mh.«

Und ich dachte still für mich: Bloß nicht übertreiben, Alex!

»Kannst du auch Gitarre spielen?« Micki hatte sich von dem Kompliment erholt.

»Vor langer Zeit habe ich ein bisschen rumgeklimpert.«

»Seemannslieder, was? ›What shall we do with the drunken Sailor‹ und so passende Kamellen?«

»So, das ist deine Meinung von den Seeleuten?«

»Na, was man so hört …«

»Gib sie mir mal. Ich will mal sehen, ob ich noch ein paar einfache Akkorde greifen kann.«

Er konnte. Und zwar nicht schlecht. Er stimmte ein bisschen die Saiten und präludierte versuchsweise ein paar Melodien. Micki saß hoch aufgerichtet da und schaute ihm gebannt zu.

»Toll!«, meinte sie, als er eine Pause machte. »Kannst du auch was singen?«

»Shanties?«

»Was für Teile?«

»Seemannslieder, du ungebildetes Geschöpf«, feixte ich. Es war richtig herrlich mit den beiden.

»Ich bin nicht gerade ein Pavarotti.«

»Nein, Joe Cocker käme dir schon näher.«

»Na, komm. Micki hat sich auch geoutet, jetzt bist du dran.«

Er sang den Klassiker der Klassiker: »House of Rising Sun«. Und meine Nackenhaare sträubten sich.

»Whow, das war stark.«

»Und was singst du, Deba?«

»Nichts. Ich singe noch nicht mal in der Badewanne. Weil ich dann immer Angst hab, die Kacheln springen von den Wänden.«

»Überrede Mam bloß nicht. Sie kann keinen Ton halten.«

Es war ein harmonischer Beginn des Wochenendes, das keine Anzeichen eines drohenden Schattens beinhaltete.

Samstag verschwand Micki zu Kevin, musste abends zu einer Freundin, Geburtstag feiern, musste, wie sich das in ihren Kreisen so gehörte, am Sonntag mit aufräumen helfen und kam erst am späten Nachmittag zurück. Alex und ich verbrachten den Samstagabend und die Nacht zusammen, sehr friedlich, ohne Auseinandersetzungen über Prinzipien. Ich gratulierte mir zu meinem diplomatischen Geschick, aber auch er vermied Konfliktthemen. Erstaunlicherweise kam im Laufe des Sonntags auch Xenia kurz bei mir vorbei. Ganz klar war mir nicht, was sie wollte. Sie spielte ein paar Minuten mit Holly und Misty, erzählte zwei, drei Anekdoten aus dem Nachtleben und verschwand dann wieder. Vielleicht war es eine Goodwill-Aktion. Aber ich war bei ihr immer noch misstrauisch.

»Deba, ich würde gerne bei dir bleiben, aber morgen früh haben wir schon um acht eine wichtige Besprechung, für die ich Faulpelz noch etwas vorbereiten muss«, sagte Alex gegen halb elf zu mir. Wir hatten Wein aus meinen neuen Kristallgläsern getrunken und uns über alles und nichts unterhalten. Eigentlich hatte ich an diesem Wochenende meine Bedenken wegen Xenias Umtrieben erwähnen wollen, aber es herrschte eine so unbeschreiblich harmonische Stimmung, dass ich es einfach nicht über mich gebracht hatte. Auch die

Bedenken, die meine Freundinnen in mir geweckt hatten, waren zerronnen. Es war so friedlich in unserem Haus. Was konnte uns schon geschehen?

Alex gab mir einen Abschiedskuss und schloss mit dem Schlüssel, den ich ihm überlassen hatte, hinter sich zu. Micki war in ihrem Zimmer, die Katzen lagen in ihrer Kuschelecke, und ich gähnte, streckte mich und spülte noch die Gläser aus, bevor auch ich mich zurückzog.

Die Nacht versprach kalt zu werden. Der Himmel war wolkenlos, und man meldete Bodenfrost am Morgen. Trotzdem mochte ich die Jalousien nicht herunterlassen. Ich zog sogar ein wenig die Gardinen zur Seite, um beim Einschlafen den sternenglitzernden Himmel zu sehen. Ich habe dann immer so erhebende Gedanken.

Ein leises Geräusch drang in meinen leichten Schlummer. Es klang, als ob ein Steinchen auf Glas traf. Mein erster Gedanke war, dass Micki einen Verehrer hatte, der das Fenster verwechselte. Beinah musste ich kichern, bei der Vorstellung, gleich eine schmachtende Serenade zu hören. Aber dann kam ein ganz anderer Laut. Ein protestierendes Quieken, das erstickt wurde. Mit einem Satz war ich aus dem Bett. Ganz leise drückte ich die Türklinke herunter und lauschte.

Unten fiel sacht die Tür ins Schloss.

Micki stand plötzlich neben mir, und ich fuhr zusammen.

»Was war das?«, flüsterte sie.

»Jemand war im Haus. Sieh nach den Katzen, ich gehe zur Haustür.«

Ich warf mir den Kimono über, fand aber den Gürtel nicht und stieg mit dem gerafften Gewand die Treppe hinunter. Die Haustür war zu, aber nicht mehr abgeschlossen. Alex? Was sollte er noch mal um Mitternacht bei uns suchen?

»Mam, Misty ist nicht da, Holly spielt total verrückt.«

»Verdammt, Micki. Da stimmt was nicht. Komm, wir sehen aus deinem Fenster in den Garten. Und mach kein Licht an.«

Wir liefen nach oben und versuchten, über die Trennwand zwischen den beiden Terrassen etwas auf dem Nachbargrundstück zu erspähen. Es war ganz ruhig und so windstill, dass sich noch nicht einmal die Zweige der Bäume bewegten. Oder doch.

»Da, Mam. Da ist jemand.«

Über einem schwarzen Schatten schwebte ein körperloses, weißes Gesicht.

»Ich hab Angst, Mam!«

»Schon gut, Micki. Ich gehe nach unten und stelle das Treiben ab.«

»Nein.«

»Und Misty?«

»Ich komm mit.«

»Bleib hier oben.«

Ich lief wieder die Treppen hinunter, und erst als ich auf den kalten Steinen der Terrasse stand, bemerkte ich, dass ich keine Schuhe anhatte. Es war eisig, und ich hielt mit einer Hand den Kimono fest geschlossen.

Dann sah ich sie.

Xenia. Ganz in Schwarz, einen Deckelkorb in der Hand, aus dem es fauchte und maunzte, stand vor dem Felsbrocken, an dem wir Freia begraben hatten, unter den Bäumen. Und mit einem Mal fügte sich das letzte Puzzlesteinchen ein.

»Xenia! Hör sofort auf damit!«, fuhr ich sie scharf, aber leise an. Warum die Nachbarschaft wecken?

Sie drehte sich noch nicht einmal um.

»Xenia, hörst du mich nicht?«

Sie stellte den Korb ab und hob den Deckel.

Schlafende Nachbarschaft hin oder her, das ging nicht!

»Xenia. Bist du verrückt geworden?«, brüllte ich sie an.

Das wirkte. Sie sah hoch, ihr Gesicht entstellt zu einer starren Maske. Nur ihre Augen brannten, hielten meinen Blick fest. Irgendwo im Hintergrund hörte ich Türen gehen, aber ich ignorierte es. Ich fühlte mich hilflos wie das sprichwörtliche Kaninchen vor der Schlange. Xenia bewegte sich, eine flatternde Geste mit dem Arm. Aber sie nahm ihre Augen nicht von mir.

Und dann kamen sie. Das schwarze Insekt hob sich von ihrer Hand und flog auf mich zu. Sirrend und singend umkreiste es mich wie ein hungriger Moskito, der nach meinem Blut gierte. Ich war völlig starr. So etwas hatte ich noch nicht erlebt, es sei denn in halbvergessenen Träumen. Und weiter durchbohrte mich Xenias Blick. Der schwarze Vogel spreizte sein Gefieder und kam mit einem rauen, bösen Krächzen über meinen Kopf geflogen. Sein scharfer Schnabel hieb nach meinen Gesicht, und erst im letzten Moment konnte ich schützend die Hände heben. Dann kroch das schwarze Tier aus dem Schatten von Xenias Umhang hervor. Schnüffelnd setzte es eine krallenbewehrte Tatze vor die andere, suchte mich mit seinen glimmenden Augen. Ich fuhr in meiner Panik mit einer Hand in einer reflexartigen, vielleicht sinnlosen Bewegung an meine Kehle. Spürte plötzlich etwas Vertrautes. Das Amulett meiner Mutter glitt zwischen meine Finger.

Und das Tier suchte mich weiter.

Doch dann verdunkelte sich der Himmel, und das Ungeheuer schien auf mich hinabfahren zu wollen.

Durch die Dunkelheit um mich herum hörte ich Xenias irres Gelächter.

Dann hörte ich nichts mehr, sah nichts mehr, fühlte nichts mehr. Ich war eingefangen in einem lähmenden schwarzen Kokon. Ich konnte mich nicht bewegen, konnte mich nicht wehren, war den finsteren Mächten hilflos ausgeliefert. Und das Grauen kroch wie klebrige Kälte über meinen Körper. Die Angst wurde Realität.

Und so, blind und orientierungslos, nahm ich zu meinen eisigen Füßen eine sanfte Wärme wahr, ein Streicheln wie von Katzenfell. Ich klammerte mich daran mit den schwachen Fädchen meines verrinnenden Geistes. Die Fäden verstärkten sich, wurden fester. Sie verbanden mich mit einer Welt jenseits meines Körpers. Ich spürte einen fernen Rhythmus in meinem Blut, eine tonlose Melodie, die einen wirbelnden Tanz begleitete. Ich konnte wieder fühlen. Ich fühlte, dass Micki hinter mir stand und mir ihre Liebe sandte. Ich fühlte, dass Alex ganz nahe war, auch er voll besorgter Liebe. Ich spürte sogar die Gegenwart der beiden Kätzchen und ihrer Mutter, die hier begraben lag. Und durch die Dunkelheit hindurch überflutete mich eine gewaltige Liebe, die ich ihnen allen zu geben hatte. Meiner Tochter, Alex, den kleinen, unschuldigen Kreaturen, der alten Streunerin, dieser Welt, in der die Dunkelheit keinen Raum gewinnen sollte. Ja, und auch Xenia, dem irregeleiteten Opfer.

Der Wind heulte, zerrte an meinem Gewand. Er stimmte in den wilden Tanz ein. Und in meinen krallenbewehrten Tatzen wanden sich die schwarzen Dämonen; giftige Insekten, scharfschnabelige Vögel, reißende Tiere und das namenlose Ungeheuer hauchten ihr böses Leben aus. Ihre schrecklichen Fratzen wurden zerrissen, sie wurden zum schattenlosen Nichts.

Von den kalten Fesseln befreit, breitete ich die Arme weit aus.

Noch konnte ich nicht klar sehen, doch in einem Strudel

aus Sternenstaub formte sich vor meinen verschleierten Augen die katzenköpfige Göttin. Ihr Gesicht wurde klarer, leuchtender. Es war golden, und sie lächelte. Sie kam näher und näher, wurde größer und größer und schien mit mir verschmelzen zu wollen.

Ohne dass ich es wollte, sprach ich die Worte, in einer Stimme, die mich selbst in Staunen versetzte.

»Sehet her! Ich bin die Hüterin des Lebens. Ich schenke euch Frieden und Freiheit und lege Freude in eure Herzen. Ich verlange kein Blut, noch fordere ich Opfer! Denn ich bin der Kelch des Lebens, und meine Liebe ergießt sich über alle Welt!«

Die darauffolgende Stille war unendlich. Ich konnte wieder sehen, schärfer und deutlicher als zuvor, als ob meine Augen die Nacht durchdringen wollten. Xenia war auf die Knie gesunken und hielt die Hände vor ihr Gesicht geschlagen. Misty krabbelte aus dem aufgesprungenen Korb durch das Gras auf Micki zu.

Noch immer in einem Bann der Unwirklichkeit machte ich einen Schritt auf Xenia zu. Sie wimmerte, sank noch mehr in sich zusammen und verschränkte schützend die Arme über ihrem Kopf, ebenso wie ich mich auch vor ihr hatte schützen wollen.

»Xenia, du brauchst keine Angst zu haben. Es ist vorbei. Komm, lass mich dir helfen aufzustehen.«

Ungläubig sah sie mich an, dann weiteten sich ihre Augen

vor Staunen. Seltsam willig ließ sie sich hochziehen, und ich stützte sie, hielt sie einen Moment an mich gedrückt.

»Es ist kalt in dieser Nacht, Xenia. Lass uns ins Warme gehen. In die Helligkeit.«

Ich führte sie langsam zu unserem Haus und ließ sie auf dem Sofa Platz nehmen. Micki, die kluge Micki zündete weiße Kerzen an, und ich wickelte die Schmusedecke der Katzen um Xenia.

Irgendwoher wuselten die beiden Kleinen dann auch herbei und sprangen prompt auf ihren Schoß. Gedankenverloren streichelte Xenia die Pelzchen, bis sie schnurrten.

Katzen verzeihen schnell.

Ich hatte Micki ein Zeichen gegeben, und sie verschwand in der Küche. Sie würde Tee kochen.

Alex stand, noch immer in Jeans und Sweatshirt, wie er mich verlassen hatte, an die Schiebetür zum Garten gelehnt. Er hatte wohl noch gearbeitet.

»Komm bitte auch rein, Alex. Und mach die Tür zu. Es ist so kalt draußen.«

Er nickte und kam dann zu Xenia und mir. Sanft strich er seiner Schwester über die schwarzen Locken.

»Ist alles in Ordnung mit dir, Xenia?«

»Nein. Nein, es ist nicht alles in Ordnung. Aber viel mehr als vor kurzem noch.«

Micki kam mit dem Tee, und Xenia hielt die Tasse mit beiden Händen, als ob sie jede Wärme brauchte.

»Kannst du uns schon sagen, was mit dir los war, Xenia? Ich hab dich noch nie so gesehen. Es war grausig in jeder Hinsicht. Oder möchtest du lieber ausruhen?«

Alex saß auf der Sofalehne und hatte den Arm um sie gelegt.

»Ich … ich muss es loswerden. Aber Deba muss hierbleiben. Sie versteht das.«

»Natürlich bleibe ich bei dir, Xenia.«

»Es … es gibt da eine Gruppe. Das war anfangs …« Sie druckste herum, und ich half ihr ein bisschen weiter.

»Es hat dich fasziniert, mit der Macht zu spielen.«

»Ja. Es gibt einem ein gutes Gefühl. Dachte ich. Aber … sie haben so Einweihungsriten … ekelig. Hinterher ist man dann irgendwie stolz, dass man es doch geschafft hat. Aber die … die Opfer …« Sie schüttelte sich im nachträglichen Grauen.

»Wo findet das Ganze statt? Im Wald? Auf dem Friedhof?«

»Manchmal auf dem Friedhof. Aber es gibt da einen Raum. In den Abbruchhäuser, Micki hat ihn beinahe gefunden.«

»Sonja wohl auch.«

»Sonja? Welche Sonja?«

»Oh, eine Trainerin aus dem Studio, in dem ich arbeite.«

»So eine mageres Federgewicht, ja, ich erinnere mich. Was hatte sie da nur zu suchen?«

»Sie war hinter Rüdiger her.«

Das stellte ich einfach mal so in den Raum. Mal sehen, was jetzt kam.

»Rüdiger …« Xenia schüttelte sich. »Er ist einer der Obersten. Er ist ein Satan. Er … organisiert das mit den Drogen.«

»Du auch?«

»Nein, nicht mehr. Darum durfte ich ja nicht Priesterin bei ihnen werden.«

Ich atmete tief durch. Für meinen Teil wusste ich jetzt alles, was ich wissen wollte. Alex hatte aber noch eine Frage.

»Was wolltest du heute damit erreichen, Xenia?« Nicht vorwurfsvoll, sondern mitfühlend klang es. Doch sie schluchzte auf, und erst nach einer Weile war sie bereit zu antworten.

»Ich … ich habe Deba gehasst. Sie hat alles. Sie kann alles. Ich wollte sie demütigen. Schmerz zufügen. Micki liebt die Kätzchen, darum wollte ich sie umbringen. Ich kann mich selbst nicht mehr verstehen. Ich war wie besessen.«

»Er hat großen Einfluss auf dich. Rüdiger, nehme ich an?«, fragte ich.

»Er wollte erst, dass du zu uns kommst. Er sagt, du hast große Kraft. Aber dann hast du dich geweigert, und er wollte, dass ihr beide eine Lektion erteilt bekommt.«

»Daher die ganzen Missgeschicke, der Streit und die Zerstörung. Ich hatte schon fast so etwas vermutet, Xenia. Aber bislang dachte ich, dass du alleine dafür verantwortlich warst.«

Sie sah mich an, mit einem unschuldigeren Gesicht, als ich es je zuvor bei ihr gesehen hatte. Und zeigte ein sehr verrutschtes Lächeln.

»Dazu braucht es mehr als meinen hilflosen Hass.«

Ich nahm ihre Hand und hielt sie fest.

»Xenia, gibt es jemanden, der dir jetzt weiterhelfen könnte? Ich denke, du brauchst über eine gewisse Zeit professionelle Betreuung. Wir können dir nur unsere Freundschaft bieten, aber deine Seele hat Wunden bekommen, die behandelt werden und ausheilen müssen.«

»Die Frau, Dr. Kortis. Ich bin nicht mehr zu ihr gegangen. Sie hat aber gesagt, sie hilft mir immer.«

»Können wir sie jetzt anrufen, Alex?«

»Versuchen wir es.«

Er ging zum Telefon. Unterdessen goss ich Xenia noch einen Tee ein. Sie sah mich an, diesmal mit einem weichen, neugierigen Blick.

»Ich verstehe es noch immer nicht ganz, was du getan hast. Du hast wundervoll ausgesehen, Deba. Mächtig. Riesengroß. Ganz golden und voller Licht. Und dieses Lächeln. Es steht noch immer vor meinen Augen. Ich glaube, es wird mir helfen, zu mir zurückzufinden.«

Ich streichelte sie und drückte dann ihre Hand.

»Sie kommt gleich vorbei und nimmt dich mit zu ihr, Xenia«, meldete Alex. »Ich gehe und hole dir ein paar Sachen aus deinem Zimmer.«

Unisono riefen Xenia und ich: »Nein!«

»Bleibt heute Nacht aus meinem Zimmer.«

»Ich hole dir einen Jogginganzug von mir und andere Kleinigkeiten.«

Als ich zurückkehrte, war die Psychiaterin bereits eingetroffen. Sie war sichtlich aus dem Bett gekommen, aber wirkte hellwach. Mich musterte sie mit einem skeptischen Blick, dann sagte sie nur: »Aha!«

Mir wurde plötzlich klar, wie ich aussehen musste. Zerzauste Haare, wallendes Gewand, barfuß! Wahrscheinlich hielt sie mich für die Irre.

Hielt sie nicht.

»Wir beide sollten uns unbedingt unterhalten. Die Methode, die Ihresgleichen einsetzt, habe ich noch nie in der Praxis angewandt erlebt.« Sie gab mir aber keine Zeit zur Antwort, sondern kümmerte sich sofort sehr fürsorglich um Xenia.

Als sie fort waren, kuschelte Micki sich mit Holly und Misty in die Katzenschmusedecke. Ich setzte mich neben sie und zog die Beine an. Alex ließ sich in den Sessel fallen. Wir schwiegen, sahen in das sanfte Gold des Kerzenlichtes. Im Augenblick gab es nichts mehr zu sagen.

Regelmäßige Atemzüge neben mir überzeugten mich, dass Micki vor Erschöpfung eingeschlafen war. Ungeschickt versuchte ich sie aufzusetzen, um sie ins Bett zu tragen. Aber Alex war schneller. Mit Leichtigkeit hob er sie samt den heiligen Mysterien auf und trug sie die Treppe hoch. Ich ging hinterher und sah, wie er sie in ihrem Bett liebevoll zudeckte und murmelte: »Ist alles gut, Mausebärchen.«

Dann sah er mich und bekam einen schuldbewussten Ausdruck. Leise zog er die Tür hinter sich zu.

»Und ich habe einmal angenommen, dass ich dich beschützen müsste. Alle Götter, da habe ich mich aber gründlich blamiert.«

»Hast du nicht, Alex. Auch ich brauche manchmal jemanden, der mich beschützt. Ich gebe es nur leider nicht gerne zu. Und Alex, du solltest heute nicht mehr nach drüben gehen. Das ist keine Nacht, um sich den Schatten zu stellen. Und ich habe auch nur eine begrenzte Kraft. Morgen, bei Tageslicht mag das anders aussehen. Es tut mir nur leid, dass du schon bald wieder aufstehen musst.«

»Liebe Deba, das Unternehmen wird vermutlich nicht in den Ruin getrieben, wenn ich aus familiären Gründen von morgen an zwei Wochen Urlaub nehme. Und für meine Mitarbeiter wird das ein besonderer Anreiz sein, zu sehen, wie weit sie meine Stuhlbeine ansägen können.«

»Gut, mein Training wird morgen auch ausfallen. Möchtest du mit in mein Bett kommen?«

»Aber sicher doch.«

Wir schliefen, bis wir von dem strahlenden Mittagssonnenschein geweckt wurden.

Doch nicht nur Licht und Sonnenschein erfüllten den Tag. Ich hatte noch eine Aufgabe zu erledigen. Und gerade, als ich zum Telefon greifen wollte, um Katharina anzurufen, klingelte es an der Tür. Sie und Agnes standen davor. Sie wirkten müde und abgekämpft.

»Kommt rein, ihr zwei. Es gibt wichtige Neuigkeiten. Sehr wichtige.«

»Ja, das kann man wohl sagen. Geht es dir gut, Deba?«

»Es geht mir wundervoll, auch wenn die Nacht so ihre dunklen Seiten hatte, genau wie ihr vermutet habt. Aber ihr zuerst.«

Sie setzten sich.

»Können wir hier reden?«, fragte Agnes mit einem Blick auf Micki und Alex, die man durch die offene Küchentür den Abwasch machen sah.

»Die da gehören sozusagen zur Familie, Agnes.«

Die beiden grinsten, dann berichtete Katharina.

»Sonja kann wieder sehen. Sie hat sich auch erinnert.«

»Das ist doch eine gute Nachricht.«

»Die schon. Aber nicht das, woran sie sich erinnerte. Wir sprachen am Montag von dieser Sekte, weißt du noch? Sonja ist ihnen in die Quere gekommen. Sie scheinen einen Versammlungsort dort zu haben, wo sie überfallen wurde. Oder besser, nicht überfallen, sondern gestürzt ist. Sie ist einigen von ihren Bekannten auf das verlassene Grundstück gefolgt, in der Hoffnung, an ihrer Party teilnehmen zu können. Doch als sie in das Haus kam, verlor sie sie aus den Augen. Sie sagt, es war unheimlich dunkel dort, dann ist sie eine Treppe ohne Geländer hinuntergestürzt. Irgendwer hat sie anschließend dort herausgeschleppt und an den Straßenrand gelegt.«

»Xenia vermutlich.«

»Deine Nachbarin? Sie ist also auch darin verwickelt, wie ich es geahnt habe.«

»Jetzt wohl nicht mehr. Wir hatten eine interessante Auseinandersetzung heute Nacht. Sie ist jetzt bei ihrer Ärztin.«

»Das ist gut für sie. Aber es kommt noch schlimmer.«

»Ja. Rüdiger, nicht wahr?«

»Hat sie dir davon erzählt?«

Ich nickte.

»Du hattest recht mit deinem Misstrauen ihm gegenüber. Ich bin so ein blindes Huhn gewesen. Er und noch ein Gesinnungsgenosse haben diese grässliche Sekte in die Welt gebracht. Mit einem Haufen übler Rituale und Praktiken. Wie weit sie wirklich die bösen Mächte unter Kontrolle haben, wissen wir noch nicht, aber zumindest ist es ihnen gelungen, eine ganze Reihe dafür anfälliger Leute zu beeinflussen.«

»Sie haben schon beachtliche Energien aufgebracht«, erklärte ich den beiden und schauderte noch einmal bei der Erinnerung an die schwarzen Dämonen.

»Erzähl!«

Ich tat es.

»Du bist gegen sie angetreten, ganz alleine? Und du hast sie überwunden? Allmächtige!«

»Ja, die war auch dabei, Agnes. Und ich bin dankbar dafür, dass ich die Macht hatte, diese üblen Schöpfungen aus – oder in? – Xenias Geist zu zerstören. Das war's dann wohl, von wegen der Aufgabe, von der du gesprochen hast?«

»Das musst du wissen, Deba.«

»Ja. Aber da gibt es noch etwas, das insbesondere du wissen musst, Katharina. Es betrifft Rüdiger.«

Und ich erzählte ihr auch noch von dem Mann mit dem Koks. Selten habe ich die starke Katharina derart erschüttert und dann derart wütend erlebt. Gut, dass sie nicht meine Tendenz zur Destruktivität hat, ansonsten wäre mein schönes Haus zu einem Häuflein Asche zusammengesunken. Als sie sich endlich beruhigt hatte, meinte sie: »Es wird nicht leicht werden, aber das werden wir sehr gründlich klären. Kann ich … dürfen wir auf deine Hilfe hoffen, Deba?«

»Natürlich.«

»Ich muss noch mit ein paar Leuten sprechen. Alan, vor allem Luigi, der den Typen ja zu uns mit angeschleppt hat. Und dann werden wir reinen Tisch machen.«

Wir tauschten noch weitere Ideen aus, kombinierten zunächst nichtssagende Fakten zu einem Bild zusammen, das eine ziemlich schlüssige Beweiskette entstehen ließ. Dann gingen die beiden, und ich strich ziellos durch das Haus. Micki und Alex waren irgendwann in den letzten Stunden fortgegangen.

Ich setzte mich in meinem Arbeitszimmer an das Fenster und sah in die Baumwipfel des Gartens. Das Laub war golden geworden, die Blätter tanzen in einem leichten Wind zu Boden. Sie bedeckten das Gras, die wenigen Beete, den kleinen Felsbrocken und das Grab der alten Streunerin, der Mutter, die uns die heiligen Mysterien hinterlassen hatte. Ihr widmete ich meine besonderen Gedanken.

Und wie das mit solchen Gedanken ist, spürte ich es plötzlich an meinem Hosenbein zupfen. Holly und Misty hatten ihren ersten Ausflug ganz nach oben ins Haus gewagt und kletterten jetzt auf meinen Schoß. Meine beiden kleinen Hexenkatzen. Ich hielt sie fest und freute mich an ihrem ekstatischen Schnurren.

Micki und Alex kehrten zurück, sie hatten Xenia besucht. Ihr ging es nicht schlecht, aber sie war noch lange nicht so weit, dass sie nach Hause zurückkommen konnte.

»Als Erstes sollten wir mal ihr Zimmer in einen wohnlichen Raum verwandeln«, schlug ich vor. »Ein paar Eimer weißer Farbe wären da sicher schon ein großer Fortschritt.«

Alex telefonierte herum, schließlich war er ja aus der Branche. Er nahm die Sache rigoros in Angriff. Aber ich bremste ihn ein bisschen.

»Lass mich mal zuerst alleine da hineingehen, bevor deine Leute in schreiendem Wahnsinn durch das Haus toben.«

»Willst du wirklich? Was hast du vor?«

»Nichts Besonderes, nur alles entfernen, dem eine unangenehme Ausstrahlung anhaftet.«

Es gab da einiges. Aber es war weit weniger schlimm, als ich befürchtet hatte. Xenia musste im Kern eine starke Frau sein. Und das war eine große Hoffnung auf ihre seelische Gesundung.

Ja, und dann kam eine neue Nacht. Und die hatte auch etwas mit einem Zauber zu tun.

Alex und ich lagen aneinandergeschmiegt unter der Decke. Aber ich konnte nicht einschlafen. Er offensichtlich auch nicht.

»Deba?«

»Mmmh?«

»Ich … ich habe viel nachgedacht.«

»So?«

»Du weißt ja inzwischen, dass meine Erfahrungen mit meiner Familie nicht die glücklichsten waren.« Er schwieg, als suche er nach den richtigen Worten. Aber ich konnte ihm nicht weiterhelfen, auch wenn eine kribbelnde Wärme in mir aufstieg. »Du und Micki, ihr seid irgendwie etwas ganz Besonderes. Und je mehr ich davon mitbekomme, desto mehr wünsche ich mir, daran teilzuhaben. An eurem Leben, an euren Späßen, an eurem Vertrauen und an euren Sorgen.«

»Mmmmh.«

»Könntest du … ich meine, ist es sehr vermessen, dich zu fragen, ob du eventuell mit mir zusammenleben möchtest?«

»Etwa über ein loses Verhältnis hinaus? Ich bin aber noch verheiratet.«

»Das musst du mit dir und deinem Mann ausmachen. Obwohl, ihr lebt so lange schon getrennt …«

»Ich könnte mich scheiden lassen, meinst du?«

»Das könntest du, wenn du wolltest. Und wenn du nicht eine völlig unüberwindliche Abneigung gegen die Ehe entwickelt hast, könntest du dir, nur so als Gedankenspiel, vorstellen, mich zu heiraten?«

»Nur als Gedankenspiel? Nein.«

»Nein?« Er klang tatsächlich enttäuscht, und in mir begann aus einer sehr tiefen Quelle ein kleines Lachen aufzusprudeln. Ich merkte, wie er sich drehte und auf die Seite aufstützte, um mich anzusehen.

»Deba …?«

»Mmmmh?« Das Lachen stieg höher, glitzernd und schäumend.

»Deba, es … also, so etwas fällt mir nicht leicht. Ich … ich … Oh, verdammt, das ist es, was ich mir die ganze Zeit wünsche. Eine Familie. Mit dir und Micki eine Familie zu haben.«

Das Lachen wurde zu einem Strom der Heiterkeit, und die erfüllte mich fast bis zum Überquellen.

»Um einen Wunsch erfüllt zu bekommen, muss man nur die richtigen Zauberworte aussprechen«, forderte ich ihn heraus.

»Zauberworte? Aber die kenne ich nicht. Dafür bist du zuständig.«

»Jeder kennt sie.«

»Jeder?«

»Ja. Du sicher auch. Aber damit sie auch wirksam sind, müssen sie aus ganzem Herzen kommen.«

Ich sah im sternenhellen Dämmerlicht eines anbrechenden Tages sein ausdrucksvolles Gesicht über mir. Es zeigte Zweifel, ein wenig Angst. Aber dann wurde es plötzlich sehr ernst, und er sagte sie, die Zauberformel, sehr bestimmt und mit einem Hauch von Ausschließlichkeit.

»Ich liebe dich, Deba. Ich liebe dich von ganzem Herzen.«

Und der heitere Quell verwandelte sich in das Meer der Glückseligkeit.

»Dann lass uns den Wunsch Wirklichkeit werden lassen, Alex.«

»Meinst du das ernst?«

»Ganz ernst, Alex. Komm näher, damit ich dir zum Beweis einen meiner Zauberküsse geben kann.«

Und wenn es auch in dieser Welt doch auch immer dunklen Schatten geben würde, in dieser Nacht schliefen wir in einem lichten Traum vereint bis weit in den Tag hinein.

»Bist du wach, Deba?«

»Schon fast. Warum?«

»Mir ist etwas eingefallen. Sag mal, was wird Micki denn dazu sagen?«

»Och, ich weiß nicht. Fairerweise solltest du sie wohl auch mal fragen, wie das so mit der Familienbildung ist.«

Das nahm er sich zu Herzen, und ich wurde, als ich später nach unten ging, ungesehen lauschender Zeuge eines höchst interessanten Wortwechsels. Lauschen ist verwerflich, aber leider auch sehr amüsant!

Micki und Alex saßen bei ihrem Kaffee am Küchentisch.

»Micki?«

»Ja, Alex?«

»Du weißt, dass ich deine Mutter sehr gerne habe.«

»So, hast du meine Mutter sehr gerne? Das freut mich aber für sie.«

»Ja, und, so komisch das ist, dich mag ich auch.«

»Ach ja?«

»Ich habe mit deiner Mutter über etwas gesprochen, das auch dich eine Menge angeht.«

»Und da hat sie zugehört, nehme ich an.«

Ich wusste, dass Micki sich an Alex Versuchen, ihr von seinen ehrbaren Absichten zu erzählen, weidete. Schadenfrohes kleines Biest! Genau wie ich.

»Du hängst sehr an deinem Vater, nicht wahr?«

»Er ist sehr charmant. Und er druckst selten so herum. Er kommt immer gleich zur Sache.«

»Du findest, dass ich herumdruckse?«

»Och nöööö ... Gaaaa nich.«

Ich hörte Alex aufstehen, vermutlich hatte er den Schalk in Mickis Augen endlich entdeckt. Ein Stuhl scharrte, dann sagte er: »Liebe Michaela, ich möchte dich hiermit offiziell um die Erlaubnis bitten, deine Mutter heiraten zu dürfen.«

Prustendes Gekicher ertönte, und als ich in die Tür kam, sah ich Alex zu ihren Füßen knien.

»Stehen Sie auf, mein Herr!«, gluckste Micki und sah mich dann an. »Siehste!«, strahlte sie.

Ich musste lachen, und Alex sah irritiert zwischen uns hin und her.

»Was meint dein ungeratener Sprössling damit?«

»Ach, Micki hat da so eine Art, sich ihre Wünsche zu erfüllen. Sie hat dich, glaube ich, seit wir hier wohnen, mit einem Bann belegt.«

ANDREA SCHACHT
Weihnachtskatze gesucht
143 Seiten. Gebunden
ISBN 978-3-352-00795-8

Süßer die Katzen nie schnurren

Nachdem ihr Freund sie verlassen hat, bekommt Salvia von ihrer Freundin zum Trost eine edle Katze geschenkt, eine echte Devon Rex. Curly Sue mit der Löwenseele, die ihre Schleife im Kompost vergräbt, ist Salvias ganzes Glück – bis die Katze eines Tages verschwindet. Angeblich wurde sie von einem Auto überfahren. Salvia ist untröstlich, doch dann, kurz vor Weihnachten, sieht sie auf einer Ausstellung Bilder eines berühmten Fotografen. Und da, auf einem der Bilder, entdeckt sie Curly Sue. Die hat inzwischen ihre ganz eigenen Abenteuer erlebt und eine große Katzenfreundschaft geschlossen. Eine lange, aufregende Suche nach Curly Sue beginnt – eine Suche mit samtweichem Happy End …

Mehr Informationen erhalten Sie unter www.aufbau-verlag.de oder in Ihrer Buchhandlung

RL rütten & loening

ANDREA SCHACHT
Die Katze mit den goldenen Augen
159 Seiten
ISBN 978-3-7466-2611-6

Auf Katzenpfaden

Eigentlich schreibt Helge Palmer Ratgeber, doch auf einmal laufen seine Geschäfte kaum noch. Sein Verlag verlangt daher etwas anderes von ihm: ein Buch mit Katzengeschichten. Wäre die Kasse nicht so leer, würde Helge diesen Auftrag glatt ablehnen, denn nichts hasst er mehr als Katzen. Notgedrungen macht er sich an die Arbeit – und gerät in die geheimnisvolle, turbulente und phantasievolle Welt der Katzen.

Mehr Informationen erhalten Sie unter www.aufbau-verlag.de oder in Ihrer Buchhandlung

CHRISTINE ANLAUFF
Katzengold
Serrano ermittelt
Roman
408 Seiten
ISBN 978-3-378-00697-3

Der Kommissar und der Kater von Sanssouci

Serrano, der stolzeste Kater von Potsdam, hat Streit mit seiner Freundin Aurelia. Sie will sich mit ihm paaren, doch er ist gerade kastriert worden. Am nächsten Tag ist Aurelia wie vom Erdboden verschluckt. Zur gleichen Zeit verliebt sich Hauptkommissar Hendrik Liebermann, den es vor die Tore Sanssoucis verschlagen hat, in eine schöne Fremde. Zwei Sätze, ein Lächeln, und es ist um ihn geschehen. Das nächste Mal begegnet er dem Lächeln auf einer Vermisstenanzeige: Charlotte Olbinghaus, Journalistin, ist spurlos verschwunden. Sowohl Liebermann als auch Serrano schnüffeln in allen Ecken ihres so verdächtig freundlichen Viertels. Als sie eine Leiche finden, wissen sie, dass sie dem Mörder nur zusammen auf die Schliche kommen können.

Ein Fall für zwei: Christine Anlauff erzählt von einem neuen Ermittlerduo.

Mehr Informationen erhalten Sie unter www.aufbau-verlag.de oder in Ihrer Buchhandlung

kiepenheuer

MIAU! MIO!
Die frechsten Katzengeschichten
268 Seiten
ISBN 978-3-7466-1337-6

Die Katze ist der Herr im Haus

Hat Ihre Katze schon mal versucht, einen Ehepartner für Sie aufzutreiben? Oder hat sie Sie gezwungen, Ihren Beruf zu wechseln? Geht Ihr flotter schwarzer Kater mit Nachbars weißer Mieze fremd? Oder hat das freche Biest den Leuten vorzugaukeln versucht, dass er eigentlich ein Tiger ist? Trägt Ihre Katze gar die Schuld an einem Mord?
Unsere Sammlung beweist einmal mehr, was die meisten Katzenliebhaber ohnehin längst wissen: Katzen sind den Menschen einfach überlegen! Wenn Sie Katzen mögen, werden diese Geschichten von Mark Twain, Rudyard Kipling, James Herriot, Charles Perrault, Ann Granger u. v. a. Sie zum Schnurren bringen.

»Die unglaublichsten Abenteuer mit den samtpfötigen Landstreichern und Stubentigern.« THÜRINGISCHE LANDESZEITUNG

Mehr Informationen erhalten Sie unter www.aufbau-verlag.de oder in Ihrer Buchhandlung

atb aufbau taschenbuch